# コンビニの神様

二人のカリスマ（下）

江上 剛



PHP
文芸文庫

○本表紙デザイン＋ロゴ＝川上成夫

# コンビニの神様　二人のカリスマ（下）　目次

第九章　コンビニ契約成立　6
第十章　コンビニスタート　54
第十一章　スーパーマーケット大改革　94
第十二章　荒天に準備せよ　140
第十三章　バブル　188
第十四章　社長退陣　232
第十五章　独裁　276
第十六章　決断　326
最終章　カリスマの終焉　370
あとがき　「二人のカリスマ」について　408

## 主な登場人物

**藤田《ふじた》俊雄《としお》**　スーパーマーケット、フジタヨーシュウ堂の社長。軍隊の生活を体験し、戦後、勤務先の会社を辞めて商人になることを決意する。体は大きいが、慎重な性格。

**大木《おおき》将史《まさし》**　フジタヨーシュウ堂に中途入社し、能力を発揮して幹部に。米国出張の際にコンビニエンスストア「アーリーバード」を知る。

**水沢《みずさわ》秀治《しゅうじ》**　将史の部下、将史の米国出張にも同行した。

**本山《もとやま》憲夫《のりお》**　江東区で酒販店を営む、コンビニエンスストアに関心を持っている。

**仲村《なかむら》力也《りきや》（焼け跡の男）**　南方の激戦地で生き残り、俊雄と出会う。後にスーパーマーケットサカエの社長となり、俊雄と再会を果たす。俊雄をライバル視する。

**大館《おおだて》誠一《せいいち》**　東京帝国大に学ぶ。父は西東京電鉄の社長で、政治家。スーパーマーケット、セイヨーを展開し、俊雄や仲村力也とライバルとなる。

**藤田とみゑ**　俊雄の母。最初の夫である藤田進との間に二人の子どもを授かる。進の死後、俊雄の父となる野添勝一と結婚するが、離婚する。自ら商売を切り盛りする。
**森本保夫**《もりもとやすお》　フジタヨーシュウ堂の幹部。同社の前身の「洋秀堂」の一号店員。
**田村紀一**《たむらきいち》　フジタヨーシュウ堂の財務担当の社員。後に幹部となる。
**北見真一**《きたみしんいち》　週刊水曜日の記者。アーリーバード&エフ・ホールディングスの取材をしている。

# 第九章　コンビニ契約成立

## 一

将史《まさし》は、悔しさに椅子を蹴飛《けと》ばそうかと思ったが、会社の備品を傷つけるのは本意ではないと思い、ぐっと我慢した。

業務開発部の中にいると、水沢秀治《みずさわしゅうじ》の視線を感じる。一緒にアメリカに行き、レストランチェーン・チャーリーズとの契約交渉もした部下だ。

将史は、アメリカでコンビニエンスストアを見てしまった。その時、自分の頭からつま先まで雷が走ったような感覚になった。

こんな感覚は初めてのことだった。いつもは理屈っぽいと言われるのに、自分でも理解できなかった。突然の啓示……そう、神の啓示みたいなものだ。

人間というのはつくづく不思議な存在だと思う。あることを必死で考えていると、風呂に入って気を抜いた時や、散歩の途中で爽《さわ》やかな風に当たった時や、今回のように何気なくガソリンスタンドに立ち寄った時に、今までにない啓示を受けることがある。

今回はまさにそれだった。車に給油している水沢の体をつかまえて、これだ、これだと騒いでしまった。水沢は驚いて、危ないです、ガソリンが、ガソリンが、とホースを握っておろおろしていた。

水沢が、何がこれだなんですか、と聞く。将史は、画期的なビジネスだ！　と叫んで両手を天に突き上げた。

チャーリーズとの交渉の間も、あのガソリンスタンドで見た小さなコンビニエンスストアが頭から離れない。

チャーリーズとの交渉は、詰めの段階だったから、それほど障害も無く進んだ。

将史は、早く日本に帰って俊雄《としお》にコンビニエンスストアのことを相談したいとうずうずしていた。尻が落ち着かないというのはこういうことを言うのだろう。

帰国してコンビニエンスストアについていくつかの参考資料を読んだ。どれもこれも日本では難しいと書いてあるではないか。日本の小規模小売店と競合するというのだ。

これは完全に間違っている。コンビニエンスストアこそ、日本の小売業の救世主だ。水沢に力説したが、あまりピンと来ていない。彼は、チャーリーズの案件で忙しい。将史は、思い立ったが吉日の喩《たと》えの如《ごと》く、俊雄に直接当たることにした。

将史の思考法は、少しというか、かなりというか、他の人とは変わったところがある。

普通はAからB、Cと順番に結論に辿り着く。帰納法的と言うのだろう。色々な事例や調査結果から結論に結び付ける。これが最も理解されやすく、企業としてもリスクが少ない。

もう一つ、演繹《えんえき》法というのがある。ある前提を置いて、そこから結論を導き出すというものだ。

これは前提が間違っていたら結論まで間違うことになり、企業にとってリスクが高い。

将史の思考法は、演繹的な面が確かにある。例えば、大型店と小売店は共存しなければならないという前提を置いた場合、今の将史なら、その最適解はコンビニエンスストアとの結論になる。

しかし将史の思考法は、演繹法とも違う。

しいて言えばバタフライ効果かもしれない。北京《ペキン》での蝶の羽ばたきがニューヨークで竜巻を引き起こすという喩えで語られるが、要するに小さな誤差が思いがけない結果をもたらすとのカオス理論の一つだ。

将史の思考法は、まさにカオス的だ。混沌《こんとん》としていて余人には推測がつきがたい。困ったことに将史自身にも上手く説明できない。小さなコンビニエンスストアを作れば、日本の小売業、流通業に大々的な変化を引き起こすことができる。まさに蝶の羽ばたきが竜巻を起こすように。今回も、そういう結論を将史は導き出したのだ。

俊雄は、どちらかというと帰納法である。アメリカで見たスーパーマーケットを日本でも展開しようと決断したことは、ややカオス的かもしれない。しかし仕事の進め方は、あらゆるリスクを想定して慎重に進め、あらゆる条件を考え抜き、調べ抜いて決断する。

とにかくフジタヨーシュウ堂を守ることに専念しているのだ。尊敬すべき点は、他のライバルたちがどんな派手な動きをしようと、全くそれに影響されないことだ。まさに我が道を行く強さ、頑固さがある。将史であろうと、誰であろうとこの強さは真似できない。これがフジタヨーシュウ堂を上場企業まで押し上げたのだ。

将史のカオス的思考法は、なかなか俊雄とは相いれない。なにせA、Bときたら突然Zまで飛んでしまうのだ。俊雄にしたら危なくて見ていられないというのが本音なのだろう。今まで大きな失敗をしていないのは、単に運がいいだけだ、あらゆることに謙虚でないといけないと、俊雄から注意されることが何度かあった……。

「やはりダメだったんですね」

水沢が肩を落としている。

「やはりってなんだよ?」

将史は、水沢の口振りが気に喰わない。

「社長は、慎重な方ですから」

「そうだな」

将史は、顔を上げ、俊雄とのやり取りを思い浮かべた。

＊　＊　＊

「社長、コンビニエンスストアこそ小規模小売店と私たちが共存を図る道です。ぜひコンビニエンスストアを展開しましょう」

将史は俊雄に迫った。アメリカから帰国して、すぐのことだ。

「コンビニエンスストアというのは、アメリカでガソリンスタンドに併設されている雑貨屋みたいな店だろう?」

俊雄は将史が奇妙なことを提案してきたという、やや迷惑そうな表情をしている。

「雑貨店と言われると、うーんって感じなんですが、こまごまとしたものが何でもあるんです。とても便利なんです。私、調べました。アーリーバードっていうコンビニエンスストアですが、それを統括するサウスカントリー社はテキサスに本社がありまして、なんと全米に五〇〇〇店もあるんです。このコンビニエンスストアを日本に導入して、当社のチェーンストアシステムと合体させれば、我が国の小規模小売店の効率化になると思います」

将史は興奮気味に言った。

「大木《おおき》君は、コンビニエンスストアを当社にやれというのかい？」

俊雄が首を傾《かし》げる。

「その通りです」

将史はますます興奮する。

「レストラン・チャーリーズはどうするの？」

チャーリーズには俊雄が固執《こしつ》している。

「勿論《もちろん》、そちらもやります」

「レストランとコンビニエンスストアを同時にやるの？」

「そうです」

「あのね、もし私たちがコンビニエンスストアを始めたら、世間からなんて言われるか考えたことがありますか？」

俊雄の表情が歪《ゆが》む。

「非常に評価されると思います」

断固とした表情で、語気を強める。

「評価なんかされません」俊雄は険しい表情になった。「大型スーパーが小売店を苛《いじ》めると批判されるに決まっています。大店法が施行されることになり、私たちスーパーは逆風の真っただ中です。そんな時、私たちがコンビニエンスストアをやったら世間の批判の火にガソリンを注ぐようなものです」

「絶対にそんなことにはなりません。なぜ大店法が施行され、私たちが制約を受けるのかといえば、日本の小規模小売店が効率の悪い商売をしているからです。しかし社長！」

将史はぐいっと身を乗り出す。

「どうしましたか？」

俊雄は、将史の勢いに押され気味になる。

「社長は、お客様の立場に立って売れ筋を見極めるように私たちに徹底して指導されました。失礼ですが、戸板一枚の小さな店から、成長されましたね」

「そうですよ。戦後、本当に小さな店で出発しました。あれが私の原点です」

俊雄は、戦後の闇市《やみいち》や北千住《きたせんじゅ》の混乱した様子を思い出していた。

「そのころ、いったいどれだけの人が、社長と同じように商売を始めたでしょうか？　しかしその誰もが社長のように成功はしなかった。それは社長が、お客様の立場に立って売れ筋の商品を必死でお売りになったからです」

「運が良かっただけです」

「いえ、そんなことはありません。その社長の商売の心得を日本中の小規模小売店に教えるシステムを作れば、どうなると思いますか？」

「どうなるんですか？」

　俊雄がにやりと笑った。

　俊雄を持ち上げ、おだて、なんとか話を聞いてもらおうとする将史の説得話法を楽しんでいるようだ。

「日本中の小規模小売店が救われます。社長は、救世主になられます」

　将史はますます俊雄に迫ってくる。顔と顔がぶつかりそうになる。

「現状は時期尚早です。大木君は、自分のことをまるで初めてコンビニエンスストアのことを知った日本人のように思っているようですね。これはあくまで噂ですが、サウスカントリー社は、仲村《なかむら》さんのスーパーサカエに提携を打診してきたようです。しかし仲村さんは、断ったらしい。まだまだ大型店を増やして大店法に逆らう勢いだね。それにセイヨーの大館《おおだて》さんは、沿線にコンビニエンスストアらしきものを数店オープンしたが、上手《うま》くいかないらしい。新しい文化にはいち早く手を付ける彼らしいね。二人とも現状ではコンビニエンスストアの経営は時期尚早と考えているのだろう。もう少しいろいろな人の意見を聞いてから進めたらいい。私は、頭から否定はしない。大木君に欠けているのは他の人の意見に耳を傾ける姿勢かな。とりあえずチャーリーズを頼んだよ」

俊雄は、淡々とした口調で言った。叱責ではなく説諭という感じだ。

将史は力が抜ける思いがした。仲村、大館の名前が出たからだ。しかしここで諦めるわけにはいかない。道路沿いのアーリーバードで感じた雷に打たれたような感激は本物だ。今もその電撃の痺《しび》れが心に残っている。

「諦めません」

将史は、俊雄を睨《にら》みつけた。

「いいですよ。商人は冒険心を忘れたらいけませんからね」

俊雄は再びにやりと薄笑いを浮かべた。

＊　＊　＊

「なにが冒険心を忘れたらいけませんだ……」

将史はぶつぶつと呟いた。

俊雄は、社員や幹部たちに「成長より生存」の必要性を説く。

会社の成長ばかり追い求めると、貪欲になり、長期的には利益を損なう。それより俊雄には生存、すなわち生き残ることが重要だ。

攻めより守りだ。成長ばかり考えているとアイデアにもひずみが出る。それより生存を考えるとアイデアが素直になり、客に評価される。

ただし成長より生存というと、失敗をしないように何もしないでじっとしていなさいと誤解する人がいる。

そうではない。冒険心も必要だ。

会社が大きくなると、失敗した場合の損失が大きくなるので冒険を許容しなくなる。要するにリスクを避けるようになる。これでは会社に生気がなくなる。生気がなくなれば客からも見放される。

これが俊雄の「成長より生存」の理論だ。要するに企業は利益を追求するだけではいけない。客から評価されることに主眼を置けというのだ。そのために冒険心が必要で、リスクを取れというのだ。それが成長に重きを置かず生存に重きを置いた冒険心なのだ。

ならばどうしてコンビニエンスストアに挑戦しないのだ。時期尚早などと言っていたら時機喪失になるではないか。

「成長より生存」の理論は、俊雄の性格から導き出されたものだ。目立つことを嫌い、ひたすら他社との無駄な競争を避け、我が道を行く、という経営姿勢だ。

軍事教練も軍隊も大嫌いだったと、いつか俊雄から聞いたことがある。鬼畜米英、欲しがりません勝つまでは、進め一億火の玉だ。勇壮なスローガンばかりが溢《あふ》れた戦争の時代を俊雄は疑わしい目で見つめつつ、そうした熱狂に心を奪われれば、「死」が待っていることを本能的に知っていた。だから表立っては反対もしないが、かといって声高に賛成するわけでもなく、とにかく生き残ることを考え続けてきたのだろう。

この姿勢はズルい、狡猾《こうかつ》というのではない。勇壮なスローガンに踊らされて死に向かう青春を、俊雄は横目に見ながらどれだけ羨《うらや》ましいと思ったことだろう。しかし自分には待っている母とみゑがいる、死ぬわけにはいかない、そんな思いが強かったに違いない。

商人は戦争に行っても生き残ることを最優先に考えると聞いたこともある。人の命をやり取りする戦争は、壮大な無駄であり、なんの利益も生まない。商人が最も唾棄《だき》すべきことなのだ。この戦争の体験から俊雄の「成長より生存」の理論が生まれたのだろう。俊雄の血肉と言えるものだ。

「説得すればいいんですよ。コンビニエンスストアの未来を説くんです。分かってくださいますから」

　水沢が将史を励ます。水沢は、将史のことを尊敬しており、将史がコンビニをやると言えば、どこまでもついて行きますという心強い男だ。

「ああ、説得する。社長は説得に弱いからな。まるで俺を試しているみたいだ。もし説得を受け入れてくれなけりゃ、フジタヨーシュウ堂なんか辞めてやる！」

　将史は拳を握りしめた。

「大木さん、短気は損気です。絶対にそんなことをしないようにお願いします。我々も困りますから」

　水沢が慌てていさめる。

　将史は、水沢たち幹部社員からの信頼を集めていたから、本当に辞められたら大変なことになる。

「冗談だよ」

　将史は照れたように笑いながらも、案外本気かもしれないと思っていた。

「大木常務、電話です」

　女性部下が呼びに来る。将史は何人かいる常務の一人だが、今や俊雄に次ぐ実質ナンバーツー的な存在だ。

「誰からだ？」

「仲村さんとおっしゃいます」

「えっ、仲村？　まさか」

将史は急いで電話のある机まで駆け付けた。

二

「こんなとこまで呼び出してすまんなぁ」

仲村は、人懐っこい笑顔だ。

将史は仲村に呼び出され、目黒《めぐろ》にあるスーパーサカエの店舗に来ていた。

七階建てのビルの全部が商品で埋め尽くされている、スーパーサカエの東京における旗艦《きかん》店の位置づけだ。

一階、二階は食料品、三階、四階は衣料品、五階、六階、七階は生活用品や家具だ。

仲村が突然、電話をしてきたのには驚いた。特に面識があるわけではない。仲村が、フジタヨーシュウ堂の店に来た時に俊雄から紹介された程度だ。

将史は、あまり他社の店の見学には行かない。他社のまねをするのが嫌だからだ。他社の店を頻繁に見学すると、知らず知らずのうちに影響されてしまう。

仲村は頻繁にフジタヨーシュウ堂の店にやってくる。敵情視察と平気なことを言い、俊雄となにやら話している。あまり俊雄は好ましく思っていないようだが、随分、昔からの知り合いのようで結構な時間を話し込んでいる。仲村が帰ると、俊雄が、あいつにだけは負けたくないと唇を嚙みしめるのを目にしたことがある。

お互い戦争という苦難を切り抜けてきた。俊雄はひたすら他者との争いを避けながら生存することを目標にした。仲村は、激戦地で敵を蹴散らし、殺しながら戦うこと、即《すなわ》ち競争することで生き残ってきた。

この戦争体験が、同じスーパーマーケットの経営者であるにもかかわらず、片や流通で国家を変えてやると言わんばかりの戦闘意欲に溢れる男、片や慎重に、腰をかがめるようにしてひたすら商人道を進む男を形づくっている。

表面上は大きく違う。しかし二人は似たもの同士かもしれない。俊雄は貪欲は許されないというが、二人とも商売に貪欲であるという点では共通しているのではないか。

将史は、二人とは世代を異にする。昭和七年生まれの将史は昭和一桁《けた》世代として焼け跡世代とも言われるが、それもしっくりこない。軍国少年として教育を受け、戦後はそれらに見事に裏切られた少国民世代とでもいうのだろう。裏切られた経験からアメリカだろうが、日本だろうが、全てを疑って見る傾向がある。だから二人のようにアメリカの小売りや流通を無条件で受け入れたり、真似をしたりすることに大きな抵抗がある。

将史は、仲村に呼び出されてもそれに応じる気にはならなかった。

しかし俊雄にコンビニエンスストアの件を否決され、むしゃくしゃした気分になっていたので、それを晴らすにはちょうどいいと思って応じることにしたのだ。

「まあ、店の中でも見ながら話をしようやないか」

仲村は、軽快な足取りで店内に入っていく。一階の食料品売り場は華やかだ。果物や野菜が彩りも鮮やかに山と積んである。

「あっ、社長」

従業員が仲村の姿を認めると、直立して礼をする。まるで軍隊のようだ。

仲村は、果物を並べた棚の縁を指先で触ると、「汚れとるぞ」と一喝《いっかつ》した。従業員は、怯《おび》えた表情になり、慌てて棚を拭《ふ》き始める。果物を選んでいた客が、いったい誰が来たのかと仲村を訝し気に見つめる。突然、それまで客と談笑していた従業員が、険しい表情になり、動きをギクシャクさせ始めたからだ。

王様か軍隊の将軍のようだ。俊雄は、頻繁に店を訪問するが、自分で買い物籠《かご》を持ち、ぶらりと訪問する。だから従業員には社長が来たなどと気づくものはいない。会社からも、たとえ社長が店を訪問しても、それに気を取られてはいけない、客へのサービスを怠《おこた》ることがないようにとの指示が徹底している。

「なかなかの品揃えやろ」

「ええ、すごいです。お客様も多いですね」

品揃えは、フジタヨーシュウ堂以上かもしれない。客も多い。

一九七二年のフジタヨーシュウ堂の上場以前の一九七〇年における比較だが、スーパーサカエは売上高一四三〇億円、店舗数五八か店だ。片やフジタヨーシュウ堂は、売上高一八二億円、店舗数一九か店。

「ところでな、あんたを急に呼び出したんは、うちで働かんかということや」

仲村がじろりと将史を見つめた。思いがけない話に将史はその場に立ち止まって、まじまじと仲村を見つめた。

「どういうことですか」

「あんたの評判を聞いてな。どうしても引き抜きたくなったんや。うちでやったら自由に、あんたの思い通りのことをやらしたる」

仲村は表情を緩めた。

「フジタヨーシュウ堂を辞めるつもりはありません」

将史は真剣な顔で言った。

「まあ、そんなにすぐに結論を出さんでええやないか。よく考えてくれ。藤田《ふじた》社長は、なかなかの人や。しかしあの人は商人や。商人は、目の前の商売に対する知恵はいっぱいあるけど、思想は無い。その点、ワシには流通に革命を起こすという思想がある。政府や大手メーカーに牛耳《ぎゅうじ》られた小売りの世界を消費者の手に取り戻すんや。これは戦争で政府に好き放題にされたワシの復讐《ふくしゅう》や。藤田社長みたいに慎重で、石橋を叩いて渡る経営者の下より、暴れ甲斐《がい》があるぞ」

仲村は、いきなり将史の手を握った。将史は驚いて、手を振り払った。

「仲村さん、あなたは思想があると言われましたが、どんな思想ですか。アメリカの真似をしているだけですよね。アメリカに行ってパシャパシャ写真をとって、その猿真似をして、何が思想ですか。アメリカに戦争で完膚《かんぷ》なきまでやられたから、その劣等感を拭《ぬぐ》いさることができない。だからなんでもアメリカの真似をしてしまう。それが思想ですか」

将史は、仲村が自分自身を高く評価していることに、なぜか腹が立った。俊雄のことを思想が無いと言われたことにカチンと来たのかもしれない。

「なんやて。失礼なことを言うな」

「でも私の言うことは間違っていません。仲村さんが中心になっておられるチェーンストア協会の考え方もアメリカの物真似そのものです。小売業界に規模のメリットを追求し、工業生産の原理を小売りの世界に適用しようとされている。すなわち大量生産、大量販売、大量消費です。売りたい商品を大量生産して、価格を安くすることで大量販売しようとしている。こんな工業生産みたいな商売は長続きしません。これはアメリカだから成功しているんです」

将史は、自らもスーパー業界に身を置きながら、スーパーマーケットのビジネスモデルを批判した。

「あのなぁ、日本人はまだまだ貧しい。せやから大量生産したもんを大量に仕入れて、ワシらが計画的に販売することで、より豊かな社会を作れるんや。モノ不足なという不幸な社会は二度と招いてはいかん。アメリカに負けたんは、モノ不足で負けたんや」

戦争を経験し、物不足で苦労した仲村にとって、世の中がモノで満たされることほど幸せで満足することはない。

「ここにある食料品もこの上の階にある衣料品も売りたいモノであって、お客様が買いたいモノですか？」

「買いたいモノかって？　そんなん決まっとるやないか」

「本当にそうでしょうか？　私もスーパーに勤務する者として、本当にお客様が買いたいモノを売っているのかと毎日、悩んでいます」

将史はぐっと強く仲村を睨んだ。

「仲村さんはコンビニエンスストアに関心がおありですか?」

将史は、俊雄から聞いた、仲村がコンビニエンスストアを経営するサウスカントリー社からの提携打診を断ったという噂の真偽を確認したくなった。

仲村は、目を大きく見開いて首を傾げ、「コンビニエンスストア? あれは日本では流行《はや》らん」と断じた。

「サウスカントリー社から提携打診があったのですか?」

「親しい商社から話があっただけや。即座に断った」

「なぜですか?」

将史は、商売を拡大することに関しては、これほど貪欲な人はいないと思われる仲村が断った理由を知りたいと思った。

「今は大店法の規制をかいくぐってでも大型店で勝負をかける時や。それにあのコンビニエンスストアはちまちまとした商売や。一日、全く客が来ない日もある。タバコ一箱売ったって商売にならん。日本にはコンビニエンスストアと似た商店がいくらでもあるが、みんな廃《すた》れとるやないか。ワシは実際にアメリカに行ってアーリーバードを見て来たが、あんな小さくてみすぼらしい店に、なんで一〇億円以上のロイヤルティ(権利利用料)を払わなあかんねん、割に合わん。それに何もかも言いなりにならなあかんのも気に喰わん。それで断った」

「でも大型店と小規模小売店の共存する将来像を考えたら、コンビニエンスストアは必要ではないでしょうか？」

将史は強い口調で言った。

「あんた、コンビニエンスストアやる気なんか？」

「そのつもりです」

「止めとき。商店街から非難ゴウゴウになるで。スーパーはどこまで商店を苛めるんやってな。藤田社長はやる気なんか？」

仲村は、将史の心の中を覗き込むような目つきをした。

将史は、一瞬、返事を躊躇《ちゆうちよ》した。しかし、「やる気です」と答えた。将史には俊雄を説得する自信があった。

仲村が少し寂しそうな笑みをこぼした。

「藤田はんはええ部下をもってはる。部下が突き進んで突破口を開け、大将は手綱《たづな》を締める。まっこととええ関係や」

仲村は、「誠」を「まっこと」と強調した。

「ワシのところは大将であるワシが突っ走っとる。誰も手綱を締めるもんはおらへん。自分で馬になり、御者にならなあかん」

「まだまだうちはスーパーサカエさんと勝負するまでにはなっていません。いずれとは思いますが」将史は、仲村をじっと見つめる。「これで失礼します」

将史は一礼し、歩き始めた。

「最後に聞くけど、ほんまにワシと一緒に働く気にはならんやろな」

仲村が名残《なごり》惜しそうに言う。

将史は仲村を振り向き、「私が仲村社長と一緒に働けば喧嘩になりそうです。馬が何頭もいて、それぞれが思い思いの方向に走りだせば、馬車はバラバラになってしまいます」と言い、再度、「失礼します」と足早に歩いた。

いつまでも仲村の視線が背中を追っている感覚が拭えなかった。

三

またか。俊雄は、将史のコンビニエンスストア進出提案にやや辟易《へきえき》していた。

これで四度目だ。否決しても否決しても諦めずに提案してくる。一般社員ならいざ知らず、常務という立場で経営陣の重要な一角を占めながら、この徹底したしつこさに俊雄は呆《あき》れていた。

「コンビニエンスストアをやらせてください」

提案書を机に叩きつけるように置く。

「時期尚早と言いました」

「その時期はいつ来るのですか？」

「今は、大型店で攻める時代です」

「他のスーパーと同じことをしては、これ以上の成長はありません」

「それは言い過ぎでしょう。私は、同じことをしているとは思っていませんが……」

この発言には俊雄は憤慨《ふんがい》した。独自の経営哲学を持っていると自負していたからだ。これは母とみゑをはじめ、兄貞夫《さだお》など多くの人の叡智だ。


「申し訳ありません」将史が頭を下げる。

「専門家はなんて言っていますか？」

「失敗すると言っています」

「そうでしょうね」

「社内の幹部たちは？」

「賛成するものはいません。私は販売の経験がないので、夢みたいなことを言うなと言われます」


悪びれもせず将史は答える。

専門家にも社内の幹部にも反対される案件を社長に何度も上げてきて、恬《てん》として恐縮するところがない。

普通なら、A教授は賛成していますとか、数人の幹部は賛成ですとか、なんとか取り繕《つくろ》うものだが、全くそのようなことがない。

まるで反対されることを楽しんでいるかのようだ。変わった男だ。始末に悪いと言えば悪いのだが、ここまでしつこいと無下《むげ》に拒否ばかりできない。噂では、コンビニエンスストアをやらせてくれないなら、会社を辞めると言っているらしい。辞められたら困る……。

「ところで大木君は、スーパーには全く関心がなくて入社しましたね。今はどうなのですか」

俊雄は質問した。

唐突な質問に将史は口ごもった。まるで新入社員にする質問ではないか。将史の表情には不機嫌さがありありと出ている。

「私の実家は代々続く養蚕《ようさん》農家です。父が公職についており、家を空けることが多かったため、家事や子育て、そしてお蚕《かいこ》さまのお世話など、一切は母が行っていました。母は、多忙な中でも婦人会活動なども熱心にやっておりました。私は母を見て、母に躾《しつ》けられて育ちました。母は、私に『働かざる者食うべからず』『嘘をついたり間違ったことをしたりするのは絶対に許されない』『やると決めたら徹底してやりなさい』と言い、非常に厳しかったのです。私は仕事に関しては母の躾を守っているといえます」

「どういう意味ですか？」

「本音を言わせてもらえば、私はスーパーにそれほど関心がありません。しかし私は嘘つきになりたくないし、やると決めたら、良いと考えることを徹底してやることにしているのです。私は小規模な商店の皆さんにフジタヨーシュウ堂出店のご理解を得る時、共存共栄を訴えてきました。それが嘘になるようなことはできません。共存共栄を約束した以上、それが実現できるまで徹底してやるだけです」

　将史は、唇を固く引き締め、俊雄を強く見つめた。

「あなたはコンビニエンスストア導入が小規模商店との共存共栄に必要であると考え、どんなことがあっても徹底してやるつもりですね」

　将史が、母の躾を持ち出した時には、俊雄は、まいったと思った。俊雄自身の人格形成にも母とみゑの影響が強いからだ。実際、商売の師としても尊敬している。

「はい」将史は大きく頷き、「もう一つ言わせてもらえば、社長が尊敬されている相馬《そうま》愛蔵《あいぞう》氏は『一商人として』において模倣《もほう》を排す、独創を重んじるとおっしゃっています。フジタヨーシュウ堂も独創的な道を歩むべきです。いずれ近いうちにスーパーサカエの仲村氏もコンビニエンスストアに参入するでしょう」

将史は、俊雄を刺激するように言った。

「彼は断ったのではありませんか」

サウスカントリー社が提携を打診した、スーパーサカエの仲村がコンビニエンスストアに参入するだろうという将史の言葉を聞いて、俊雄は動揺した。

「断ったということは、関心があることの裏返しだと考えます。仲村氏は他人のやらないことをやります。仲村氏がやった後、私たちがやってもそれは模倣にすぎません。その時では遅いんです」

将史は強い口調で言った。

俊雄は、苦渋に満ちた表情をした。

——母の躾の話を出して来たり、仲村を出して来たり、この男は、私を説得する術《すべ》を心得ている……。

俊雄はようやく決意した。将史は、どれだけ反対してもコンビニエンスストア導入に向けての動きを止めることはないだろう。

反対すればするほど燃える男というのも面白い。やらせてみよう。レストランチェーンと二つ同時というのは投資がかさむが、なんとかなるだろう。

「やるとすれば損失はどれくらい見込みますか?」

「もし五億円以上に赤字が膨らむようなら諦めます」

「五億円ですか……」

俊雄は甘い顔はしない。

「コンビニエンスストア進出に失敗したら一番に笑いものになるのは社長です。その次は私です。社長を笑いものにするようなことはしません。会社も潰しません。絶対に五億円以上、ご迷惑はかけません」

「分かりました。サウスカントリー社と交渉してください。しかし五億円以上の赤字を出したらやめるんですよ」

俊雄は、厳しい条件を付けた。まるで将史が、課題を与えれば与えるほど、それを突破する力を出すのを見抜いているかのようだ。

「分かりました」

将史は、俊雄を睨むように見つめ、すっくと立ちあがった。粘り勝ちだが、サウスカントリー社との交渉はこれからだ。

四

「よく説得されましたね」

部下の水沢はアメリカ行きの航空機内で将史に語りかけた。

「いつもの通り、渋々だけどね。さすがの俺もぎりぎりだったな。もういい加減にGOサイン出しやがれ！　って気持ちだった。なんで決めてくれないんだ。社長が承認しないことはやれないからな。でも社長からやれ！　どんどんやれ！　と言われたらやる気がなくなるけどな。そうじゃないから逆にやる気が出る」

将史は答える。

「相変わらず天邪鬼《あまのじゃく》ですね」

水沢が笑う。

「社長はオーナーだ。俺たちとは違う。あれくらい慎重な方が、働くこっちにとっては安心だ。じれったいがな」

「本当ですね」

「なあ、水沢」

「はい」

「上手く言葉にならないけど、全ては価値だと思うんだ」

「価値？　バリューですか？」

将史は真剣な表情で頷く。

「お客様っていうのは、俺たちが提供する価値に対価を払っているんだ。メーカーが提供する商品に払っているわけじゃない。どんなにメーカーがいい商品ですと力説しても、それを俺たちが店頭に並べて、さあ、いい商品ができましたから買うべきです、と言っても、その時、その場所でお客様がそれに価値を見出さなければ対価は支払ってくれないだろう？」

「あまりいい喩えじゃないですが、酒を飲まない人に、美味《おい》しい酒ですって言っても買ってくれませんからね」

水沢が迷いつつ言う。将史の話を十分に理解できているという自信がないのだ。

「まあ、そんな感じかな。だからコンビニエンスストアっていうのは、価値を提供するんだ。便利っていう価値をね。例えば電球が切れて、家の中が真っ暗になったら、どうしても電球が欲しい。一個でいいんだ。それがすぐ近くの店で買えたら、嬉しいし、安心するし、対価を払っても満足だろう？　大きなスーパーで電球、電球って探し回ることもない。しかし今は酒屋さんに電球は売ってない。電球は電器屋さんに行かないといけない。上手く言えないけど、便利っていう価値に対価を払ってくれる、だから十分に商売になる……そう思ったんだ」

将史は、深く考えるような表情をした。

「それがあの時の『これだ、これだ！』ですか？」

水沢が笑う。

将史が頷く。

「俺たちは絶えず変わっていなければ。一〇年も二〇年も同じビジネスが通用するってことはない」

将史が水沢を見つめて言った。

「新しい価値を提供し続けるってことですね。しっかりしなくちゃいけませんね」

水沢も語気を強めた。

「さあ、ノーアポで乗り込むんだ。勢いが勝負だからな。俺は寝るぞ。体力温存だ」将史はシートを倒して目を閉じた。

水沢が窓の外を見ると、何も見えない暗闇が広がっていた。面会の約束も取り付けないでいきなりアメリカに行くなんて、なんて無鉄砲な人なんだろうか。水沢には、窓外の暗闇が前途の交渉の困難さを暗示しているように思えた。

五

全く交渉は進まない。将史や水沢がアメリカ、テキサス州ダラスの本社に直接乗り込んでも門前払いなのだ。

将史が、俊雄の了承を取り付けサウスカントリー社に接触を図り始めて、はや一年近く経つ。この間、会えたのは担当者止まり。どれだけ熱意をもって提携を話しても全く関心を示さない。

「日本、それどこにあるんだ。中国か？」

担当者は日本に全く関心を示さない。中国と勘違いする始末だ。

日本に来て、フジタヨーシュウ堂を見てくれといっても、けんもほろろだ。スーパーサカエに接触を図ったというが、本当のところは、あれはガセネタだったのではないだろうか。

これほどまで交渉の進展がないとは想像していなかった。社内からも、将史は何をやっているんだと冷ややかな視線を感じることが多くなった。

俊雄も何も言わない。急かすでもなく、文句を言うでもなく、じっと将史の様子を見ている状態だ。少しくらい進展を聞いてくれればいいのにと思うが、全くそういう素振りを見せない。腹が立つが、余計にやる気が起きてくるのが不思議だ。

「彼らは日本には関心がありませんね。今はイギリスに進出を果たそうと必死ですから」

水沢が力なく言う。交渉の進展の無さに倦《う》んでいるのが、その表情から一目瞭《いちもくりよう》然《ぜん》だ。

「トップに会えたらなぁ」

将史が呟《つぶや》く。

「この際、サウスカントリー社を諦めて、二番手を狙いますか」水沢が言う。

サウスカントリー社は、全米一万五〇〇〇店のコンビニエンスストアの三分の一をフランチャイズ（ＦＣ）に持つ、圧倒的なトップ企業だ。しかし余りに取りつく島もないので諦めようというのだ。

「ダメだ」将史は断固として言う。「トップ企業だから提携する価値があるんだ」

いったん日本に戻った将史のいる業務開発部は、絶望に押し潰されそうな空気に満ちていたが、将史は手をこまねいていたわけではない。サウスカントリー社のトップとの人脈がないか必死に探し続けていた。コンビニエンスストア進出に二の足を踏んでいた俊雄をなんとか説得したのだ。意地でも諦めるものかという気持ちだった。

細い一本の糸だけが頼りだった。それはダラスに支社を置く総合商社佐藤忠である。彼らがサウスカントリー社と関係があると聞き、どうにかトップと会える道ができないかと頼んでいるのだ。この糸が切れたら、文字通り、将史は糸の切れた凧のようにどこに飛んでいくか分からない。

「佐藤忠の北林さんからです」

サウスカントリー社との交渉を一緒に担っている水沢が、受話器を差し出す。

将史は無言でそれを受け取った。表情は厳しい。何社にもサウスカントリー社とコンタクトを取れないかと打診し続けているが、どこからもいい返事がない。

「はい、大木です」

声が暗い。

「みつかりました。みつかりましたよ。サウスカントリー社のジョン・シンプソン会長と会えますよ」

北林の弾んだ声が聞こえる。電話の向こうに笑顔が見えるようだ。

「本当ですか！　ありがとうございます」

将史は飛び上がらんばかりに喜んだ。

水沢が近づいて来た。将史は指でマルを作った。

「やりましたね」

水沢が破顔した。

将史は、鉄は熱いうちに打てと、すぐに渡米し、一九七三年四月、シンプソンと会った。

将史は、フジタヨーシュウ堂の客を大切にするビジネスに対する考え方や財務内容の健全さを強調した。トップに会えたことは交渉に大きく影響した。

シンプソンは、日本のマーケットに関心を持ち、提携交渉を早く進めようと積極的な姿勢を見せた。

すぐに同年四月、五月に実務担当者や社長たちが来日し、フジタヨーシュウ堂の店舗視察などを実施した。

視察団は店舗の清潔さや開発力などを高く評価し、アメリカのスーパーよりずっと良いと言った。

水沢は大喜びしたが、将史は「彼らはリップサービスが得意なんだ」と取り合わず、気持ちを緩めなかった。

案の定、サウスカントリー社からは微《び》に入り細《さい》をうがつ一〇〇項目の質問が届いた。連日徹夜で、必死で回答を作成する。

ようやく同年六月、日本におけるエリアフランチャイズ契約を巡る交渉がスタートすることになった。将史と水沢は、再びサウスカントリー社のダラス本社に飛んだ。

六

「どうでしたか?」

俊雄は、ダラスから帰国した将史から交渉の様子を聞いた。

「厳しいですね。足下を見ているようです」

将史にしては珍しく苦渋に満ちた表情で答えた。

サウスカントリー社が提示した条件は、①事業はサウスカントリー社との合弁とする、②出店地域は日本を二分割した東日本のみに限定、③八年間で二〇〇〇店出店すること、④ロイヤルティは売上高の一％とする、というものだ。

「どうなのですか？」

俊雄は穏やかに聞く。

「すべてノーです」

将史はきっぱりと言い切る。

「私も同意見ですね。やるなら合弁ではなく私たちに任せるべきでしょうね。私たちもいちいち相手の顔色を窺《うかが》うなんてことはやれません。出店地域を東日本だけなどというのは論外でしょう。いずれどこかライバルに権利を売却して、私たちと競わせるつもりですね」

「私もそう思います。考えられるのはスーパーサカエです」

「仲村さんですね。この条件も認めがたい。二〇〇〇店というのも法外だ。どんな店舗が日本に合うのかさえ分からない時に出店数を確約できるはずがない」

「ロイヤルティも高すぎます。一％なんか払えません。向こうは、他の国と同条件だと言っていますが……」

「当社の売上高利益率は、現在、一・八一%でしょう?」

俊雄の表情が厳しくなった。

「はい」

将史が眉根を寄せる。

「一%はちょっとねぇ」

「日本だけを例外にはできないと言っていますが、〇・五%くらいならと交渉しています……」

将史の憂鬱《ゆううつ》そうな表情が、俊雄の慎重さを大いに刺激した。

ようやく上場を果たし、売上高も八〇〇億円を超え、一〇〇〇億円、二〇〇〇億円と飛躍する勢いだ。追いかける先には仲村が率いるスーパーサカエがある。仲村は、遥か先を行っている。その勢いは、進軍と言ってもいい。ラッパを高らかに吹き鳴らし、周囲の草木さえなぎ倒していく。

――このままだとやられてしまう。

俊雄は、その様子を見るたびに恐怖を覚えざるを得ない。

――資金が足りない。人材も、兵站《へいたん》を支える組織もなにもかも不足だ。こんな時にコンビニエンスストアという新しい業態に進出すべきだろうか。

スーパーマーケットの顧客サービスの一環としてレストランチェーンを展開する

のとは違うのだ。自分たちには未経験のフランチャイズという業態に参入するのだ。

俊雄は、北方、南方、中国と戦線を広げ過ぎて自滅した日本軍を思い浮かべていた。俊雄は、将史をまじまじと見つめた。

——この男は単なる拡大主義ではないのか。フジタヨーシュウ堂は想像もしない方向に引きずられてしまうかもしれない。

不安が募って来る。

——しかし……。

俊雄は迷っていた。人真似はしない、独自の道を行くべきか。仲村と同じ道を歩んでも、結局は先に巨大化した方に負けてしまう可能性が高い。仲村がまだ歩いていない道を行くことで、フジタヨーシュウ堂は全く違う企業になり、仲村との消《しょう》耗《もう》戦を回避することができる……。

「まだ迷っておられますか」

将史が聞く。

「大木君とは違って、私はフジタヨーシュウ堂を守らねばならないからね」

将史の表情が歪んだ。

皮肉を込めたつもりはなかったが、そのように聞こえたのではないかと気になった。

「七月の末に私は最終交渉にダラスに向かいます」

将史が言った。

「私もその前にダラス本社を訪ね、アメリカのアーリーバードの店舗を見学する予定になっています」

俊雄は答えた。

「太平洋上で社長とすれ違うことになります。ハワイで落ち合って社長が現地をご覧になった感想をお聞きし、最終的な方向を決めませんか？　進むべきか、撤退するべきか？」

将史は落ち着いた口調で話す。しかしそこから発せられる勢いは俊雄を圧倒しそうだ。俊雄は、眉宇《びう》に力を込め、唇を固く閉じ、迫力に負けじと将史を見つめる。

――この男はどこに向かおうとするのか。私はこの男をコントロールできる人間なのか。将の将たる人間なのだろうか。

「大木君、小規模商店との共存共栄というのはフジタヨーシュウ堂の重要な経営課題です。コンビニエンスストアへの進出でその課題を解決できますか？」

俊雄が聞く。

「できます」

将史は答える。

「分かりました。では、ハワイで会いましょう」

七

俊雄は、将史より一足早くダラスに行き、サウスカントリー本社で社長や会長のジョン・シンプソンに会った。

俊雄は、思いがけないほど友好的なシンプソンの態度にすっかり魅せられた。突きつけられた条件の厳しさから、強欲なビジネスマンを想像していたが、全くそのような印象は受けなかった。

宿泊先のホテルに入った時、シンプソンに対する良い印象は一挙に高まった。部屋の中に、日本のウイスキーが置いてあるのだ。心遣いのできる人……。俊雄は、そのウイスキーをグラスに注ぎ、一口飲んだ。馥郁《ふくいく》たる香りが口中に一気に広がる。緊張していた心や体が一気に解きほぐされる感じがする。

「彼となら上手くやっていけるかもしれない」

俊雄は、創業者であり、オーナーであるシンプソンに、自分と同じ匂いを嗅《か》ぎ、強い親しみを覚えたのだ。

一方、正直に言ってサウスカントリー社やアーリーバードの店舗には感動しなかった。

店舗は、狭い。購買意欲をそそらない食品や雑貨類が雑然と置かれている。店員も愛想がいいとは言えない。

こんな店が日本で受けいれられるだろうか。モータリゼーションが進み、住宅と住宅が離れて点在し、何処《どこ》に行くにも車が必要なアメリカ社会。そこで車にガソリンを入れるついでにちょっとした食品や小物を購入する便利な店――コンビニエンスストア。

アメリカだから発展したのではないか。

住宅が密集し、歩いて商店に行き、愛想の良い店主とのやり取りで商品を購入するのに慣れた日本に、果たしてコンビニエンスストアは受けいれられるのだろうか。

フランチャイジーのオーナーたちに、私は責任を持てるだろうか。

俊雄の心を占めるのは、小規模商店の店主たちに対する責任の一言だった。

スーパーをリース方式で店舗展開するフジタヨーシュウ堂にとって地主は運命共同体である。それらに加えて、新たにコンビニエンスストアのフランチャイジーを募れば、多くの小規模商店の生活がのしかかってくる。俊雄は、考えれば考えるほどれに対する責任の重さに押し潰されそうになった。

——誰にも分かるまい……。

俊雄は、再びウイスキーを口に含んだ。

経営トップで、オーナーである俊雄の思いを一言で言い表すなら「孤独」だ。この孤独は、将史のように俊雄の下で働き、腕を揮《ふる》いたくてうずうずしている者たちには分からないだろう。分かってもらいたいとも思わない。

俊雄は、窓のカーテンを開けた。眼下には夜の闇の中にダラスの街の明かりがまばゆく輝いていた。

「優柔不断な社長だと思っているだろうな」

俊雄は、寂しげな笑みを浮かべてグラスに残ったウイスキーを飲み干した。

八

俊雄は将史と宿泊するハワイのホテルの一室で落ち合った。

スイートルームのソファに座り、テーブルにはルームサービスで運んでもらったコーヒーが二つ、置かれていた。

「どうでしたか？」

将史が聞く。今からダラスでサウスカントリー社との最終交渉に臨むにしては気負いは見られない。

「シンプソン会長とは気が合いそうだったが、正直言ってアーリーバードの店は、ぱっとしないな」

「そうですか？　ぱっとしませんか？」

俊雄の素直な感想に将史が少し力を失う。

「あのままの店なら駄目だろうな。日本に相応《ふさわ》しい店に変えないとね」

「私もその点に関しては同感です。学ぶべき面は学び、変えるべきところは変えたいと思います。学ぶが、真似るになってはいけないと心しています」

将史の表情は真剣さを増していく。

「大木君は、生き残った者の責任というのを考えたことがあるかね」

俊雄は唐突に聞いた。

「どういう意味でしょうか？」

将史が首を傾げる。

「私は戦争で多くの人が亡くなるのを見たんだ。それで考えた。なぜ自分は生き残ったのか……。答えは見つからなかった。しかし、生き残った者は亡くなった人たちの無念を晴らす責任を取らねばならないということだけは強く思ったんだよ。スーパー経営者である私にできる責任の取り方は、食料や衣料などをアメリカ以上に日本に豊かに溢れさせ、絶対に不自由させないことだと思った。その考えでスーパーを経営している。金儲けだけではないんだ。日本を豊かにしたい、それが私の責任の取り方なんだ」

俊雄はコーヒーに口をつけた。

将史は、俊雄の話にじっと耳を傾けている。コーヒーには手をつけていない。

「社長」

将史は、テーブルに両手をつき、身を乗り出し、俊雄を上目遣いで見つめた。

「私は、先方の条件に全てノーを突きつけるつもりです。合弁ではなく、当社子会社にします。出店エリアは日本全域。東西分割などさせません。出店数は八年間で一二〇〇店。ロイヤルティは〇・五％。これを死守します」

「それでは決裂《けつれつ》しますよ」

「その覚悟です。私は、アーリーバードを展開することが、日本の小規模商店とスーパーとの共存共栄の唯一の道と考え、社長をここまで無理やり、引っ張ってきました。私なりに日本を豊かにする道だと信じているからです。しかしアメリカの言いなりになって、みすみす失敗するような条件をのむつもりはありません」

「決裂したらどうするのですか？」

「その責任は取らせていただきます」

俊雄は、眉根を寄せた。コーヒーを口に含んだが、冷めてしまって苦味ばかりがきつくなっている。

「大木君たちがせっかくここまで漕ぎつけたのに……。決裂させるのはね」

「それはそれ、惜しくはありません。もし先方が、私たちの条件をのまなければ、席を蹴って帰ってきます」

なぜか将史は薄く笑った。これから始まる戦いを楽しみにしているかのようだ。

ふいに俊雄は昭和二〇年に入隊した陸軍船舶特別幹部候補生隊のことを思い出した。海の特攻隊だ。特攻隊員は死ぬことに疑問を抱いて逡巡《しゅんじゅん》するタイプと、言葉は相応しくないかもしれないが、まるで湯上がりのようにさっぱりと覚悟を決めているタイプと二通りに分けられた。

――私は前者だが、将史は後者だな。

つい、俊雄も笑みを浮かべた。

「なにかおかしいですか」

将史が俊雄の笑みを見て疑問を呈した。

「いえ、大木君が笑ったからですよ」

「私、笑いましたか？　それは失礼しました」

将史は頬を手で軽く叩いた。そしてゆっくりと立ち上がった。

「そろそろダラスに行かねばなりません。それじゃあ、断ってもいいですね」

将史は、力まずに言った。

俊雄は、ふうとため息をつき、無言で将史を見つめた。

頑張ってこい、なんとしても交渉をまとめて来いなどと声をかけるべきなのかと思った。

しかし自分の心の迷いが払拭《ふっしょく》されない以上、軽々しく、かつ平板な激励を言うべきではない。

「では、失礼します」

将史は、軽く頭を下げ、部屋を出て行った。ドアが閉まる固い音が、俊雄が残る室内に響いた。

九

交渉は難航した。こちら側のメンバーは将史と水沢、そして通訳を買って出てくれた総合商社、佐藤忠の社員の三人だ。時にはテーブルを叩いた。穏やかな水沢が声を荒らげたこともある。将史は、終始、無言を貫いた。

将史は、自分が提示した条件を一歩も譲る気がなかった。俊雄がサウスカントリー社との提携に積極的でないことも、強気の交渉を後押ししたことは間違いない。決裂したっていいじゃないか。そう思うことで、先方がどんなに脅しをかけてきても揺るがないのだから。

——わざと決裂してもいいということで、我々を交渉の前線に立たせたとしたら、社長はかなりの曲者《くせもの》だ……。

将史は腹立ちを覚えないでもなかったが、決裂させたいという気持ちは全くなかった。

これをまとめなければ、フジタヨーシュウ堂は新しい一歩を踏み出せないと思っていたからだ。

「ホテルに帰るぞ」

交渉が膠着《こうちゃく》状況になった時だけ、水沢に将史は声をかけ、席を立った。

水沢も慌てて、席を立つ。サウスカントリー社の幹部は、何事かと慌てる。交渉を止めて、日本へ帰るのかと思ったのだろう。

「テイク　ア　ブレイク（ちょっと休憩）」

将史は言う。

サウスカントリー社も状況が変化していた。最初は日本のマーケットに関心がなかったが、調べれば調べるほど、イギリスやカナダ以上に有望なマーケットではないかと思うようになっていた。

将史には、交渉をまとめたいとの思いがありつつも、まとまらなくても構わないとの開き直りがあった。一方、相手のサウスカントリー社は、ぜひとも交渉をまとめたいという気持ちに変わっていたのである。

合弁や出店数、出店エリアは、将史の出した条件をのんだ。しかし強く拒否してきたのはロイヤルティだ。先方の一％に対して、将史は〇・五％を譲らない。

「マサシ　ハ　ハードネゴシエイターダ。クレイジーダ」

サウスカントリー社側も呆れ気味になっている。

「私は、合理主義者だ。御社が日本で利益を上げたいと思うなら、当社を助けるべきではないか。当社の発展が、御社の利益に直結するだろう。だからロイヤルティは〇・五％を譲れない」

「〇・六％デハドウカ。コレ以上ハ勘弁シテクレ」

ついにサウスカントリー社が音《ね》を上げた。

将史は、満足気な笑みを浮かべて、握手をすべく手を差し出した。相手はようやく安堵した顔になり、将史の手を握った。

「ダン（交渉成立）だな」

将史は、水沢に言った。

＊＊＊

一九七三年八月二八日付、日本経済新聞の一面、五段抜きで「コンビニ外資初上陸——米サウスカントリー社、フジタヨーシュウ堂と提携合意」との記事が掲載され、同業のスーパー経営者に衝撃を与えた。

しかしマスコミや同業者には、誰も提携の意味を深く理解し、将来を見通している者はいなかった。

口をそろえて「小手先の大店法対策だな。上手く行くはずがない」と言い、「お手並みを拝見といこうじゃないか」と横目で見ていたのである。

しかし将史の目には日本中にアーリーバードの看板が立ち並ぶ景色が映っていた。フジタヨーシュウ堂に入社して、これだけ心が躍り、熱くなるのは初めてだった。

「慎重に頼みますよ」

俊雄は、将史の勢いが溢れる様子が外見からも分かるだけに、一言、自制を促さざるを得なかった。

「さて、資金や人材をどうするかな。レストラン・チャーリーズもあるからな」

二兎《と》を追う者は一兎をも得ずになっては問題だ。慎重に進まなければならないと将史に忠告した言葉を、俊雄は自分に言い聞かせたのである。

――人は好みに滅ぶ……か。

# 第十章　コンビニスタート

## 一

一九七三年（昭和四八年）八月二八日――。

ここ数日、三〇度以上の真夏日が続いている。今日も暑い。予報では三〇度を優に超える。立秋が過ぎても、全く秋らしい気配は感じられない。

東京の江東区《こうとう》豊洲《とよす》で本山《もとやま》酒店を経営する本山憲夫《のりお》は晴れ渡った空を見上げて、ひと際憂鬱な気分に陥っていた。

父親の急死で、大学を中退して酒屋を継いで、早三年が過ぎた。いずれは継がねばならないと考えてはいたが、あまりにも突然のことだったので全く準備も心構えもしていなかった。

それでもがむしゃらにやってきたお蔭で経営は順調だ。これといって問題はない。これも父親が酒類販売という免許事業を営んでくれていたお蔭だ。誰もが酒屋を営むことができるわけではないことが、利益確保に結びついている。

このまま明日も明後日も順調な日が続くだろう。それなのになぜ憂鬱なのか？

必死で走り続けてきた反動が来ているのだろうか。

そうではない。なんとなくこのままでは未来がないような漠然とした不安が、憂鬱の原因だ。

酒屋は酒類販売の免許に守られているため競争が少ない。このエリアで酒を買おうと思ったら、本山の店に来るしかない。待っていれば、客が来る。しかしこれで良いのだろうか？　免許が自由化にでもなればどうなるのか？　競争がなく、のんびりしていた酒屋はたちまち経営が苦しくなるだろう。酒類販売の免許のことは、本山が心配しようと、どうなるものでもない。

それよりもっと大きな憂鬱の原因は、自分の商売がお客本位でないことだ。

本山は父親の急死で、突然、店を引き継いだのだが、実際に商売をやってみて自分が驚くほど商売が好きだということに気づいた。

お客の喜ぶ顔がなんとも言えない。嬉しくてたまらない。もっともっとお客の笑顔が増える商売をしたい……。

ところが現実は違っている。お客が酒を配達してくれと頼んでくると、ついつい利益率の高い銘柄を選んでしまう。

本山が扱うのは父親の代から、灘の銘酒が主だった。これらは人気があり、よく売れるのだが、販売価格が決まっていて利益率が低い。そのためお客が銘柄を指定しない時は、あまり人気がないが、利益率の高い商品を、つい選んでしまう。これはお客本位の姿勢ではない。これではいけないと思うのだが、店の利益を考えれば、そうなってしまう。

なぜそんなことになってしまうのか。

それはお客の変化にある。本山酒店の主力客は、豊洲にある企業だ。建設会社や自動車販売業者は、お祝い事があると酒を持って行く。その際のために数十本の酒をまとめて購入してくれる。

ところが最近は、その都度、注文が来るようになった。会社側もまとめて購入すると、置き場所に困ったり、酒の鮮度が落ちたりと、問題があるからだ。

このせいで配達がものすごく増えた。今まで一回で済んだ会社に、何度も配達しなければならなくなった。この経費が負担で、経営を圧迫するようになってきたのだ。

「今日も配達に行くかな。暑いな。全く……」

本山は再び空を見上げた。

何が何でもとにかく現状を打破したい。それなのにどうしていいか分からない。それが憂鬱の最大の原因なのだろう。

「おはようございます。相変わらず早いですね」

新聞配達の少年が新聞を運んできた。

「当たり前だ。早起きは三文の徳と言うだろう。もう少し早く新聞を配達してくれよ」

本山は新聞を受け取りながら、注文を付けた。

朝刊に目を落とした瞬間、本山は息をのんだ。一面の記事に釘付けになった。

記事には、大手スーパーのフジタヨーシュウ堂が、全米最大のコンビニエンスストアであるサウスカントリー社と、日本におけるライセンス契約を結ぶことで合意に達したと書かれていた。

コンビニエンスストアは、米国ではかなり発達しているが、我が国ではほとんど知られていない。その言葉通り消費者に〝便利さ〟を提供する小売店である、と解説も付記してある。

「これだ！　これをやるぞ」

本山は思わず口にした。

実は、本山は以前からコンビニエンスストアに強い関心を持っていた。

現状を打破する何かを求めて、ある流通業界の勉強会に参加したことがあった。

その際、講師からアメリカのコンビニエンスストアについて聞いていたのだ。

本山は、酒屋をお客本位のスーパーに変えることができないかと考えて勉強会に参加したのだが、一六坪しかない店ではどうしようもないと諦めていた。しかし講師は、アメリカではコンビニエンスストアというスーパーと本山の店のような小売店との中間に位置する業態が発達していると話した。コンビニエンスストアなら一六坪でも十分であり、アメリカでは豊富な品揃えでお客に支持されているらしい。

講師の話を聞くうちに、やるならコンビニエンスストアだという気持ちに傾いていたが、それには大手企業のフランチャイズにならないと単独で始めるのは無理だった。本山はどこかの大手企業がコンビニエンスストアを始めてくれないかと期待して待っていた。

「母さん！」

本山は、新聞記事を握りしめて、店先の掃除を始めていた母親に叫んだ。

「どうした？　憲夫、朝っぱらから大きな声を出したりして」

母親は箒《ほうき》の動きを止め、本山に顔を向けた。

「コンビニエンスストアをやるぞ！」

本山は、新聞記事を見せた。

母親は、困惑した表情で「コンビニエンスストア？　何のことだか分からないけど早く配達に行っといで」と答え、再び店先を掃き始めた。

二

一九七三年一一月二〇日、千代田《ちよだ》区三番町《さんばんちょう》のフジタヨーシュウ堂本社の一角、七坪ほどの場所を事務所として、アーリーバードジャパンの本社が誕生した。

俊雄は、自らが社長を務めるものの、実質的な経営は専務となる将史に任せることとした。コンビニエンスストアの発案からサウスカントリー社との契約まで、実質的に指揮してきたのが将史だからだ。

「君がやるのが一番いいだろう」

俊雄は、将史に言った。

「私が言い出した事業ですから、私がやらせていただきます」

将史は、フジタヨーシュウ堂の役員と兼務することになった。会社の資本金は一億円だ。

資本金は、フジタヨーシュウ堂から七〇〇〇万円、後は、俊雄や将史、他の役員で拠出することになった。

「経営者が責任を持たないといけないからとはいうものの、あまり大きな資本金で始めることはできない。フジタヨーシュウ堂から七億円の融資をする。これで頑張ってくれないか」

俊雄は将史に言った。

「チャーリーズジャパンも作りましたから……。融資は可能な限り、早くご返済します」

将史が答える。

「うん、まぁ、無理しなくてもいい。なんとかなるから」

アーリーバードジャパン設立とほぼ同時期、一一月一六日にレストランチェーンの会社、チャーリーズジャパンも発足した。こちらは資本金三〇〇〇万円だ。

同時に二つの新業態をスタートさせる。俊雄にとっては、かなり大きな決断だった。

「レストラン、コンビニエンスストア、どちらも我々にとっては成功するかどうか分からないからね。小さく生んで大きく育てたい」

俊雄が言う。

特にコンビニエンスストアが成功するかどうかは全く未知数だ。レストランは幾つかのスーパーが手掛けているが、コンビニエンスストアだけは他のスーパーは手を出さないで、フジタヨーシュウ堂のお手並み拝見という態度だ。

俊雄は、アメリカのアーリーバードの店舗を見学してきたが、将史ほど大きな魅力を感じたわけではない。

　それだから実際に始めるに当たって、責任の重大さに怖れをなしていた。コンビニエンスストアは、社員ではなくフランチャイジーとして小規模商店主など、外部の人に経営してもらうことになる。その人たちの人生を丸ごと引き受けることになるのだ。上手くいかないからと言って途中で投げ出すわけにはいかない。この責任の重さに果たして耐えられるかどうか。

「なあ、大木君。アメリカで成功したから日本で成功するとは限らない。特にコンビニは日本の風土に合わせないといけない。アメリカで五〇〇〇店もの店を運営するシステムのノウハウを学べばなんとかなるとは思うのだが……」

　俊雄はもっと明るい表情をしなくてはいけないと思いつつ、暗くなってしまった。

「社長、サウスカントリー社との正式契約が終わりましたら、私もアメリカに行ってきます。研修を受けて参ります」

　将史は自らアメリカにコンビニ経営の研修を受けに行く。俊雄は、将史のフットワークの良さに思わず表情が緩んだ。

「いずれにしても君には悪いと思っている」

　俊雄は将史を見つめた。

「何が悪いのですか？」

将史が聞く。

「人も金ももっと手厚くしたいのだが、なにせ出店が嵩《かさ》んでいるからね。申し訳ないことだが」

今年（一九七三年）は取手《とりで》、土浦《つちうら》など八店舗を開店した。来年（一九七四年）は上大岡《かみおおおか》など六店舗開店の予定だ。大店法の施行が来年三月に迫っているため、ライバル企業と出店を競っている。

俊雄も負けてはいられない。仲村の率いるスーパーサカエとは売り上げでは圧倒的な差をつけられている。

仲村は、一九七〇年（昭和四五年）に売上高一〇〇〇億円を突破し、一九七二年（昭和四七年）には、たった創業一五年で創業三〇〇年の七越《ななこし》百貨店を抜き去り、小売業界で売上高日本一になったのである。仲村は、スーパーの時代が来たと高らかに宣言し、「売上高一兆円」を標榜したのである。

いかに慎重な俊雄といえども、ライバル心が芽生《めば》えるのを押しとどめることができなかった。

売り上げは、即ち店舗数の差だ。店舗を増やせば、確実に売り上げが増える。いつまでも慎重に進めるとばかり言ってはいられない。早期に売上高一〇〇〇億円を突破したい。店舗の拡充を加速しなければならない。

フジタヨーシュウ堂の成長は順調に推移していた。

一九七二年には八階建ての本社ビルを千代田区三番町に建設した。千鳥《ちどり》ヶ淵《ふち》を望むことができる白亜のビルだ。俊雄は、ビルを見上げ、北千住の戸板一枚から、よくぞここまで来たものだと感慨深い思いにふけった。

母とみゑは、本社ビルの完成披露の場で俊雄に近づき、耳元で「惜福《せきふく》の工夫をしなさいよ」と囁《ささや》いた。

惜福の工夫とは、貪婪《どんらん》を戒《いまし》める言葉だ。

人生は、上手くいき始めると、富も名誉も呆れるほどどんどん大きくなっていく。拒んでも向こうから寄って来るみたいだ。

しかしそうだからといって、それらを全て取り込んでいい気になっていると、思わぬところで躓《つまず》く。

だから順調な時ほど、立ち止まることが大事なのだ。福を取りつくし、費《つか》いつくさぬように工夫しなければならないと、とみゑは教える。俊雄は、黙って頭を下げた。とみゑの一言、一言が俊雄の道を正してくれる。

一九七三年（昭和四八年）七月二日には東証一部に指定替えを果たした。名実ともに一流企業の仲間入りを果たしたのである。

俊雄は、次の目標を売り上げ一兆円に定めた。

「アーリーバードは任せますよ。思い切ってやってください」

俊雄は、微笑《ほほえ》みをまじえて将史に言った。

俊雄には分かっていた。将史は自由にやらせれば能力を発揮することを。

俊雄が否定しても否定しても、何度でもコンビニエンスストアの重要性を提案してきた。あの徹底ぶり、しつこさは特筆すべき才能というべきだろう。

普通の者なら、諦めるだろう。社長が否定しているのだから。そこまではしなかったが、提案書を破って床に叩きつけたとしても将史なら、黙ってそれを拾い上げ、翌日に破れた書類をテープで修復して再度提案してくるに違いない。

部下ながらあっぱれというべきだ。

一国、争臣《そうしん》無ければあやうしと昔の人は言っている。争臣とは、諫言《かんげん》をいとわない臣のことだ。私の至らないところを気づかせてくれるのが本当の部下だ。

俊雄は、将史に影響され、いつの間にか、コンビニエンスストアが大規模スーパーと小売店の共存のためにはなくてはならない存在だと思うようになってきている自分がおかしかった。

「しっかりやらせていただきます」

将史は頭を下げた。

三

「チャーリーズと比べてちょっと待遇、悪すぎませんか？」

水沢が愚痴《ぐち》った。

チャーリーズジャパンは、フジタヨーシュウ堂本社ビル七階に二室分のスペースを確保しているが、アーリーバードジャパンは、同じ七階のその隣に椅子と机を並べただけの、たった七坪の執務スペースだ。

「余計な不満は口にするな。その代わり社長からは好きにやっていいとお墨付きを頂いたからな。君子は道を憂《うれ》えて貧《ひん》を憂えず、だ」

「なんですか？　それ」

「お前は教養がない」

「どうせそうですよ。教養がなくて悪うござんしたね」

水沢は口を尖らせて不満そうだ。

「論語の一節だ。リーダーというものは貧乏なんか苦にしないで己の道を真っすぐ進むということだな」将史は、自分なりの解釈を伝えた。それにしてもいい部下を持ったと水沢をしげしげと見つめた。遠慮なく、意見を言ってくれる。上司を忖度《そんたく》する部下は何人いても全く役に立たないが、水沢のように自分で道を切り開いてくれる部下は一人でも十人力だ。

「教養のない連中が集まりましたよ」

水沢が含み笑いで言う。

アーリーバードジャパンの発足に当たって将史が頭を悩ませたのは人材だった。新店舗ラッシュが続き、それにチャーリーズジャパンも同時発足という状況では、各部署で人材の争奪戦が行われる状況だった。

将史は、フジタヨーシュウ堂の役員も兼務しているためにアーリーバードジャパンを優先するわけにはいかない立場だ。ヨーシュウ堂全体のことを考えていないと陰口を叩かれかねない。

将史は、フジタヨーシュウ堂からの人材は最少にした。

将史と水沢は当然だが、後はフジタヨーシュウ堂元労働組合委員長の国谷亨《くにたにとおる》、商社マンからフジタヨーシュウ堂に転職した田沼清吾《たぬませいご》の二人だけだ。

将史はフジタヨーシュウ堂と役員を兼務していたが、ほかの三人は転籍、つまり背水の陣だ。コンビニエンスストアが失敗すれば、失業することになる。

水沢、国谷、田沼は迷うことなく転籍に応じた。新しいことをやる方が面白いじゃないですかと言ってくれたのは心強かった。

社員は一五人。フジタヨーシュウ堂からの転籍者以外は、新聞で公募した。

集まったのは、労働組合の元専従、食品メーカーの元社員、元自衛隊員など多士済々ながら、小売りは素人《しろうと》ばかりだ。

「あちらからは、あんな素人集団で、大木さんも大変だなと言われていますよ」

水沢がちらりとチャーリーズジャパンの事務フロアに視線を送った。

「ははは」将史は、声に出して笑った。「素人集団、結構じゃないか。俺もお前もみんな小売り素人だった。まあ、玄人《くろうと》は社長くらいのものじゃないか。さらに言えば、コンビニエンスストアなんて誰もやってはいないんだ。その意味じゃみんな素人なんだよ」

「そうでしたね。私たちは、日本で初めてのことをやるんですからね」社員が将史を囲むように集まってきた。

「みんな！　よくこのアーリーバードに集まってくれた。成功するも失敗するもみんなにかかっているが、失敗は許されない。失敗すれば、俺もフジタヨーシュウ堂とおさらばする覚悟だ。さて目標だが、五年で上場する。日本で最短で上場するんだ。これは俺がみんなに約束する。みんなもこれを目標に頑張ってくれ」

将史の声はいつになく大きい。水沢も国谷も田沼も、そして全くの門外漢として新聞公募で集まった社員たちも、文字通り目を白黒させている。

どう欲目に見ても五年で上場する構えではない。七坪の狭いスペースに、机とパイプ椅子。事務用品も満足に揃っていない。コピー機が一台あるだけだ。それも別の部署が使っていた中古だ。これでどうして五年で上場するなどと、目の前にいる男は大ボラを吹けるのだろうか。

隣のスペースで執務しているチャーリーズジャパンの社員が、将史の演説を聞き、忍び笑いをしている。

「みんな、信じていないな。まあ、信じろと言うのが無理かもしれないが、これは信じてもいい。なぜならコンビニエンスストアは、我が国に絶対に必要な業態だからだ。お客が必要としている業態なら、成長しないはずがない。俺を信じて付いて来てくれ。その代わり、素人なら素人らしい意見をどんどん言ってくれ。何も遠慮することはない。それからもう一つ、これは重要なことだ。コンビニエンスストアは、フジタヨーシュウ堂のようなスーパーではない」

将史が、目の前にいる水沢を睨んだ。水沢は驚き、体を反りかえらせた。

「大量生産、大量販売の工業的システムとはおさらばする！　すなわちフジタヨーシュウ堂のシステムの否定だ！」

将史が語気を強めた。

「えっ」

水沢は絶句した。

コンビニエンスストア導入の初めから将史と行動を共にしていた水沢は、その考え方をよく分かっている。しかしフジタヨーシュウ堂を否定するというのはあまりにも過激であり衝撃を受けたのだ。

「新しい仲間はフジタヨーシュウ堂のことは全く知らない。言わずもがなだが、否定しようにも相手を知らない。だから全く新しいシステムをみんなで作っていくということだ。フジタヨーシュウ堂でこうやっていた、ああやっていたというのは禁句だぞ。みんなの前に道はない、みんなの後ろに道ができるんだ」

将史が、高村光太郎《たかむらこうたろう》の有名な詩の「僕」を「みんな」に言い換えて話した時、水沢は痺れるような感動を覚えた。

他のメンバーも同じだ。顔を紅潮させているのが分かる。新しい流通の道を切り開くフロンティアだという自覚に震えているのだ。

「一一月三〇日に正式調印したら、三チームに分かれてアメリカで研修を受ける。俺も行く。全てのノウハウを吸収するんだ。やるぞ！」

将史は右腕を高く上げた。

我ながら、こんな大げさなことをするとは驚きだ。余程興奮しているのだろう。

「やるぞ！」

水沢が将史に呼応して右腕を高く上げた。その時、

——原理原則を忘れないようにしてください。

将史の耳に、突然、俊雄の声が聞こえて来た。

コンビニエンスストアの経営方針について話し合っている際の記憶が蘇ってくる。

——私は、戦争で生き残った者の責任を果たすためにスーパーを経営していると言いましたね。それはお客様を幸せにする、豊かにするという役割をスーパーが果たすと信じるからです。これが私の商売の原理原則です。このことは上場時に定めたサンクス三つの精神にも明らかにしています。一つ、お客様に感謝の気持ちを持とう。一つ、お客様によりいっそうのサービスに努めよう。一つ、お客様の立場に立って考えよう。

この三つの精神です。特に、お客様の立場に立つというのが、最も重要だと思っています。どんなに色々なことを変えても、変えていけないもの、変えられないものがあります。それは時代や場所を超えて通じるものです。それが原理原則。私が言いたいのは、コンビニエンスストアもその精神で経営して欲しいということです。儲けようとか、フジタヨーシュウ堂を補完しようとか、考えないでいいですからね。何事も原理原則を貫いてください……。

将史は、再び、拳を高くつき上げた。

四

フジタヨーシュウ堂が店舗展開の勢いを強め、アーリーバードジャパンとチャーリーズジャパンという二つの新業態をスタートさせた一九七三年（昭和四八年）は、実は日本経済にとって戦後最悪の年だった。

一九七三年二月、円は変動相場制に移行し、遂《つい》には一ドル二六〇円台もの円高になってしまった。日本列島改造論を政策に掲げる田中角栄《たなかかくえい》首相のもと、円高不況を恐れる日本政府は、市場に過剰なまでに流動性を提供した。日本政府は一般会計歳出前年度比約二五％増、財政投融資同約二三％増という超積極予算を組んだ。これがインフレに火を点《つ》けたのである。

気がつけば、不動産、株ばかりではなくゴルフ会員権、切手・コイン、絵画などあらゆる資産が急騰《きゅうとう》し、やがて公共事業のための資材価格、日用品、繊維製品、食糧までもが値上がりした。商社による売り惜しみ、買い占めまでもが発生し、国民は日用品や食料品が不足する物不足インフレに苦しめられるようになり、政府への怨嗟《えんさ》の声が大きくなってきた。

政府は国民生活安定のため金融引き締めなどの手段を講じ、インフレを抑え込もうと躍起《やっき》になった。

その直後のことだ。

一九七三年一〇月六日、イスラエルとエジプトなどアラブ諸国との間に第四次中東戦争が勃発《ぼっぱつ》したのである。

戦争が始まると、ＯＡＰＥＣ（アラブ石油輸出国機構）は、一〇月には五％以上の石油供給制限、一一月には産油量も二五％削減、一二月には追加で五％削減を決めた。さらにＯＰＥＣ（石油輸出国機構）は、翌一九七四年には前年価格の二倍強の大幅値上げに踏み切ると一方的に宣言したのである。

日本は国内石油消費の九九・七％を輸入に頼り、そのうち中東に約七八％も依存していた。

石油危機に対して、いわゆる「油断」し、全く無防備な日本政府はただただ周章《しゅう》狼狽《しょうろうばい》するのみだった。

それ以前からインフレの機運が高まっていた国内は、「モノ不足パニック」に突入したのである。

「売りなさい。店にあるものは全て売りなさい！」

俊雄は店頭で陣頭指揮に立った。

俊雄を押し倒すようにして押し寄せる客たち。皆、トイレットペーパー、洗剤、砂糖などを買い漁る。

「押さないでください。品物はあります！」

俊雄は声を張り上げる。

関西から始まった買いだめ騒ぎは全国に及び、特にトイレットペーパーなどを求める客で、どのスーパーもごった返した。

中には、売り惜しんだり、価格を吊り上げたりするスーパーもあった。

俊雄は、全店に指示し、そうした行為を絶対に禁止した。

混乱は至るところに拡大していた。タクシー運転手が燃料となるＬＰＧ（液化石油ガス）不足による仕事減少の賃金補塡《ほてん》を要求し、大規模な集会を開催した。銭湯も燃料寄こせストライキを決行。ガソリンスタンドは全国で休業。デパートやスーパーではエスカレーターやエレベーターを休止した。

スーパーの店頭からトイレットペーパー、洗剤、砂糖、小麦粉などが消えていく。一つの商品の棚が空になると、それで不安になった客は、次の棚も空にしていく。醤油、菓子、塩……。

「スーパーセイヨーの下丸子《しもまるこ》店が主婦に取り囲まれて暴動寸前になっています」

部下が報告してくる。俊雄は、セイヨーの経営者、大館誠一《せいいち》の端整な顔を思い浮かべる。彼も目を血走らせ、喉を嗄《か》らして、「落ち着いてください！」と店頭で叫んでいるだろうか。

「社長、洗剤が無くなりました」

社員が声を荒らげる。彼の声も嗄れてしまっている。押し寄せる客を大声で整理していたからだろう。表情が恐怖におののいている。客に向かって洗剤が無いと言えば、暴動になるかもしれない。

しかし無いものは無い。俊雄は勇気を奮って、洗剤は売り切れました。明日、ご来店くださいと叫んだ。目の前に並んでいる主婦がどっと勢いよく迫って来る。俊雄は足を広げて踏ん張る。

「売り惜しみしているんでしょっ！」

主婦が血走った目で俊雄を睨む。

「フジタヨーシュウ堂は、売り惜しみなど一切いたしません。明日、明日、必ず洗剤を用意いたします。明日のご来店をお待ちしています。ただしトイレットペーパーはお一人様二ロールまで、洗剤は一箱です」

俊雄は、トイレットペーパーや洗剤に一人二ロールまでなどの販売制限を設けたことで極端なパニックにならなくて良かったと思った。

スーパーによっては、売れるだけ売れとばかりに販売制限を設けなかったために一人で数万円分ものトイレットペーパーを買いだめする客が現れ、それがさらにパニックを深刻化させてしまっていた。

石油危機から発生したモノ不足パニックは、日本人がまだ戦争の記憶を引きずっていることを示したと言われる。

戦中、戦後にかけて日本人、特に主婦たちはモノ不足、すなわち家族の飢《う》えの恐怖と戦ってきた。その記憶が、石油危機によって呼び起こされたのだろう。

大蔵大臣福田赳夫《ふくだたけお》は一九七三年（昭和四八年）一二月に公定歩合を九％まで大幅に引き上げる金融引き締め策を実施したが、モノ不足パニックは一九七四年になっても収まらなかった。

福田はインフレの状況を「狂乱物価」と表現し、話題を呼んだが、実際、卸売《おろしうり》物価は一九七四年二月、三月において前年同期比三七％高、消費者物価は二六％高となった。

俊雄は、「まるで闇市のようだ」と嘆息《たんそく》した。終戦直後のモノ不足の中で闇市では多くの商品が信じられないほど高騰していたことを思い出したのだ。

日本人は礼節を重んじ、謙譲《けんじょう》の精神に富んでいるはずなのだが……。モノ不足パニックの様相を見ると、自分さえよければ良いという利己《りこ》主義の権化になり果ててしまったのか。

中でも俊雄を怒らせたのは、パニックに乗じて儲かりさえすればいいとばかりに、メーカーや商社、そしてスーパーまでもが売り惜しみ、価格吊り上げというパニック便乗商法に走ったことだ。

これは許せない。まだまだ日本人は本当の豊かさを知らない。豊かになる途上だ。フジタヨーシュウ堂は、こういう時こそ店舗を拡大し、攻めに出よう。

俊雄は他のスーパー経営者に比べて慎重だが、決断すると速い。一九七三年に六店、一九七四年に八店と出店を加速し、店舗数は四二店に増えた。

出店加速に加えて、アーリーバードジャパンとチャーリーズジャパンという新業態二社をスタートさせた。スーパー業界全体が、石油危機で将来を悲観視している中での俊雄の攻勢は、他社の経営者から注目を浴びた。その視線は、決して尊敬ではなく、大きな火傷《やけど》を負うに違いないという屈折したものだった。

日本経済が縮小している時に、どうして攻勢に出られるのか。それは俊雄の慎重な経営姿勢の結果だ。財務内容が他社に比べて格段に充実していたからだ。

しかし出店が重なれば、土地を所有しないリース方式を採用しているとはいえ、資金繰りは苦しくなる。このままでは設備手形の支払いに窮してしまう可能性がある。

俊雄は、他の役員には辛い顔を見せず、愚痴をこぼすことなく融資を求めて銀行巡りを続けた。政府は、インフレ抑制のために銀行融資を制限している。どの銀行も融資をしたくともできないのだ。慎重な俊雄でさえ、高利の融資に手を出しそうになった。

なんとかメインバンクの四井《よつい》銀行以外の政府系金融機関や外資系金融機関から融資を受けることができたが、金利の高騰で調達コストの上昇は避けられない。

――低コストで資金を調達できる力が、企業の発展に大きく影響するだろう。

俊雄は、海外での資金調達など調達先の多様化を図らねばならないと真剣に考えていた。

五

「いよいよアメリカ行きですね。もう少し予算が欲しいですが……。でも今の状況じゃ贅沢《ぜいたく》は言ってられませんね」

水沢が暗い表情で将史に言った。

「当たり前だ。どこもかしこも貸し渋りにあって大変だぞ。政府も小売業にあまり貸すなと言っているらしい」

将史が言った。

「そうらしいですね。サカエの仲村も相当、厳しいらしいですよ」

水沢が、どこで仕入れてきた情報かは分からないが、さも深刻そうに話す。

「どう厳しいんだ?」

「メインバンクの和同《わどう》銀行から出店資金の融資を断られたらしいです。新規出店をしなければサカエの将来がないと必死に食い下がったら、銀行は株式の保有と代表取締役の派遣を条件に提示したそうです。要するに銀行管理にして仲村の拡大主義を制限しようというんでしょうね。不動産を持っていても効果なしですね」

興味深い話だ。

「それで?」

将史はその先を要求した。

「仲村は、銀行管理になるものかとあちこち走り回って、政治力も使ってなんとか信託銀行や住倉銀行から借りられるようになって、ようやくひと息ついたようです。結局、金の切れ目が縁の切れ目で、和同銀行はメインの座から降りたそうです。でもそれでホッとしているとか。なにせサカエは金喰い虫ですから。まともに付き合っていると他の会社に回す融資が無くなってしまうからでしょう」

将史は、強気を崩さない仲村の剽悍《ひょうかん》な顔つきを思い浮かべた。

あの男なら、どんな逆境も切り抜けるだろう。

「不動産もいざとなったら当てになりませんね。社長がいつだったか、不動産を購入して、それを担保にして金を借りる錬金術は、いずれ破綻《はたん》するとおっしゃってましたが、当たりですね」

水沢が安堵したかのように微笑した。

「ああ、そうだな。俺は、銀行員から聞いたことがある。不動産は担保としてはあまり好ましくないそうだ。値上がりはするが、今回のような金融引き締めに遭うとたちまち値下がりする。慌てて売ろうとしても売れないばかりか、さらに値が下がる。経済が順調な時は、良質な担保になるが、悪循環に陥ると、逆になるわけだ」

「社長はスゴイですね。今日のことを予想していたんでしょうか」

水沢が答えを求めるような表情で将史を見つめた。

「スゴイかどうかは知らんが、俺たちはこういう時期だから出張費などは削れるだけ削るぞ。フジタヨーシュウ堂とは違うんだ」

将史の言葉に、水沢は残念そうに肩を落とした。

将史は、俊雄が資金調達に奔走《ほんそう》しているのを知っていた。

そのため自分の役割は、できるだけ無駄な予算を使わずにコンビニエンスストアを成功させることだと決意していた。

「あっ、そうだ。忘れていました。こんなものが来ているんです」

水沢が、封書を差し出した。

「フジタヨーシュウ堂本社内　アーリーバード係御中……」

将史は、封書の表に書かれている宛名を読んだ。

「これは？」

水沢の顔を見た。

「新聞記事を見た人からの手紙です」

「手紙を読んだのか」

将史の顔が厳しい表情に変わる。

「ええ……」

水沢がバツの悪そうな顔になる。

「バ、バカ野郎！　早く言え」

将史は怒鳴ると、封書の中身を取り出した。

日本にコンビニエンスストアができるという記事で反応があったのだ。いったいどんな反応なのだろうか。知るのが怖い気がする。

「水沢、お前が読んでみろ」

将史が便せんを渡す。丁寧な文字で書かれた手紙だ。

「は、はい」

水沢は将史の怒りに怯えた様子で読み始めた。

「拝啓　私は江東区豊洲で本山酒店を営んでおります本山憲夫と申します。この度、突然、お手紙を差し上げましたのは、日本産業新聞で日本にコンビニエンスストアが進出することを知りましたので……」

水沢の読む手紙の内容に、将史はぐいぐいと引き込まれていく。

本山は二三歳。父親の後を継ぎ、酒屋を営んでいるが、広さは一六坪しかない。アメリカのコンビニエンスストアの標準店の半分以下だが、フランチャイズ店としてやりたい。コンビニエンスストアの将来性に賭けたいと意欲を切々と訴えていた。

将史は、心を動かされた。

「他には手紙が来ているのか」

「これだけです」

水沢は申し訳ないという顔だ。

「一通でもいい。俺たちがやろうとしていることに賛同してくれる人がいるってことだ。嬉しいじゃないか。この手紙への対応はどうした」

将史の問いに水沢は、ちょっと自慢気な態度に変わった。

「返事を出しておきました。当社としてはまず直営店で経験を積み、その後一年ぐらいでフランチャイズシステムができると思いますので、その際には連絡します……」

水沢の言葉に、将史の表情がみるみる険しくなる。水沢は、首をすくめた。

「バカ！　一年待てって言ったのか」

将史の怒声が飛んで来る。水沢は怒鳴られる理由は分からないが、とにかく怒りを収めるのが先決と、「すみません」を繰り返した。

「今すぐ、この人に会いに行くんだ。そしてその本気度を確認するんだ。分かったな」

「はっ！」

水沢は、思わず敬礼をしてしまった。

将史は、考えていることがあった。アーリーバードジャパンは、最初に直営店を開いて、フィジビリティスタディ（事前の実験）をしようとしていた。フランチャイズ方式を採用するつもりなのに、なぜ直営店を作る必要があるのか。実験は実験に過ぎない。

――そんな及び腰では、日本にコンビニエンスストアを定着させることはできない。最初からフランチャイズ店で行くべきではないか。それにフジタヨーシュウ堂が直営店で始めたら、小売店との共存共栄ときれいなことを言っても、結局、大店法の網を潜り抜けるために小さな店を始めたと非難されるだろう。それなら最初からフランチャイズ店で行くべきだ。

「酒屋……。いいかもしれない」

将史はほくそ笑んだ。

六

「システム……。学ぶのは利益重視のシステムだ。それしかない」

将史はひとりごちた。今から俊雄に帰国報告をする。

サウスカントリー社と正式提携に調印した一九七三年（昭和四八年）一一月三〇日の直後、新設のアーリーバードジャパンの社員一三人が三組に分かれて、アメリカのカリフォルニア州サンディエゴ郊外のラメサという街にあるサウスカントリー社のトレーニングセンターに向かった。

第一陣は、元労働組合委員長の国谷享、元商社マンの田沼清吾など全員で五人。第二陣は将史、水沢秀治など三人。第三陣は五人だ。それぞれ営業や不動産、保険、会計などの専門分野の研修を受ける。研修期間は講義が四週間、トレーニング用のストアでの実務、実技が四週間だ。宿泊施設もセンター内にあり、文字通り研修漬けの生活となる。

将史は、フジタヨーシュウ堂の役員も兼ねており、またアーリーバードジャパンの実質的経営責任者だ。そのような立場の人間が、若手社員と交じってコンビニエンスストアの研修を受けることにサウスカントリー社は驚いた。

しかし将史は気遣い無用とばかりにサンディエゴに入った。

そしてやっぱりかと言っていいのだろうが、半月前にセンター入りした国谷たちの姿を見て、怒りを覚えたのだ。

第一陣がストアで必死にレジ打ちをやっている。「わざわざアメリカにまで来てレジ打ちなどやらんでも良い」と将史は怒鳴りつけ、講師に抗議した。

しかしサウスカントリー社は将史の抗議を寄せ付けず、淡々と研修を続ける。お蔭で将史も人並み以上にレジ打ちが上達した。

将史も負けてはいない。とにかく学べるものは学び、日本に適さないものは捨てることにした。

サウスカントリー社から提供された二七冊の分厚いマニュアルを英語に堪能《たんのう》な田沼に翻訳《ほんやく》させた。田沼は、日々の研修が終わると、自分の部屋に籠もり、マニュアル翻訳に没頭した。

実技、実務研修には馬鹿馬鹿しいと腹を立てた将史だが、サウスカントリー社のコンビニエンスストア経営における利益重視のシステムなどいくつかのシステムに言葉を忘れるほど衝撃を受けた。

最近、将史は、自分の性格を分析し、システム志向の強い人間だと思うようになっていた。

商人として育ってきた俊雄との大きな違いはそこにある。俊雄は、商人らしく個々の商品や個々の仕入れ先などにこだわりを見せる。とにかく採算を度外視しても良い商品を信頼のおける問屋などの仕入れ先から仕入れる。商人という者は、良い品を適切な価格で仕入れ、適切な利潤を上乗せして販売し、きちんとお客に手渡さねばならない義務があると考えているからだ。それを倦《う》むことなく、飽きないで続けることができるのが商人である。それでこそ「商い（飽きない）」と言われる由縁なのだ。

将史は基本的には俊雄の考えに同調していた。しかし小売店の店主の全てが俊雄のように商人としての能力があるわけではない。将史自身にもない。

俊雄の持つ商人としての能力をシステム化すれば、どの小売店の店主もある程度までは俊雄に近づくことができるのではないか。

これはフジタヨーシュウ堂にも言えることだ。

チェーンストア化を進め、店舗が増加していく。しかしどの店舗にも俊雄のような商人を配属できるわけではない。だから店舗が増えれば増えるほど経営が安定するかと言えば、不安定になっていく可能性がある。

しかし商売のシステム化、すなわち利益が上がる仕組みを構築することができれば、どんな人間が小売店を経営しても、付加価値を増し、生産性が向上し、ある程度期待した利益が上げられるだろう。

アメリカ企業はシステム化する能力に優れている。異人種、異文化の人たちを雇用しなければならない環境で生き残るためには、そうすることが必要だからだ。日本のように顔色を読み、空気を読み、気働きがある人間はアメリカにはいない。日本の商売は、その人の個性や能力に依存し過ぎている。だからその人がいなくなれば、商売そのものも廃れてしまう。

将史は、いつだったか俊雄から「大木君は学者のようだね」と言われたことを思い出した。

決して頭でっかちと揶揄《やゆ》されたわけではない。物事を徹底的に突き詰め、そこにある真理を摑もうとする将史の姿勢を評価してくれたのだ。

——どんな人でもサウスカントリー社の商売のシステムを学び、活用すれば、ちゃんと利益を上げられるようになる……。

これこそが流通革命だと将史は確信した。

将史は、サウスカントリー社のシステムを日本流、すなわち将史流にアレンジすることに全力を注ぐことを決意した。

社長室に入る。俊雄がいる。

「お疲れ様でしたね。アメリカは勉強になりましたか?」

いつもの穏やかな態度だ。

「はい、非常に勉強になりました。藤田社長を何人も作ることができるシステムを学びました」

将史は、やや外連味《けれんみ》のある言い方をした。

「おやおや、それは大変なことですね」

俊雄は愉快だと言いたげに笑みを浮かべた。

七

将史が、サウスカントリー社から学び、日本で活用できると考えたシステムは、アーリーバードという商標は当然のこととして、一つはフランチャイズシステム、もう一つは粗利益分配の会計システム、そしてオープンアカウントシステムだ。

フランチャイズとは、商標上の権利の使用を許すことで、そのシステムとはフランチャイザー（本部）とフランチャイジー（加盟店）がそれぞれ独立の存在で対等な関係に立ち、信頼関係で結ばれながらアーリーバードというコンビニエンスストアを経営していくものだ。

本部と加盟店は店舗運営の共同事業体なのである。そのため加盟店には従来の家族労働的な営業から企業経営への脱皮が求められ、本部はそれを強力に支援する。こうすることで小売業が付加価値、生産性を高めることができる。

契約書には加盟店はオーナーズ（ＯＷＮＥＲＳ）と複数形で表記されている。夫婦一組が一体だということだ。夫婦平等であり、夫が使用者、妻が従業員という関係ではない。共同経営者なのだ。この考えも日本にはなかった。

また加盟店の独立性を重んじる立場から、本部のオペレーション・フィールド・カウンセラー（ＯＦＣ）と呼ばれる経営指導員は加盟店には強制・命令権はなく、「ｍｕｓｔ（～ねばならない）」を使ってはならない。「ｍａｙ（～してもよい）」という言葉遣いとなる。本部が加盟店の上位に立つことは許されない。これも目から鱗が落ちる思いだった。

粗利益分配の会計システムでは、アーリーバードの利益重視の考え方に「洗脳」と称したくなるほど衝撃を受けた。

コンビニエンスストアは値下げしないのだ。日本では、競合するとすぐに目玉商品を値下げし、価格競争に陥る。これはスーパーのような大型店でなら可能な商法であるが、コンビニエンスストアのような、商品アイテムが少ない店で値下げすれば、客はそれだけを買っていく。すなわち利益が減少するのだ。

利益無き繁栄は無い。

この考えを徹底するため、アーリーバードは、粗利益分配方式を採用している。

多くのフランチャイズシステムでは売上高に一定の比率を乗じたロイヤルティを本部に支払っているが、アーリーバードでは加盟店の粗利益を分配する。従って店舗に利益が出なければ本部も利益が出ない。本部、加盟店が協力して利益を上げる努力をしなければならない。

またアーリーバードではロイヤルティとは言わない。チャージと言う。ロイヤルティだとまるで本部特権のようだからだ。チャージという言葉には、本部が加盟店のために再投資する意味が込められている。

そして会計にはオープンアカウントシステムを採用している。これは加盟店が開業後も資金繰りに煩《わずら》わされることなく営業が続けられるように、オーナーが負担すべき経費を本部が自動的に代払い決済し、万が一不足するようなことがあれば自動的に融資するところに特徴がある。

そのため加盟店は、毎日の売り上げを本部指定の口座に振り込むことになる。一方で本部は、毎月、加盟店の棚卸を行い、加盟店が税務申告に必要な決算書を作成する。

このオープンアカウントシステムで、本部と加盟店が透明で公正な決算を行い、その結果として粗利益を分けあうことになるのだ。

「アメリカのコンビニエンスストア経営をそのまま移植することはできませんが、これらのシステムは非常に有効です。これだけでもサウスカントリー社と提携した意味がありました」

将史は、俊雄に説明をした。

「それほど徹底して利益を重視していたとは驚きですね。しかしその考え方はフジタヨーシュウ堂とも相通じるところがあります。私も売り上げより利益を重視していますから」

俊雄は言った。

「その通りですが、スーパーと違って目玉商品などでお客を集めることはできませんから、本当にお客が必要な商品を置き、かつコンビニエンスストアの名の通り便利だと思ってもらう努力をしなければなりません」

「ところで一号店はフランチャイズですか、それとも直営ですか？」

「皆で議論していますが、フランチャイズ方式で展開していく考えですので、最初からそれがいいかと思います」

「私も賛成ですね。その方がフジタヨーシュウ堂の小売店との共存共栄の考えがより強くアピールできますから。でも候補はあるのですか」

一号店をフランチャイズで開店すると言っても、肝心の候補店が無ければどうしようもない。しかし海の物とも山の物ともつかないコンビニエンスストアに、人生を賭けようという小売店があるのだろうか。俊雄は、心配気味に将史を見つめた。

「ええ、候補店が一つあります」

将史は余裕を感じさせる笑みを浮かべた。

「一つですか」

俊雄は眉をひそめた。これから数百店舗、数千店舗と拡大しなくてはならないのに、たった一つとは先行きに不安を覚えたのだ。

「大丈夫です。今はたった一つの細胞ですが、必ず私たちの手で無限に増殖、分裂させてみせます」

将史は語気を強めた。

「頼みましたよ」

俊雄は、将史の自信に溢れた態度に安堵した。

# 八

一九七四年（昭和四九年）一月二日。街は大雪に見舞われ、一面真っ白な世界に変わっていた。正月ということもあり、車は少ししか走っていない。

「まだ着かないのか」

将史はタクシーの運転手に苛立ちをぶつけた。

「この雪ですから。でももうすぐです」

運転手は申し訳なさそうに答えた。

「専務、あれです。あの店です」

助手席に座っていた水沢が前方を指さしながら、振り向いた。

「おお、あれか。本山酒店と看板を掲げてある」

視線の先に本山酒店の看板を捉えて、将史は顔をほころばせた。

「本山さんは、本気ですよ。コンビニエンスストアを経営するには夫婦でないといけないと言いましたら、なんと結婚してしまったのですよ。地元の幼馴染《おさななじ》みや小中学校の同級生の独身女性に、片っ端から電話をかける作戦を実行したらしいですよ。で、最初に掛けた女性から、すんなりオーケーをもらったようです」

「ミスター・ジェイスン、今から会う人物はコンビニエンスストアを経営するために結婚したそうだ」将史は、隣に座るサウスカントリー社の店舗開発担当役員のジェイスンに言った。

「オドロキマシタ。ソレハスゴイ」

ジェイスンが大げさに両手を広げて、驚きを態度で示した。

「専務、本山さんが店の入り口に立って待っていますよ」

水沢が弾んだ声で言った。

将史は、窓を開け、身を乗り出すようにして本山に手を振った。雪の上を撫でながら吹いて来る風が心地よい。将史の興奮を冷たさで癒してくれる。

本山が、将史に気づき、両手を挙げて左右に振っている。笑顔だ。

「水沢、あの店から日本の流通の夜明けが始まるんだぞ」

将史が力強く言った。

「まるで坂本《さかもと》龍馬《りようま》ですね」

水沢が笑った。

「ああ、龍馬のように真っすぐに流通革命に突き進むぞ。遅れないように、水沢、ついて来い」

将史は前方をぐっと睨みつけた。

# 第十一章　スーパーマーケット大改革

## 一

一九七六年（昭和五一年）六月、都内ホテル――。

舞台には演台とその背後に金屏風《きんびょうぶ》、五葉松《ごようまつ》の盆栽。上部には、日米の国旗と横長の大きな看板。そこには「アーリーバード一〇〇店開店記念講演会」の文字とヒバリをかたどったロゴマーク。そして小さく「株式会社アーリーバードジャパン」の文字。

「続いて、アーリーバードジャパンの大木将史専務にご挨拶をいただきます」

司会者が会場最前列に座る将史の名を呼ぶ。

将史の前には、社長の俊雄とアメリカのサウスカントリー社の会長、ジョン・シンプソンが挨拶をした。

俊雄は、「日米の風土の差にもかかわらずサウスカントリー社のノウハウが日本に根付き、小売業の方々にとって将来性豊かなビジネス機会として育ちつつあることに自信を持てるようになりました」と話した。

俊雄は、会場を埋め尽くした人たちに頭を下げる前に、将史に微笑んだ。将史は、その笑みに刺激され、ぐっと喜びが込み上げるのを感じていた。

ジョン・シンプソンは、アーリーバードの歴史を語ったのに続き、「サウスカントリー社は一九二七年に創業し、アーリーバードを一〇〇店舗にするまでには二五年かかりました。日本でアーリーバードがこれを創立した一九七三年からたった三年でやり遂げたことは、たいへん喜ばしいことです」と話した。

将史はシンプソンを見つめ、心の中でこれは単なる通過点にすぎませんと語りかけていた。

いよいよ順番が回ってくると、将史は会場に向かって会釈《えしやく》し、ゆっくりと壇上に上った。日米両国旗を見上げ、頭を下げる。演台に向かって歩く。演台を前にして立つ。緊張で体が強張る。最近では珍しい。克服したはずの極度のあがり症がぶり返さないか不安になる。

約七〇〇人もの関係者が会場を埋め尽くしているのが目に入る。最後尾の人の顔まで不思議なほどはっきりと分かる。皆、この二年間、筆舌に尽くしがたいほど世話になった人ばかりだ。

将史は、感激屋ではない。普段は感情をあまり表に出さない。

しかし今日ばかりは違う。胸に感動、感激が込み上げて来る。それが目頭を圧迫し、涙を絞りだそうとする。

こんなに大勢の前で涙なんか流したら、後々、何を言われるか分からないと思いながらも、どうしても涙が滲む。

ふうと息を吐く。ようやく落ち着く。

アーリーバード一号店の本山の顔が見えた。視線が合った。本山は将史を見て、軽く頷いた。ちゃんと聞いてますよという合図なのか。将史は、笑みを返した。

壇上から見る本山の顔は、初めて会った時と比べると格段にたくましくなっている。アーリーバードとともに本山も成長しているのだと思うと、一層、嬉しい。

あの日の炬燵《こたつ》のぬくもりが蘇《よみがえ》ってきた。

＊＊＊

二年前、一九七四年（昭和四九年）の一月二日のことだった。

「本山さんの店を一号店にすることを決めましたが、いいですか」

将史は目の前にいる本山に言った。水沢とサウスカントリー社のミスター・ジェイスンの三人で豊洲の本山の店を訪ね、一緒に炬燵に入り、アーリーバードの説明をした。

本山は驚きながらも喜びに溢れた顔をした。なぜか将史を見ずに、両隣に座っていた水沢とミスター・ジェイスンに「本当ですか、本当ですか」と何度も確認していた。

「本当ですよ」将史は本山を見つめて言った。「ぜひ本山さんと一緒にアーリーバードを始めたい。色々議論はあったのですが、フランチャイズ店を展開するのだから、やはり最初からフランチャイズ店で始めるのがいいという結論に達したのです。一緒にやってくださいますか？」

「はい。お願いします」

本山は迷わず了解した。あまりに勢いよく頭を下げたので、炬燵のテーブルに勢いよく額をぶつけてしまった。ゴンという音がして、「痛っ！」と本山は額に手を当てた。それから「ははは」と大きく笑った。将史たちも釣られて笑った。

「絶対に成功させる覚悟ですが、もし失敗することがあれば、私は責任をもって店を元通りにしてお返しします」

将史は真剣な表情で言った。

本山も真剣だ。

「サウスカントリー社のノウハウに従って忠実に店を運営していただきます。しかし色々な課題が出てくれば、遠慮なくおっしゃってください。私たちが一緒に解決していきます」

「分かりました」

「本部とフランチャイズ店とで粗利益を分配します。四五%が本部、五五%がお店です。どうですか」

将史が発する言葉の一つ一つが本山を突き刺すようだ。

「結構です」

本山は即答した。これには将史が驚いた。社内での検討でも本部の割合が高いのではないか、他社が参入してきて本部分配比率を三五%などに引き下げてきたら、フランチャイズ店を取られるのではないかなどという反対意見が多く出たのである。

「ご理解いただけますか」

「とにかくコンビニエンスストアをやりたいですから」

「土地、建物、人件費は全部お店、本部は商品供給とノウハウだけなのに本部が四五%、お店五五%では高いとの批判が起きると言われたのです。しかし私どもは本部分配比率が高いと言わせないようなお店の支援策を実行します。宣伝も商品開発も何もかも本部が負担します。それに朝七時から夜一一時まで年中無休、そしていずれは二四時間営業をしていただくつもりですが、電気代は八〇%を本部が負担します。営業時間が長くて電気代が嵩むからと店を暗くしてもらっては困るからです。何が何でも本部分配比率が他社より高いけど、アーリーバードのフランチャイズになりたいと言ってもらえるようにします」

将史は、熱っぽく語る。もはや炬燵が不要なほど体が熱い。

一九七四年（昭和四九年）五月一五日七時アーリーバード一号店開店（実際は予定より早く六時半に開店）――。

アーリーバードジャパンの社員たちは、本山の店の二階に泊まり込んで開店を待っていた。

「『アメリカから便利で重宝な店、コンビニエンスストアがやってきました』。このチラシをご近所に配ったのです」

本山が社員に嬉しそうに言う。

「反応は如何でしたか」

社員が聞く。

「最初は疑心暗鬼でしたよ。『騙されてんじゃないの。酒屋をそんなものに変えて大丈夫かい？』ってね。でもフジタヨーシュウ堂がやっているコンビニエンスストアだというと、みんな『それならいい、頑張れ』って」

「それは良かったです。とにかく一緒に頑張りましょう」

社員が二階の窓を開けた。しらじらと辺りが明るくなってきた。

本山は、待ちきれずに店に出た。空は曇っている。少し雨が降り出した。気になるほどではないが、すっきりと晴れてくれればいいと空を見上げる。

――雨降って地固まる、だな。

店は白い壁面に軒《のき》は明るい臙脂《えんじ》色。そこには、オレンジ、赤、緑に彩られた大きなアーリーバードのロゴ看板が据え付けられている。以前からの本山酒店の木製の看板は入り口に遠慮がちに下がっている。

本山はその看板に手を合わせた。

――親父、店をコンビニエンスストアに変えたけど、必ず立派にするからな。

入り口脇には開店祝いの花が所狭しと並べられている。頭上には紅白の幕が連続する花輪のように飾られ、お祝いの目出度《めでた》さを演出している。

店内は白い天井、オレンジの壁、ベージュの床。蛍光灯に照らされ、明るい。すっきりとしたデザインの白い棚には約二〇〇〇品目の商品が並ぶ。酒店の時は約六〇〇品目だったので三倍以上だ。

かつてはやや薄暗い店内だったが、様変わりした。この変化には本山自身が驚き、興奮を覚えてしまう。

――まるで別世界だ。

開店セレモニーが始まった。入り口の真ん中に本山が立ち、隣にはサウスカントリー社の幹部、そして俊雄や将史も並んだ。カメラマンの合図で笑顔を浮かべる。

「ちょっと表情が硬いですよ」

カメラマンがからかい気味に言う。

俊雄が「ははは」と声に出して笑う。それを契機に本山も笑う。皆が笑う……。

パチリ。

「はい、良い笑顔でした」

＊　＊　＊

将史は、じっくりと会場を見渡した。出席している全ての人にありがとうと大声で感謝の言葉を叫びたくなった。

目の前に俊雄がいる。決して最初からコンビニエンスストアへの参入に賛成してくれていたわけではない。

一〇〇店舗になった今も、おそらく内心は大丈夫かと将来性について半信半疑だろう。

一〇〇店舗に至るまでには、フジタヨーシュウ堂の信用が大きな効果を及ぼしたことは間違いない。

フランチャイズに参加してくれるオーナーと呼ぶ店主たちを説得する際も、彼らの決断の決め手になったのは、アーリーバードジャパンがフジタヨーシュウ堂の子会社であるからだ。

アーリーバードのオーナーからは、店が狭いのに大量ロットで商品が運ばれてくる、在庫が増えてしまい、これでは在庫はあるが現金が無いという状態になるとの苦情が大きくなった。店のバックスペースやオーナーの居住スペースに在庫の山が築かれているのだ。

このままでは、売り上げが増えても在庫の山で利益が出ない。

「利益が在庫で圧迫されるのも問題ですが、機会損失も生まれています」

店を支援するオペレーション・フィールド・カウンセラー（ＯＦＣ）の社員が厳しい表情で将史に報告する。

「機会損失？」

「店で、よく売れるジュースが店頭から消えていますので、理由を尋ねました。そうすると渋い顔で、他のメーカーのジュース在庫がバックスペースに山と積まれていると言うんです。オーナーとしてはこの在庫を売りさばきたいので、売れ筋のジュースを注文できないのです」

将史は瞬時に問題を理解した。

商習慣として問屋からは大量ロットでしか仕入れできない。売れない商品が大量に残ってしまう。これでは粗利益は出ないし、鮮度の悪い商品を置くことになってしまう。

これはアーリーバードを開店してみないと分からない問題だった。

「問屋に小分けで配送してもらうんだ」

将史は社員を集めて指示した。

「問屋は認めてくれるでしょうか。やったことがありません」

社員は眉根を寄せ、目の前に立ちはだかる困難にたじろいでいる。

「これをやらねばアーリーバードの未来はないぞ」

将史の叱咤《しった》に社員たちは問屋を一軒、一軒回り、口説《くど》き落とし、小分け配送を実現したのだが、交渉は難航した。

「フジタヨーシュウ堂は、四〇〇〇ケースも五〇〇〇ケースも仕入れてくれるのに、どうしてアーリーバードは一個や二個なんだ？　こんなのでお互い商売にならないだろう」

コンビニエンスストアのビジネスを理解していない問屋からの疑問は、当然のことだった。長年の習慣は容易に変えることはできない。将史は、問屋に「仕入れた商品は返品しない」と約束をした。これは今までの小売業の常識を覆《くつがえ》すものだった。最初、問屋はその約束を信用しなかった。しかし最後はフジタヨーシュウ堂の言うことだからと小分け配送を応諾してくれた。

大手製パン業者も同じだった。

オーナーからは、アーリーバードが年中無休とうたっている以上、正月三が日も休むべきではないという声が湧き起こった。将史は、この問題もアーリーバードの存立基盤に関わることだ、と考えた。年中無休の看板倒れになってしまう。

将史の優れている点は、オーナーからの小さな苦情を重大問題と捉えて、即座に根本的な対応を指示するところだ。将史は、マメに店を巡回することはない。本部で、社員やOFCの報告を聞くだけのことが多い。それでも問題の本質を摑むことができるのは、社員やOFCとトップである将史の間に正確なコミュニケーション関係が成立しているからだ。

企業のスタートアップの時期には、これは当然のことだと思われがちだが、実は意外に困難なことなのだ。

トップが必ずしも前線で戦いを指揮する必要はない。前線だろうが、後衛だろうが、正確な情報がトップにもたらされるかどうかが重要なのだ。

では正確な情報がトップの耳にもたらされるためには、どうしたらいいか。

それはもたらされた情報に対してトップが責任を持った、的確な指示を与えられるかどうかにかかっている。

トップが的確な指示を与えられなければ、部下は正確な情報を上げてはこない。この事実を多くの経営者は忘れている。歴史のある企業の経営者は特にそうだ。明確な指示を与えられず、部下が失敗したら責任回避に終始するトップに、部下は正確な情報を上げることはない。

将史は社員に言う。

「世の中はものすごい勢いで変化している。その変化に対応して進むべき道は幾つもある。人々は迷うだろう。どの道を選ぶべきか。その道を選び、進めと責任をもって号令をかけるのがトップの責任である」

今まで、将史は辣腕《らつわん》を揮《ふる》っていたとはいえ、フジタヨーシュウ堂でトップである俊雄の配下にいた。最終的な責任は俊雄が担う。

しかし今は違う。自分の責任で日本に導入したコンビニエンスストア、アーリーバードの実質的責任者だ。成功も失敗も自分の責任だと自覚することで、リーダーとしての強烈な個性が目覚めたのだろう。

「製パン業者に頼むしかない」

製パンメーカーは正月三が日の間は、社員のためは勿論のこと、工場のメンテナンスのために休むのが常識だった。

交渉は難航した。アーリーバード一社のために工場を動かし、社員を働かせることは経営判断だけではなく労働組合も納得させねばならない。

しかし将史たちの熱意が伝わり、正月三が日も新鮮なパンを焼き、店に配達してくれることになったのだ。

このおかげで年中無休という客への約束を果たすことができた。

客たちは、正月にもかかわらず営業しているアーリーバードに立ち寄り、お雑煮《ぞうに》に飽きたと言ってパンを購入した。

本当に便利ね、コンビニエンスというだけのことがあるわ。客たちは口々に言い、嬉しそうに買い物をした。

＊＊＊

アーリーバード一〇〇店舗開店記念講演会で、将史は、会場に問屋や製パンメーカーの幹部の顔を見つけ、心の中で感謝を告げた。

将史は自分たちの努力を高く評価しながらも、傲慢になることを強く戒めた。

彼らはアーリーバードがフジタヨーシュウ堂の子会社であるから、無理を承知で協力してくれたのだ。そのことは忘れないでおこう。

しかしいつまでもフジタヨーシュウ堂の信用を頼りにするわけにはいかない。できるだけ早い時期に、アーリーバードの信用だけで彼らが協力してくれるようにしたい。

将史は演台を両手で強く摑んだ。正面を睨むように見つめ、「私は、最低の単位を五〇〇店舗と考えている。少なくとも五〇〇店舗以上のフランチャイズ店を作り、それをシステムで運営できるノウハウを身につけなければ、企業としてのコンビニは成立しない」と強い口調で言った。

たとえ小さい売り上げのコンビニであっても、数が集まれば大きな売り上げになる。この単純な事実のために死に物狂いで進むしかない。

もはや将史の目を潤ませていた感激の涙はすっかり乾いていた。

二

講演会のあと、将史は強烈なリーダーシップを発揮し始めた。

将史は、アーリーバードの社員たちに言う。

「アーリーバードを定着させることが、スーパーなどの大規模小売店と小規模小売店が共存する唯一の方法である。同時にフジタヨーシュウ堂というスーパーをより生かす道でもある」

これは将史の信念だった。

将史は次々に手を打った。特に革命的なのは共同配送を実現したことだ。

店の前に配達のトラックが数珠《じゅず》つなぎになり、検品に時間をとられて仕事にならないという本山たちオーナーの不満を解消するために、小分け配送を実現した。

しかし将史は、もっと物流を効率化できるはずだし、しなければアーリーバードの出店が頓挫《とんざ》するという危機感を抱いていた。

スーパーサカエの仲村もセイヨーの大館も、アーリーバードの好調さを見て、同様のコンビニエンスストアのフランチャイズ化を本格展開し始めた。

——彼らがコンビニに進出してきても焦ることはない。彼らとは思い入れが違う。彼らはコンビニをスーパーの補完程度に考えている。しかし俺は違う。全く新しい流通業を創り上げるのだ。

将史は、仲村や大館に大いに闘志を燃やしていた。

それは俊雄も同じだった。

「君の予想通り仲村さんも大館さんも、コンビニに本格的に進出してきましたね」

俊雄は、珍しくアーリーバードジャパンに顔を出し、将史に言った。

「大丈夫です。負けることはありません」

「焦ることはありませんから。異父兄の貞夫《さだお》から教えられたことがあります。開店の時の気持ちで商売をやれば絶対に成功する、それ以外にないということです。原理原則、原点に立って商売を進めましょう」

「分かっております。その点ですが実は、問屋との関係を変えようと思っています」

「どういうことですか？」

俊雄は怪訝そうな表情をした。

「アーリーバードのフランチャイズ店を増やしていくに当たって、どうしても物流がネックになっています」

「ええ、分かっています。一日何台も店の前に配送車が来るわけですね」

「一日七〇台もの配送車が店に来ます。朝七時から夜一一時までの一六時間の営業時間に、約一四分に一台の割合です。しかし実際は、同時間帯に集中しますので道路に配送車が数珠つなぎになり、近所迷惑も甚《はなは》だしいのです。オーナーも荷下ろし、検品に追われ、接客どころではありません」

「それで問屋との関係を見直すこととは、どう結びつくのですか？」

「共同配送を考えています」

小売店への流通の問題は、メーカー主導であることだと将史は認識していた。

商品は、メーカーが製造し、卸売である問屋を通じて小売店に供給される。これはコンビニであろうが、スーパーであろうが同じだ。

問題は特約店制度だった。

メーカーは他社との競合を避けるため、エリア内で特定の問屋を特約店に指定し、そこを通じて小売店に商品を供給していた。人気商品を製造するメーカーの意向には逆らうことができないため、メーカーから特約店というルートが縦割りに細かく、多数作られることになり、結果として小売店には多くの配送車が集まることになる。

この流通の問題は、配送車の数だけではなく、問屋側が小売店の売れ筋よりもメーカーの売りたいものを供給することだった。

なんとか小分け配送を問屋に協力してもらえるようになったものの、アーリーバードが必要とする商品を必要な時に供給してもらうには程遠い状況だった。

「共同配送というと、多くの問屋が一台の配送車に混載して、お店に運ぶということですか」

俊雄は渋い表情をした。

「その通りです」

将史は表情を変えずに言った。

「やらねばならないと思っています」

「できますかね」

「そうですか」

俊雄は、将史に対して口を出さないと約束した以上は、何も言わない。

問屋との関係を最も重視してきた俊雄には、将史がやろうとしていることの困難さは十分に理解できた。そしてもしそれが実現すれば、どれだけ小売店にとって有利であるかも……。

「問屋には納得してもらいます」

「配送をメーカー主導から小売店主導に変える……。革命ですね。革命には血が出ます。問屋との関係だけは壊さないようにお願いします。皆さん、困った時に助けていただいた方ばかりですから」

俊雄は穏やかに言った。

——共同配送か……。

問屋との良き関係を築いてきたからこそ、今日のフジタヨーシュウ堂があると考える俊雄にはとても思いつかない発想だった。

——将史を店長などの問屋と関係する部門に配属しなかったことが良かったの

か、悪かったのか。問屋との関係が壊れないように見守ることにしよう。

「よろしくお願いします」

俊雄は、将史の共同配送プランを了承したのである。

三

将史はコンビニの目玉である牛乳を、最初の共同配送のターゲットに決めた。

牛乳は、コンビニ、スーパーにかかわらず客にとって日常の買い物の象徴のような存在である。この共同配送が実現できれば、他も追随するだろう。

早速、将史は乳業メーカーと交渉を開始した。

乳業メーカーは、大手が数社存在する。彼らは互いに激しく競争しており、かつプライドも高い。

将史が、エリアごとに担当メーカーを決め、他社の製品を混載する共同配送をやってもらえないかと提案した。

しかし、けんもほろろとはこういうことを言うのだろう。

「あなた方は非常識だ。メーカーの製品に対するプライドを理解していない。他社の製品なんか運べるか」

乳業メーカーの配達担当は、店に来ると、他社の牛乳を目立たない奥に押しやり、自社の牛乳を前面に並べるのが常だった。

こうすると客には一社の銘柄しか見えない。そのためあまり客の注意を引かず、売れ行きは芳《かんば》しくなかった。

「実験してみませんか。お店に各社の牛乳の銘柄が見えるように並べ、客に選択してもらうようにしましょう」

将史は乳業メーカーに提案した。

「大丈夫でしょうか」

水沢が不安気に言う。乳業メーカーから共同配送などは非常識だと頭から否定されている。それを店頭に各社の銘柄を並べてみるという実験で突破できるのか。

「まあ、案ずるより産むがやすしだ。やってみようじゃないか」

水沢たちが各店で各社の銘柄が客に見えるように並べる。

乳業メーカーの担当者は実験の結果に期待していなかった。自分の会社の銘柄が一番売れると信じていたからだ。それでも内心は不安だった。

結果は、どの銘柄も販売が以前より増えたのである。

「売り手市場から買い手市場に変化しているんですよ。コンビニはその変化をとらえて成長するんです」

将史は、乳業メーカーの担当者に時代の変化を説明した。

モノ不足の時代は、メーカーがモノを並べれば消費者はそれを購入した。しかし徐々にモノが溢れるようになった今、消費者が選別する時代に変わってきたのだ。

「消費者は牛乳を買いたいのではない。どんな牛乳があるかを見て、自分に価値がある牛乳を買いたいのです。分かりやすく言えば、スノウ印の牛乳、あるいはモリ印の牛乳を買いたいのです。単品需要の時代が来ているのです。私たちはそうした消費者の価値観の変化に対応していかねばならない。そのためには今までのように工場から店に大量に同じものを配送するのではなく、小売店が主体となって発注し、それに応じて配送してこそ、消費者のニーズに応えられるのです」

将史は乳業メーカーの担当者にじっくりと説明した。彼らは真剣に将史の話に耳を傾けた。

「大木さんのお考えは、スーパーサカエの仲村社長が以前、唱えられた消費者主権の安売り哲学とは違うのですね」

一人の乳業メーカーの担当が言った。

将史は、議論を好む。笑みを浮かべて「仲村さんの安売り哲学は存じ上げません。スーパーが大量仕入れし、価格決定権を握ろうとする考えは理解できますが、今は、そんな時代ではないと思います。あくまで消費者が価格決定権、というより選択権を持っているのです。そして消費者は安いからといって買うわけではありません。価値があるモノにお金を払うのです。安くても不要なモノにはお金を払いません。ですからコンビニは安売りをしませんし、消費者にとって価値があるモノしか置かないようにします。スーパーとは全く違うのです」

将史は、最後の「スーパーとは全く違う」を強調した。

ようやく乳業メーカーの担当者は理解してくれたようだ。

牛乳の共同配送が実現したのは一九八〇年（昭和五五年）のことだ。これはアーリーバードにメリットがあっただけでなく、乳業メーカー各社にも配送コストの削減と売り上げ増加の効果をもたらした。

天王山《てんのうざん》である乳業メーカーの賛同を得たことで、アーリーバードの共同配送は一気に進んだ。いずれ店への配送車両は、一日一桁レベルの台数にまで削減されるだろう。

問屋を通じて仕入れていた商品は、問屋のルートを重視した。将史は流通を改善しようとしたが、破壊するつもりはなかった。

歴史的、社会的に役割を果たしてきた問屋システムを共同配送にも活用することにした。

すなわちエリアごとに問屋を決め、そこを通じて共同配送を実行したのだ。当初は共同配送で仕事が無くなるのではないかと危惧し、反対していた問屋もあったが、むしろ取扱量が増加し、彼らは将史の賛同者に変わったのである。

店におにぎりを置くことも、なかなか普通の人には発想できないことだろう。開業時、アーリーバードでは、アメリカで売られていたサンドイッチやホットドッグなどのファストフードが販売されていた。

しかしホットドッグは、調理兼保温器の中に長時間置かれている間にパンが硬くなり、ソーセージは水分を無くしてしわしわになるなど、販売に適さなくなる。

とはいえ、コンビニで簡単に食べられる製品を提供したいというニーズは高い。社員たちは何か適当な製品はないかと考えていた。

将史も一緒に考えた。

「おにぎりはどうだ。うん、おにぎりだ。絶対におにぎりだ。それもとびきり美味いおにぎりだ」

将史は飛び上がるように体を揺らして叫んだ。

将史がいきなり「おにぎりを売ろう」と言い出したので、部下の水沢秀治たちは驚いた。

「おにぎりですか？」

水沢が聞いた。

「日本版のファストフードと言えば、おにぎりだろう！　ホットドッグの代わりに、これをアーリーバードに置こう。お客様はきっと喜ぶぞ」

将史は、まるで子どもが森の中で特別な探検ルートを見つけたように弾んでいた。

「売れますかねえ」

水沢たちは皆一様に憂鬱《ゆううつ》な表情だ。

「どうした？　反対か？」

「おにぎりは、家でお母さんが、こう、くいくいっと」水沢がおにぎりを握る真似をする。「握ってくれるものでしょう。店でわざわざ買うもんじゃないでしょう」

「水沢は反対か？」

将史は生き生きとした目で水沢を見つめる。

「うーん、申し訳ありませんが、反対です」

水沢は答える。

「君はどうだ？」

他の社員に聞く。

「私も、おにぎりを販売したらいいかなと思いましたが、アメリカから導入したアーリーバードに相応しくないと思って、意見を引っ込めました」

「じゃあ、反対だな」

「はい。反対です」

社員たちは全員反対した。

将史は、がっくりと肩を落とすと思いきや、反対に「いいねぇ」と嬉しそうに相好を崩した。

「みんな反対だな。昔から、本物の経営者は皆が賛成する事業はやらないんだ。これは俺の権限であり、責任だ。おにぎりをやる。それもとびきりの米、とびきりの塩、とびきりの海苔《のり》、そしてとびきりの母の愛がこもったおにぎりだ。安易な妥協は許さんぞ」

将史の「おにぎり宣言」だ。

将史の不思議なところは、全員が反対だと俄然やる気が起きるところだ。皆が、将史の気持ちを忖度して賛成すると、やる気がそがれてしまう。

皆が反対するくらいなものの方が斬新で、他社との差別化が図れるというのが将史の考えだ。家庭で食べるおにぎりをお金を出して買ってくれるだろうかなどという疑問は、当然のことだ。

しかし、美味しいおにぎりを手軽に食べることができたらどれだけ便利か。それこそコンビニエンスではないか。

アーリーバードの社員たちは、将史のやる気に満ちた表情を見て、もはや余計な反対論を展開できる空気ではないと感じた。

社員たちは、すぐに手分けしておにぎりを作っているメーカーを探しはじめた。

「専務、おふくろ屋はどうでしょうか？　ここのおにぎりは美味いです」

社員がおふくろ屋という食品メーカーを探し出して来た。

漁船に食事を提供する事業から出発して、一般客におにぎりや弁当を提供する会社に発展したという。

「誰が美味いといっているんだ」

「一号店の本山オーナーです」

本山は、将史のおにぎり販売の話を聞き、おふくろ屋のおにぎりを自分でも食べ、店頭に置いてみたのだ。客の反応を見て、これならいけると本山は社員に伝えた。

本山は、フランチャイズ一号店として、アーリーバードの発展のため本部に熱心に協力していた。その姿勢は本部とフランチャイズという関係を超え、まさに同志だった。

新しく出す店舗は当面、江東区を出てはならないと、将史がドミナント戦略の方針を表明すると、本山は競合店が増えるのもいとわず区内の酒屋を口説き、アーリーバードに加盟させた。希望者には自分の店を案内し、コンビニエンスストアについて熱く語ったりしたのである。

「競合店がある方が成長する」と、将史はドミナント戦略について自信をもって本山に語った。

競合店があれば、地域の人にコンビニの認知度が上がる。物流も効率的になり、鮮度の高い商品を絶えず供給できる。こうした効果がある中で、各店がストアロイヤルティ（客の店への信頼度）を高める努力をすれば競合店との差別化を図ることができ、より成長する。これが将史の理屈だ。

本山は将史を無条件に信じた。それは背水の陣でコンビニへの業態転換に臨んでいるからだ。本山は今やコンビニの伝道者となっていたのである。

毎日が充実していた。楽しいというより嬉しいというのが適当だろう。新しいコンビニエンスストアという業態を日本に定着させるという事業に貢献できるからだ。

将史も、同様に背水の陣で取り組んでいた。

フジタヨーシュウ堂に入社以来、俊雄から多くのことを学んだ。その学んだことをより進化させるのが、将史の役割の一つでもある。戦後、スーパーマーケットという業態は大成功を収めた。しかし同じビジネスモデルがいつまでも成功し続けるということはない。いずれ廃れる時が来る。それは明日かもしれない。

時代の変化についていけずにビジネスモデルが衰退するのではない。成功体験が、時代の変化に対する感度を鈍くさせるのだ。

時代は消費者第一に変わっていると、スーパー経営者は異口同音に言う。しかし評論家的に発言するだけなのと、その変化に実際に対応するのとでは大きく違う。将史は、悩み、考え、その変化に立ち向かおうとしていた。

社員が、おふくろ屋の社長と交渉したが、アーリーバードに納入はできないと断ってきた。

「分かった。それならいい。私がその会社と交渉しよう」

将史は社長と直接会った。

「なんとかアーリーバードのために、おにぎりを供給してもらえないでしょうか。一緒に美味しいおにぎりを販売し、誰もが手軽に食べることができる日本のファストフードにしたいのです」

「大木さん、私は嫌なんです」

将史の真摯な依頼にも、顔をしかめて拒否する。

「申し訳ありませんが、理由を教えていただけませんか?」

「あなたがたのような大手は、ある程度行けると思ったら、全部自分たちでやるでしょう。私たちは使い捨てになるだけです」

社長は苦渋に満ちた顔で言った。過去に苦い体験があるに違いない。

「社長、私たちは絶対にそんなことはしません。誓約書を書いてもいい。私たちは今はまだ店舗の数は大したことはありませんが、これから増やしていきます。何店舗作るか、事前に情報提供し、それに合わせて設備投資をしていただき、安定的に商品を供給していただく。私は、おふくろ屋さんと対等に付き合います。会社の規模など関係ありません。それに資本を入れたりもしません。だけど、いい商品を作ってくださらなければ断りますよ」

将史は畳みかけるように言った。

社長は、しばらく考えていたが、将史の熱意にほだされ、おにぎりの供給を了承した。

おにぎりは、最初は売れなかった。客に馴染みがなかったからだ。

しかしここからが将史の真骨頂。徹底力の発揮だ。おにぎりをアーリーバードで販売していることを客に周知する努力を続けた。しばらくすると、その美味しさ、手軽さが評価され、好調な売れ行きとなった。

おにぎりはメーカーとアーリーバードが共同で商品開発するチームMD（マーチャンダイザー、商品開発担当者）の嚆矢《こうし》となった。

チームMDは、これ以降、デイリーベンダー（日常品を提供するメーカー）と共同で商品開発をすることになり、消費者ニーズを反映した商品が店頭に並ぶようになったのである。

将史は、アーリーバードが自主的に商品開発をすることから、これを自主マーチャンダイジングと呼んだ。

おにぎりは、一九七八年に海苔を新鮮でぱりぱりとした食感のままおにぎりに巻くパリットラップという方法を開発して、大ヒット商品となり、完全に市民権を得るのである。

お弁当類などと共に、レストランで食べる「外食」、家庭で手作り料理を食べる「内食」に新たに「中食《なかしょく》」というマーケットを作り出すことになった。

四

アーリーバードのフランチャイズ店は、順調に増加していった。

会社設立一年目の一九七四年（昭和四九年）に直営店九店、フランチャイズ店六店の合計一五店が、一九七八年（昭和五三年）には五〇〇店を超えた。翌年の一〇月一五日、アーリーバードジャパンは東京証券取引所第二部に上場した。資本金一〇億円、公募価格一三〇〇円に対し、初値は一八〇〇円だった。さらに二年後の一九八〇年（昭和五五年）には、店舗は一〇〇〇店を優に超えた。そして資本金一五億二四〇〇万円で東京証券取引所第一部に指定替えとなった。

将史が「日本で最短での上場を果たそう」と言った言葉が、実現したのである。アーリーバードは快進撃と評すべき急成長だが、全く障害がなかったわけではない。

フランチャイズオーナーからの、本部の利益配分が四五％というのは高すぎる、他のコンビニエンスストアは三五％ではないか、最初の説明のようには収益が上がらないなどという不満や、仲村のスーパーサカエ、大館のセイヨーなど大手スーパーもコンビニエンスストアに参入し、アーリーバードを追い上げている状況であり、いつまでもアーリーバードの天下は続かないなどという批判が週刊誌に書かれることもあった。

将史は、批判を受け止めつつも、出店スピードを緩めることはなかった。

将史が最も力を注いだのは、店を支援するＯＦＣを全国から毎週、本部に招集し、彼らに将史自身の言葉で直接語りかけることだ。

彼らは店舗オーナーに直に接し、アドバイスする。彼らが店舗オーナーに伝える言葉が、まちまちであってはならない。さらに将史の意図が正確に伝わらなくてはならない。そのためには彼らに直接語りかけることが必要なのだ。このダイレクトコミュニケーションがアーリーバードの成長の極意とでもいうべきことだと、将史は考えていた。

　将史が、経営の考えをOFCに直接伝えると、彼らは将史の意図を汲《く》み、自分の言葉で、分かりやすく店舗オーナーに伝えるのだ。そうすることで将史の意図が、店舗の隅々にまで浸透するというわけである。

　将史は、経営者としての自信を持ち始めた。当然のことだ。多くの人が失敗するに違いないと言い、将史の困った顔を見たいと望んでいた（それはフジタヨーシュウ堂社内も同じだったかもしれない）のに、見事にその期待を裏切ってしまったのだから。

　フジタヨーシュウ堂の大木将史という名が、世間に轟《うごめ》き始めたのである。

五

　アーリーバードジャパンだけではない。フジタヨーシュウ堂も業績を拡大していた。

　一九七六年（昭和五一年）に日本の流通業では初となる、海外での時価発行増資に踏み切った。

俊雄は、借金が嫌いだ。俊雄は、銀行は貸してくれないものという母とみゑの教えを頑《かたく》なに守り、借金はしないように努力していた。

一方で、日本の金融に対して合理的でないとも考えていた。それは銀行が歩積み両建てという方式で実効金利を高めているからだ。例えば一億円を借り入れても、五〇〇〇万円を預金にすることを強《し》いられ、借り入れの半分しか使えないのである。そのため、たとえ金利が低くても実効金利は非常に高くなるのである。

また、代表者の個人保証も徴求《ちょうきゅう》した。いずれにしても人は、借金をすれば貸してくれた相手に対して卑屈な気持ちにならざるをえない。自由であることを尊いと思って商人になったのに、金で縛られ自由でなくなるのだ。これが許せなかった。その点、資本主義の発達したアメリカでは財務内容が良ければ、日本の名も無きスーパーであっても高い格付けを獲得することができ、世界の超優良企業と肩を並べる低金利で資金が調達できる。この合理性は俊雄には納得がいくことだった。その代わり、高い格付けを維持するために厳しい努力をする必要はある。

俊雄は、アメリカで資金調達をすることで、ドライで厳しい資本主義の洗礼を受けた。しかし、このことが一層、俊雄を伝統的な日本の商人から、財務内容重視の世界標準の経営者的商人に変化させていた。

さらに成長は続く。一九七七年（昭和五二年）には経常利益がスーパー業界で初の一〇〇億円を突破し、翌年には戦後初となる米国での無担保無保証普通社債五〇〇〇万ドルを発行する。

この年、俊雄は日本チェーンストア協会会長に就任した。

一九八〇年（昭和五五年）には、アーリーバードと同時期にスタートしたレストランチェーンのチャーリーズが一〇〇店舗を達成した。関係会社も順調に成長し、フジタヨーシュウ堂グループを形成するに至った。

ついに一九八一年（昭和五六年）、フジタヨーシュウ堂の経常利益は約二三〇億円となり、老舗百貨店の七越を抜き、初の日本一になったのである。

この前年の二月一六日、ライバルであるスーパーサカエの仲村は、自社のレストランに陣取り、全国一五九店から報告される売上高を多くの報道陣に囲まれながら、固唾《かたず》をのんで待っていた。

外は厳しい寒さだったが、レストラン内は人々の熱気で汗ばむような暑さだった。正面に据えられたボードに書き込まれた数字が刻々と増えて行く。午後一時四〇分。ついにボードの数字が一兆円を超えた。

拍手に包まれ、仲村が立ち上がった。新聞各社のフラッシュがたかれ、仲村の嬉しそうな顔を照らし、それをテレビカメラが映す。

一九八〇年（昭和五五年）、スーパーサカエは売上高一兆円を達成した。約五七〇〇億円の売上高であるフジタヨーシュウ堂の約二倍である。社長の仲村力也がくす玉を割ると、紅白、金銀の紙吹雪《かみふぶき》が舞い、「昭和六〇年サカエグループ売上高目標！　四兆円」の文字が書かれた垂れ幕が現れた。仲村はやや汗ばみ、紅潮した顔で「グループ売上高四兆円に向かって進軍だ！」と叫ぶ。

しかし、仲村は喜びの中で焦っていた。売上高ではフジタヨーシュウ堂を圧倒したが、利益では数十億円もの差をつけられ、完膚《かんぷ》なきまでの敗北を喫しているからだ。

「カット・スロート・コンペティション（Cut-Throat-Competition）の時代だ。スーパー業界は相手の喉をかっ切る時代に突入した」

仲村は、報道陣に向かって大声で宣言した。その目には穏やかな微笑を浮かべる俊雄の顔が浮かんでいた。

仲村は、保有不動産を担保にした銀行借入金によって、店舗を増やし続けたのである。借入金の増加が経営を圧迫するに違いないと怯えてはいたのだが、売上高が全てを癒すのだとの考えを捨てきれなかった。

一方、スーパーセイヨーの大館誠一も焦っていた。一九七九年（昭和五四年）には、売り上げでたった約五〇億円だが、フジタヨーシュウ堂に抜かれてしまったのだ。利益では二倍も差をつけられている。

巷《ちまた》では「ファイトのサカエ、利益のフジタ、理論のセイヨー」と呼ばれていたが、大館には皮肉にしか聞こえなかった。

俊雄に、「あなたの店には文化がない」などと言い、取り澄ました態度を取っていたのだが、いつの間にか俊雄は先に行っていたのだ。まるでイソップ童話のウサギと亀だ。

大館は、スーパーセイヨーの好業績を支えに、西洋百貨店や不動産開発などの多角化にのめり込んでいた。地道な庶民相手のスーパーより、高級客相手の百貨店や文化の香り豊かな街造りの方が、大館の好みに合っていたからだ。

しかし不動産ブームを受け、自らリゾート開発に乗り出したことで銀行借入金が急増し、経営を圧迫するようになっていた。

スーパーセイヨーの業績低迷に業《ごう》を煮やした大館は、「商人に理論、理屈は不要。現場に密着しろ」と社員に発破をかけた。文化人経営者の顔をかなぐり捨て、俊雄のように商人になったのであるが、所詮、にわか商人であり、業績は浮上しなかった。

俊雄は、小売業界で利益日本一になったにもかかわらず、社員たちに向かって「成長より、生存を考えよ」と慎重さを要求し続けていた。

成功すればするほど恐怖心が募るという性格は、そのままだった。

「貪欲になってはいけない。会社の成長が、自らを肥大化させ、基本を見失わせるのです。お客様の信頼こそ全てです」

俊雄は、成長に勢いづく社内にブレーキを踏むことを忘れてはいなかった。

一九七九年（昭和五四年）一月一六日、世界有数の石油産出国イランでイスラム革命が起き、世界への石油供給がストップしたのだ。中東石油に依存する日本は、再び石油危機に陥った。第二次石油ショックである。

しかし日本は、この石油ショックを省エネ技術などで乗り切り、国民一人当たりの名目GDPが先進国の水準と言われる一万ドルに近づいたのである。やがてそれは二万ドル、三万ドルとなっていく。日本は、今まで経験したことがない個人が豊かな時代への道を確実に歩みつつあった。

## 六

「お話があるのですが」

将史のところに、財務担当の田村紀一《たむらきいち》が近づいて来た。

田村は、鉄鋼メーカーの財務担当から転職し、フジタヨーシュウ堂でも財務全般を見ていた。

将史はアーリーバードジャパンの経営とともに、専務取締役としてフジタヨーシユウ堂の経営管理全般を担当していた。

「何かあるのか？」

将史は田村の深刻そうな表情が気になった。

「このところ在庫が増えているのですが」

「在庫？　気になるほどなのか」

「いえ、気になるということはないのですが、それでもやはり気になるといいますか……」田村の言い方は要領を得ない。

「はっきり言いなさい」

将史は強く言った。

「我が社もこれだけ成長してきましたから、在庫も溜まっているのが普通ですし、サカエやセイヨーなど他社も我が社以上に売り上げや利益不振に悩んでいますから。まあ、そんなものかなと思いますが、それでも……」

「それでも気になると言うんだな」

「はい」

田村は将史を見つめた。

一九八一年（昭和五六年）二月期には、売上高六八七九億円で一兆円を超えたスーパーサカエに次いで第二位、経常利益は二二九億円で七越を約二〇億円も引き離し、第一位となっている。

――なぜフジタヨーシュウ堂ばかりが儲かるのだ……。

流通業界全体が低迷気味な中にあって、フジタヨーシュウ堂は他社を驚かせる業績を上げていた。

同年五月二九日から社長の俊雄以下、将史ら役員八名が箱根《はこね》のホテルで三日間の経営戦略会議を行った。しかしその際、営業担当役員が同年八月期の中間決算について減益の見込みを発表したのだ。

フジタヨーシュウ堂は、株式会社設立以来、経常利益で初の減益となるのである。

冷静に考えれば衝撃的な事実にもかかわらず、会議では大きな問題とならなかった。営業担当役員は、減益の理由を天候不順による一時的なものであると説明した。実際、他社に比べれば抜群の成長を示しており、店舗数の拡大などで売り上げを伸ばしていけば問題ないという意見でまとまった。

そして同年八月の中間期で実際、前年同期比一・七％の減益となったのだが、決算発表に臨む担当役員は「一過性である」と説明し、一九八二年（昭和五七年）二月期は増収増益を見込んでいると発表した。

だが将史は、最近、憂鬱になっていた。と言うのは営業担当役員が箱根のホテルで話した通り、中間決算で減益になったからだ。

その理由が分からない。社内は弛緩しているわけではない。記者会見で発表したように「一過性減益」であると受け止め、従来通り売り上げ増に向けて頑張っていた。

しかし改善する兆《きざ》しは見えなかった。これが憂鬱の原因だ。

「社長には報告したのか」

将史は田村に聞いた。

「報告しました」

「何ておっしゃった？」

「引き続き注視するようにとご指示を受けました」

「そうか……」

将史は、顔を上に向け、しばらく無言で考えていた。そして田村に向き直った。

「田村君、在庫の状況をできるだけ細かく調べて報告してくれないか。店舗別、商品別、その他、在庫に関して君が懸念していることが分かるような分析を加えてくれ」

将史の指示に、田村は表情を輝かせた。自分の提案が受け入れられたからだ。

田村は将史の指示を受け、すぐに詳細な在庫状況の分析結果を将史に提出した。

報告書に目を通した将史は息をのんだ。

恐れていた通りだ。フジタヨーシュウ堂は、いつの間にか時代の変化に後れを取っている……。

「個店ごとの衣料品在庫が増え続けているではないか」

将史は、田村に言った。

田村は将史の剣幕に驚いた。今まで見たどの表情よりも険しかった。

「はい。売れ筋ではない在庫が溜まっているのです。この写真をご覧ください」

田村はアニュアルレポートを開いた。そこには衣料品をたくさん吊り下げたリングハンガーに囲まれて、笑顔を見せる俊雄の写真があった。

「社長の意識を変えないといけないということか」

将史は、写真から目を離すと、田村を見つめて言った。

田村が頷いた。その写真は、俊雄が過大な在庫の中で喜んでいるように見えるのだ。

「すぐに社長に相談する。徹底して対策を講じないと、我が社は大変なことになる。ピークが衰退の始まりになってしまうぞ」

将史は言った。

俊雄に会う前に、将史は自宅近くのフジタヨーシュウ堂の店舗を訪ねた。

滅多に店舗に足を運ばない将史には珍しいことだった。店員に気づかれないように売り場を見て回る。

売り場には活気があった。セール品を前面に打ち出し、売り上げ増加に向けて頑張っていた。

ワイシャツ売り場に足を運んだ。将史は、愕然《がくぜん》とした。購入したいサイズのワイシャツがない。他のサイズは豊富に積まれているのだが……。

思い余って売り場担当者に事情を聞いた。

担当者は、恐縮しながらも、「仕方がないのです」と表情を曇らせた。サイズを切らしたワイシャツを問屋に注文すると各種サイズ、色を取り揃えた一三枚が一ロットで納入されてくると言う。その結果、売れ筋商品は絶えず品不足となり、売れない死に筋商品の在庫が溜まり続けてしまう。

——これではいけない。

将史は、サイズの合わないワイシャツを摑んで呟いた。

七

「社長、このままでは我が社は潰れます」

将史は俊雄に言った。

「君は、何かと潰れる、潰れると口にするね」

俊雄は露骨に不愉快な表情を浮かべた。

「本当だからです。中間期で減益になりましたね」

「あれは一過性だろう。みんな売り上げ増加と経費削減に努力している。店舗も新しくオープンする。利益は回復するだろう」

俊雄は言った。

この見方は決算発表した専務の受け売りだ。これを聞いて将史が何を言ってくるか、俊雄は妙に楽しみになった。

「それが一過性でないのです。構造的な問題です」

将史が強い口調で言った。

「なぜだね」

「売れ筋でない死に筋在庫が溜まっているのです」

「私は売れ筋をよく見極めるように指導していますよ。皆がそうして努力してくれたお蔭で今日があるんです。君は売り場にも立ったことがない」

俊雄は反論した。

「私は売り場には立っていませんが、絶えずデータを見ています。営業現場から一歩離れて経営を見ています。近くで見るより、高台に上って見る方が、全体がよく見えることもあります」

将史は譲らない。

「そんなに多くの死に筋商品が各店に溜まっているのですか」

「はい。我が社が十数店舗で営業している間なら、これも大きな問題ではないでしょう。セールで売りさばくこともできました。しかし今や一〇〇店を超えています。それらの店で死に筋が溜まり、利益を圧迫しているのです。それを従来通り、セールで販売しようとしていますが、客にも変化が現れています。豊かになり、安くなったからといって買うことはないのです。客は必要な物を必要なだけしか買わないのです。このままですと、購入機会ロスと在庫値下げロスで大変なことになります」

将史は一気に説明した。

「君の話を聞いていると、アーリーバードで導入した経営手法をフジタヨーシュウ堂に採用しようとしているようですね」

俊雄は不愉快な表情を崩さない。

「客の立場に立って、客の求める商品を販売すれば、安売りしなくても客は購入してくれることをアーリーバードの成長が実証してくれています。今こそフジタヨーシュウ堂も同じようにするべきです」

　将史は強調した。

「アーリーバードの成功に酔っているのではないですか？　あなた一人で成功したわけではありませんよ。フジタヨーシュウ堂があってこその成功です」

　俊雄の表情が険しくなった。

「成功に酔ってなどおりません。真剣に危機意識から申し上げております。スーパーとコンビニエンスストアでは仕入れ形態も違います。規模も違います。それを承知の上で申し上げています」

　将史も譲らない。

「スーパーが時代に合わなくなったとでも言うのですか」

　俊雄が言った。

「フジタヨーシュウ堂は、今日までの成功体験が邪魔をしているのです。それを一切合切捨て去る覚悟が必要です。時代は、明らかにモノ不足時代の売り手市場から、モノ余り時代の買い手市場に変化しています。時代の変化に対応しなければ、フジタヨーシュウ堂は間違いなく死んでしまいます」

　将史は、一歩も引かぬ覚悟を示すように俊雄を見据えた。俊雄は将史と睨み合ったまま、無言となった。

——この男は、私を否定するのか。フジタヨーシュウ堂が死ぬなどと、どの面下げて口にするのだ。

俊雄は怒鳴りつけたくなった。謙虚に、穏やかにと自分に言い聞かせているのだが、こんなに激しい怒りが込み上げてきたのは、いつ以来のことだろうか。

突然、俊雄の耳に航空機の爆音が聞こえてきた。アメリカの戦闘機グラマンだ。銃撃が始まった。耳を押さえたくなるほどの機銃掃射音だ。目の前が真っ赤に染まった。血の色だ。

訓練中に撃たれて死んだ東京帝国大学の哲学科を卒業した男が、恨みのこもった目で天を仰いでいる。背中を撃ち抜かれた西瓜《すいか》売りの老女が、土ぼこりが立つ地面を血で染め、倒れている。

——くそ！　何があっても死んでたまるか、生きてやる。

# 第十二章　荒天に準備せよ

## 一

「どうしたの、機嫌が悪いのね」

夕食の席で妻の小百合《さゆり》が呟いた。

「ああ、相当、悪い。あの大木がフジタヨーシュウ堂が経営危機だと言い出した。中間決算で少し減益となったのだが、それを在庫の問題だとか、構造的な問題だと言うんだ。根本的に変えないといけないとね」

いかにも不愉快そうな顔を俊雄は小百合に向けた。

「あの人らしいわね」小百合は微笑み、「でもおかしいわね」と俊雄を見つめた。

「なにがおかしい?」

俊雄は、箸を置く。

「だってあなたこそ心配していたじゃない。なぜ減益になったんだって。一生懸命頑張っているのに利益が上がらないって」

「そうなんだ。不吉な予感がするんだ。今まで減益など経験したことがない。正直、昨夜は潰れる夢を見て、飛び起きてしまった」

根っからの心配性の俊雄にとって上場以来初めて経験する減益という事実は、一言で言えば恐怖だった。

このままずっと衰退していくのではないかと心配が高じて、寝ては悪夢を見るのだが、それでも布団をかぶって寝てしまいたくなる。

将史以外の役員は、一過性の事態だ、他社はもっと悪いなどと声をかけてくれるのだが、少しも慰めにならない。自分で納得がいかない。

コストを削減すれば、なんとかなると思い、現場には光熱費や文房具に至るまで三割削減を指示した。またシンガポールへの出店計画など新規出店案件を中断した。従来、一〇か店以上出店していたが、今年度は四か店程度にまで、大幅に減少させる考えである。

ところが減益傾向が止まらない。努力が、今までのように還ってこないのだ。傷口からだらだらと血が流れて行く。

「ところであなた、まさかここまで大きくなると思っていた？」

小百合が急に真面目な顔になる。

「なんだよ、突然？　今の規模は私の想像以上だよ」

フジタヨーシュウ堂は一九八一年に老舗百貨店七越を利益で抜き、小売業界で日本一となった。売上高もグループ全体で一兆円を超えるまでになった。

巨大化することは嬉しく、誇らしくもあるが、その半面、大きくなるほど不安になる。責任の重さに押し潰されそうになる。だから余計に、予想外の減益が精神的な負担となる。

「ここまで成功したのは自分の力だと思っているの？」

まるで禅問答だ。

悩んだ時、小百合と話すことで精神のバランスが回復することがある。それは商家の娘として育った小百合が、自分の鏡のようになってくれるからだ。

「そんなこと、全く思っていない。みんなが頑張って力を合わせてくれたからだ。当たり前だろう」

「そうね。あなたはそのことがちゃんと分かる人よ。ところでねえ、花は咲いて、実をつけ、その実がまた花を咲かせるでしょう？」

「おい、なぞかけみたいなことは止してくれよ」

俊雄は困惑した。花が咲いて実をつけ、また咲くのは自然の摂理だ。

「次々と新しい花が咲くのは土がいいからだわ。あなたは大きな花を咲かせた。実もつけたの。そうしたら、その実が、また花を咲かせそうになっている。それが大木さんじゃないの。あなたは土になって、大木さんの花をきれいに咲かせる方に回ったら?」

小百合は軽く首をかしげて微笑んだ。まるで少女みたいだ。

「小百合の言うことは理解できる。しかしアーリーバードで少々成功したから、大木は天狗になっているんじゃないかな。だからアーリーバードで採用したシステムやノウハウを、フジタヨーシュウ堂に導入しようとしているんだ。でもスーパーとコンビニでは業態が違うからな。上手く行きっこない」

俊雄は小百合に理解を示しつつも、疑問に渋い表情となった。

「あなたらしくないわね」

小百合がクスリと笑う。

「あなた、悔しいの?」

「なぜ私が悔しがらねばならないんだ」

俊雄は少々憤慨《ふんがい》する。

「あなたがフジタヨーシュウ堂で成功したやり方を、大木さんが否定しているように思ったんじゃないの?　でもね、あなたの商売のやり方が大木さんの中で進化して、アーリーバードを成功させたのよ。それがまたフジタヨーシュウ堂に戻って来ると考えればいいんじゃない。これはとてもいい循環だわ」

小百合はどこまでも軽やかだ。この軽やかさ、明るさにどれだけ救われたことだろう。

あれは一九五八年（昭和三三年）の冬のことだった……。

洋品組合の会合が終わり、帰宅を急いでいた。夕暮れで辺りは薄暗い。道路を横断しようとした。その時、あっと思ったが、もう遅かった。猛スピードで走ってきた車に俊雄は撥《は》ねられ、宙を舞った。気づいた時は病院のベッドの上だった。手足を複雑骨折し、救急車で運ばれた。四時間に及ぶ大手術。その間の記憶はない。

小百合は、病院の冷たい床をベッド代わりにして、約一〇〇日間も看病してくれた。

結婚して七年目のことだった。まだ子どもも小さかった。母とみゑと従業員の世話をしながらの、俊雄の看病は想像を絶する過酷さだったに違いない。しかし愚痴ひとつこぼすこともなく、笑顔が絶えない看病だった。

また父、勝一《しょういち》と折り合いが悪く、父親の愛情を知らずに育った俊雄は、明確な父親像を自分の中で築き上げることが難しかった。

そのため子どもたちへの接し方が分からず、そのわずらわしさから逃れるためにも仕事に没頭した。家庭や育児は一切、小百合任せとなった。

どんな苦労も厭《いと》わず、笑顔で対処する小百合には、商人と自負する俊雄でさえ教えられる。商売が上手く行くかどうかは、笑顔が決め手ではないかと。

「花は咲いて、実をつけ、土に落ちる。良い土に落ちた実は、また素晴らしい花となる。そんな良い循環……。小百合はキリストみたいだな」

俊雄は苦笑いを浮かべた。

マタイによる福音書に、イエス・キリストが種まきの喩えで教えを話す場面がある。

道端に落ちた種は鳥がついばみ、土が薄い岩地に落ちた種はすぐに芽を出したが、根を張ることができずに枯れてしまう。いばらの間に落ちた種は、いばらが覆いかぶさったために芽を伸ばせない。良い土に落ちた種は実を結び、あるものは一〇〇倍、あるものは六〇倍、あるものは三〇倍となった。

「今回は、私が大木の土になるのか……。花を咲かせ、実を結ぶために」

俊雄は小百合を見つめる。

小百合が頷く。

俊雄は、将史と危機感を共有していたのだが、根本的な改革が必要だと言われ、生意気なことを言うと反発してしまったのだ。

自分自身が、どうやれば収益が上向くのか分からないことも反発の原因だった。

今、フジタヨーシュウ堂の業績は決して悪くない。将史以外の役員たちが考えているように減益は一過性かもしれないのだ。こんな減益などに目もくれず、進軍ラッパを吹き鳴らすのがリーダーの務めなのかもしれない。

根本的な改革をすれば、当然に進軍のスピードや勢いは落ちる。ライバルであるスーパーサカエにさらに引き離されてしまうかもしれない。

「しかしこの改革は覚悟しないといけない。順調な時ほど、改革するべきだと口で言うのは簡単だが、実際は難しい。危機感をどれだけ社員が共有してくれるかだな」

俊雄はひとりごちた。

二

俊雄は、将史を社長室に呼んだ。

「何か、ありましたか？」

将史が聞いた。

「この間の君の意見だ」

俊雄が難しそうな表情で将史を見た。

「改革をするべきだという意見でしょうか？」

将史の視線が鋭くなった。

「そうだ。改革は君に全面的に任せることにした。二人が旗振りをやると、社員がどっちを向いていいか混乱してしまうからね」

この方針は俊雄が一晩中、考え抜いたものだ。改革のリーダーシップを自分が執るか、将史に任せるかは経営にとって非常に重要な問題だ。

改革が成功すれば、将史の力は俊雄が抑えきれないほど大きくなる可能性がある。それは社長という立場の俊雄にとって愉快ではない。今まで自分を見、言葉に耳を傾けてくれていた社員たちが将史を見、将史の言葉に耳を傾けるようになるからだ。

――それでもいいではないか。良い土になればいい。

小百合の言葉が心に沁みた。

俊雄は、多くの人間に支えられてきたことに思いを馳せた。兄の貞夫は勿論だが、困窮した時には素直に力のある人の意見に耳を傾け、その指導、意見を尊重してきた。だからこそ、曲がりなりにもここまでの規模の企業を育てることができたのだ。

今度は、部下ではあるが、力のあるこの大木将史という男の意見に耳を傾ける時なのだ。将史という男に思い切り腕を揮ってもらう。俊雄は、彼を支え、育てる良き上に徹する決意だ。

実は、将史のことをアーリーバードの順調な成長で天狗になっているのではないかと、やや批判的に見ていたが、実際は、自分こそが傲慢になっていたのだと反省した。

——私が一番謙虚にならないといけない。傲慢は罪だ。

「任せていただけるのですか」

将史が勢い込む。

俊雄には、将史がすでに改革の青写真を描いているのが見えた。

「ああ、任せる。思う存分やってくれ。しかし難しいと思う。社員や他の役員は危機感を持っていない。彼らと危機感の共有をしなければ改革は上手く行かない。みんなは一過性の減益だと思っているからね。そのうちなんとかなると考えている」

「よく分かっております。しかし、悪くなってからでは治療はもっと大変になります。今、まだまだ我が社は成長の途上にあります。その時に治療というよりも体質改善を行えば、どんな状況にも耐えられます。私はこの改革を一過性のもので終わらせるつもりはありません。永続的な改革です」

将史は強い口調で言った。

「君の意見に賛成だ。荒天に準備せよ、だ」

俊雄の言葉に将史は大きく頷いた。

「経営は荒天ばかりです。船を転覆させては元も子もありません」

将史は不敵な笑みを浮かべた。

三

号砲を鳴らすのは、一九八二年（昭和五七年）一月四日、正月明けと決めていた。

将史は、フジタヨーシュウ堂の財務担当田村紀一に「幹部連中を神谷町《かみやちょう》の地下の講堂に集めろ」と指示した。

一月四日は仕事始めで、千代田区三番町の本社に幹部たちが揃うからである。朝礼が終わった。

田村は鼓動が高まった。将史が何をやろうとしているのかを想像したからだ。

田村から在庫が増加しているとの報告を受けただけで、将史はたちまち経営の問題の核心を摑んだ。

――並の人ではない。

田村が将史を尊敬の目で見るようになった瞬間だった。

田村のような一社員が問題提起したことなど、普通の役員ならやり過ごすのが普通だ。

実際、田村が在庫の増加に危惧を抱き、それとなく周囲の役員に話してみたが、反応したのは将史だけだった。

将史からは密かに、一月四日を期して、根本的な改革を行うと聞かされていた。それがいよいよ始まるのだ。いったいどのような改革をしようというのか、具体的には何も聞かされていない。全て将史の胸の内にある。

幹部たちが解散し、各自の持ち場に行こうとしている。

「皆さん！　待ってください」

田村が声を張り上げた。幾分、声が緊張で震えているような気がした。幹部たちが、一瞬、立ち止まる。

「神谷町の講堂に集合してください」

港《みなと》区神谷町には、加盟店が一〇〇〇店を突破したアーリーバードジャパンが、店舗オーナーを集めるため講堂として使用する建物があった。

「誰が招集しているんだ。こっちは忙しいんだ」

幹部の一人が声を荒らげる。

「もう店は開いてるんだ。正月客が来ているんだ」

また別の幹部。

「ここから神谷町って結構、遠いぜ」

さらに別の幹部。

田村の額に冷や汗が滲む。困惑のために額に皺が寄る。

――大木さんはもう神谷町に向かっている。

なんとかしなくてはと焦る。このまま幹部たちを解散させたら大変なことになる。将史の怒りで会社にいられなくなってしまう。

「皆さん、大木専務の命令です。大木専務から重大な発表があります。すぐに神谷町の講堂に集まってください」

田村が必死の声を上げた。

幹部たちの表情に緊張が走り、ざわつき始めた。

「大木専務が招集しているのか」

「いったい何事だ」

幹部たちはようやく事態を悟り、神谷町へと向かい始めた。

田村は、安堵した。しかしのんびりしてはいられない。彼らより早く神谷町に向かわねば……。

# 四

港区神谷町にあるフジタヨーシュウ堂のビル地下の講堂。壇上の演台を前に将史が立っている。何事が始まるのかと、警戒しながらぞろぞろと入って来る幹部たちを睨みつけている。

「みんなそこに座ってくれ」将史が言った。

講堂内にはパイプ椅子がずらりと並べられている。事前に用意されていたのだ。皆、壇上で睨みつけている将史に視線を合わせながら、恐る恐る椅子に腰を下ろす。座ると、そこが爆発するかのように、そっとだ。

「みんな揃ったか」

この会に幹部社員たちを集めた財務担当の社員、田村に将史が問いかける。田村は、遅れないように駆け込んできたため、息が上がっている。

「はい。揃いました。お願いします」

後は将史に任せた、とばかりに右手を差し出す。

将史は、頷くと、あらためて幹部たちをじっくりと舐めるように見つめた。皆、しわぶき一つ発しない。なにせ壇上で険しい表情で睨んでいるのは、専務という立場だが、実質的には社長の俊雄に次ぐナンバーツーの実力者だ。フジタヨーシュウ堂と新興のアーリーバードジャパンの経営を仕切っている人物だ。

年の初めという、穏やかに祝うべき日に、全く相応しくない鬼のような形相は、何かただならぬ事態が起きたことを想像させる。幹部たちが、怯えた様子なのも当然なのだ。

「みんな、よく聞いてくれ」将史は右手を高く上げた。「このままでは我が社は倒産する」

会場が、一瞬、静まり返った。そして動揺が波のように広がっていく。誰もが周囲の様子を気にかけてはいるのだが、囁《ささや》きを交わす者はいない。

「去年の中間期で我が社は、上場以来初の減益となった。あれを一過性のことだ、すぐに回復すると発表したが、そんなのは嘘っぱちだ」

将史の声が講堂内に響き渡る。「嘘っぱち」などという専務が使うべきでない刺激的な用語が、幹部たちの顔を引きつらせた。

「それが証拠に下期になっても、全く浮上する様子がないではないか。おい、そこで腕組みをしている君！　岸山《きしやま》君！」

将史が壇上から、最前列の幹部を指さす。経営政策室の岸山久雄《ひさお》だ。フジタヨーシュウ堂の経営戦略を立案している担当者だ。

「はっ、はい！」

岸山は弾き飛ばされるように椅子から腰を上げ、直立不動の姿勢を取った。

「なぜ業績が回復しないんだ。その原因を説明したまえ」

将史が睨みつける。

「あ……のぉ、え……」

岸山は言葉が出ない。

「なんとか言え」

将史が迫る。

「売り上げが減っているからです」

岸山が、喘《あえ》ぎながら答える。顔が真っ赤だ。

「ではなぜ売り上げが減っているんだ」

将史が畳みかける。

岸山は答えられない。

「もういい、座り給え」

将史は一転して、穏やかに言い、右手を差し出して岸山に座るように命じる。岸山は、大きくため息をつき、椅子に腰を下ろした。

「無駄な在庫が増えている。これを減らさねばならない」

将史は、田村が調査した衣料品在庫の数字を読み上げた。「個々の商品ごとの管理を徹底し、在庫を減らさねばならない。これは一過性の問題ではなく、構造的な問題だ。単純なコストダウンや売り上げ増加では解決しない。今や我が社は健康体ではない。たとえ売り上げがゼロ、あるいはマイナスになろうとも、如何《いか》に利益を生み出す体質に構造改革できるか、みんなの問題意識をぶつけてくれ」

将史が言った。

「えっ、今から討議するのですか？」

幹部の一人が立ち上がって将史に質問をする。

「そうだ。鉄は熱いうちに打てだ。さっさとグループを作れ。田村、指示しろ」

将史は壇上から田村に命じる。

田村は幹部たちを幾つかのグループに分けた。

幹部たちは戸惑いながらも椅子を自ら運び、グループを作っていく。

構造改革？　いったいどのような視点で討議したらいいのか？

グループになったものの、誰が議論をリードしていくのか、幹部たちはグループのメンバーの様子を見ている。

しばらく沈黙が続いたが……。

「確かに在庫が増えていると思う。売れ筋ばかりを追いかけているうちに死に筋商品が増えているのだ」

一人の幹部が口火を切った。

「漫然と商品を並べているんじゃないかな。問屋の言いなりに……」

別の幹部が反省を口にした。

それぞれのグループで意見が出始めた。

もはや誰も将史の視線を気にしていない。講堂内に幹部たちの声が響き、熱気を帯び始めた。

社員たちが、構造改革を自分の問題としてとらえなければ、何も解決しない。将史は、彼らのその姿を笑みを浮かべて眺めていた。

時間が過ぎて行く。

将史は、腕時計を見た。幹部たちが議論する様子を眺めているうちに思いの外、時間が過ぎた。そろそろ午前が終わる。

「とりあえず討議は終わりにする。さあ、誰でもいいから、なんなりと意見を言ってくれ」

将史が呼び掛けた。

一人の幹部が立ち上がる。

「売り上げが伸びないのは、客の求めている商品を提供できなくなったからだと思います。仕入れた商品が在庫になれば、安売りをすることがお客様のためだと思っていました。しかしそうはいうものの安売りでもしなければ売り上げは伸びません。売り上げが伸びない中で、どうやって利益を上げればいいのか。結論が出ません」

彼は表情に苦渋を滲ませた。

「在庫を減らせばいい。在庫処分ロスを三分の一減らせば、利益が倍増する」

将史は答える。

田村が挙げてきたデータによると、例えば在庫処分ロスがなければ四だった利益が、在庫処分ロスが三もあるため、実際の利益は一に減ってしまっていた。

それならば在庫処分ロスを三分の一減らして二にさえすれば実際の利益は倍増の二になる。

「失礼なことを申し上げますが」

別の幹部が立ち上がる。

「専務は営業のご経験がないかと存じます。在庫を減らせと簡単におっしゃいますが、豊富な在庫は営業の命、豊富な品揃えはスーパーの特色です。それを放棄するのですか？　コンビニエンスストアのアーリーバードとは違います」

彼の表情には、明確に怒りが浮かんでいた。スーパーの事情も知らないで、何を言うかという気持ちがありありだ。

将史は、ぶるっと武者振るいをした。こういう幹部がいなければ、改革は上手くいかない。誰もが文句も言わずに将史に従うようでは、面従腹背《めんじゅうふくはい》になりがちだ。

そうはいうものの、将史につきまとう「営業を知らない」という修辞については腹が立つ。木を見て森を見ずの諺にもあるように、営業を経験しなくとも経営や客についてはよく見えているとの自負がある。むしろ営業というものにこだわり過ぎ、近視眼的になると、大きな流れを見失うことにもなるだろう。

「君の言う通り、私には営業の経験がない。しかし経営が直面する危機は、少なくとも君よりもよく見えると思っている」

将史が強く言い切ると、幹部は首をすくめて恐縮した。

「豊富な在庫が営業の命であるとの考えを捨てねばならないんだ。それは大量生産、大量消費の工業生産的発想だ。モノ不足の時代にはそれでよかった。我が社も他のスーパーもそれで成功してきた。その成功体験からいち早く脱却しなければ、我が社は衰退していくのは間違いない。確かにスーパーとコンビニエンスストアでは業態が違う。しかし客が求めるものは同じだ。今や売り手市場ではない。買い手市場に変化したのだ。どれだけ安売りしてもお客様は価値を認めない商品は買わないんだ。そのことをアーリーバードの成長は証明している。アーリーバードは、安売りはしない。客の立場に立って、価値があるものを販売する。君たち、フジタヨーシュウ堂で働く者たちは悔しいだろうが、アーリーバードに学ばねばならない」

幹部たちは、一様にショックを受けて黙り込んだ。

将史がアーリーバードに学べと言ったことが、彼らのプライドを傷つけたのだろう。

それまで成功するはずがないと思って軽侮していた子会社が、今や彼らの師となるのだ。

「私は、我が社の改革を藤田社長から全面的に任された。成功体験を捨てるんだ。私について来て欲しい」

将史は力強く言った。

幹部たちは、まだ半信半疑だ。本当に在庫を減らすだけで経営が改善するのだろうかと疑っている。

将史もこの改革が成功するかどうかは、やってみないと分からない。しかし徹底あるのみだ。すぐに効果が出るかどうかは分からない。しかし自分が改革の成功を信じてこそ、彼らも信じてくれるのだ。

将史は、営業店における死に筋商品の排除を徹底するために彼らに行動指針を示した。

タスクフォース（実行部隊）を設置して在庫をチェックする。個々の商品動向をチェックする数値分析チームを設置するなどだ。

「お客様の立場に立って、お客様から見て、本当に価値がある商品かどうか、見直すんだ。皆で力をあわせよう」

壇上で声を強める将史を見上げながら、田村は、いよいよ改革が始まると思うと、入社以来初めて体の芯から熱く意欲がたぎってくる思いがした。

この人、すごい。ついて行こう。田村は心に強く思った。

本社ビルには「荒天に準備せよ」と大書したスローガンが掲げられた。

これは俊雄の言葉だ。

俊雄は、社内報に「現状を認識し荒天に万全の備えを」とのエッセイを寄稿した。そのエッセイで、全員が力をあわせて嵐の中に漕ぎ出そうと呼びかけた。今までとは全く異なる事態に直面しているのだと社員に訴えた。

俊雄と将史は、完全に一体であり、将史が社員に指示することは、俊雄の指示である。そのことを社内報で明らかにしたのである。

## 五

俊雄の母、とみゑが亡くなった。一九八二年（昭和五七年）一月一八日のことだ。享年八九。眠るように旅立った。

俊雄は病院のベッドに横たわるとみゑの手をいつまでも握りしめていた。手の温かさが、俊雄の心を慰めてくれる。

母が死ぬなどと考えたことはなかった。いつまでも自分の背後にいて、自分を励まし、背中を押してくれる存在だと信じていた。

母と一緒に北千住で開いた小さな店が、今では一兆円の売り上げを超す大企業になった。しかし母、とみゑは驕《おご》ることはなく、いつも千住の人たちへの感謝を忘れなかった。

ある時、夕食にすき焼きが出た。牛肉がとても美味しい。母が肉を買って来たという。俊雄が、どこで買ったのかと問いかけると、北千住の肉屋さんの名前を言った。

母は、今でも北千住へ行き、商店の人たちと言葉を交わしているのだ。

母は俊雄にとって商売の師の一人だった。

父、勝一と折り合いの悪かった母は、喧嘩をして涙を流すことがあった。しかしどんな時でも客の前に出ると、弾けるような笑顔になった。俊雄は幼いながらも、母のその耐える姿に、客を大事にしなければいけないという商人の心がけを学んだのだ。

二月一六日に青山《あおやま》葬儀場で行われた葬儀には約三五〇〇人もの会葬者が集まり、母との別れを惜しんでくれた。

俊雄は、葬儀が終わってからも体になんとなく力が入らない。気力も萎《な》えている。早く仕事に復帰しなければと思うのだが、なかなかその気にならない。

母の教えで最も俊雄に影響を与えているのは、「お客さんは来ないもの」「取引したくてもお取引先は簡単に応じてくれないもの」「銀行は貸してくれないもの」という三つの「ない」だ。

母は戦争などで三回も店を失いながらも、そこから這《は》い上がった。その苦労から生み出した生きる知恵が、この「ない」だ。

俊雄は、どんな時でもこの教えを忘れたことはない。この「ない」が、会社が大きくなり「ある」に変わっても、いつでも「ない」を忘れないように努めた。

それが企業規模が大きくなればなるほど不安が募るという慎重さになり、どんな時でも客や取引先との信用を第一に考える姿勢になっている。傲慢になれば、たちまち「ある」は「ない」に変じるからだ。

――もう叱ってくれる人はいないのか……。

母は、俊雄が客や取引先のことで不満や愚痴をこぼしたりすると、「信用は築くのに時間はかかるけど、崩れるのは簡単です。どんなに大きな会社になっても信用の大切さをおろそかにしてはいけません。不満や愚痴を言っていると、信用をなくしますよ」と言葉や態度で戒めてくれた。

そのさりげない言葉や態度に、俊雄は背筋を伸ばし、商売に精進したのである。

今日、改革を将史に託したのも母が「自分にできないことは、人を育ててやってもらいなさい」と教えてくれたからだ。人に任せることが、人を育てることにもなるのだ。

六

「どう、あなた、大木さんに任せて上手く行っているの？」

小百合がテーブルに紅茶を運んできた。

「上手く行っているようだね。私はあまり口を出さないようにしているんだ」

俊雄は、紅茶のカップを口に運んだ。

将史は、一九八二年（昭和五七年）二月二三日に「業務改革プロジェクト」（略して「業革」）をスタートさせ、フジタヨーシュウ堂の業務の根本的な見直しを開始した。

「業務改革なのね」

「業革は改革というよりも革命だね」

紅茶を飲む。熱い紅茶が体を芯から温めてくれる。

「あなた、何もしなくていいの？」

「ああ、彼が言い出したことだから、彼に任せるのが最善だ。適材適所だね。今、私は母さんの死でちょっと気落ちしているから、あまり表に出ない方がいい」

俊雄は自虐《じぎやく》的に笑った。

「あなた、偉いと思う」

小百合が近づいてきて、俊雄をじっと見つめた。

「おいおい、改まってなんだよ。偉いって、照れるなぁ」

俊雄は、少し体を反らす。

「他人に任せるってなかなかできないことよ。あなたには任せる力があるのね」

「そんな力はない。彼はちゃんと報告をしてくれるから」

「でも、余程信頼していないとついつい口を出したくなるもの」

「大木君は、よくやってくれる。問題意識もしっかりしている。我が社は今、風邪をひいた程度だけど、それが肺炎になり、死に至る病になる前に根本治療しようと言うんだ。私はそこまで問題とは思わなかったがね。確かに最悪の事態になって慌てるよりずっといい」

俊雄は紅茶を飲んだ。

「あなたは心配性だけど、大木さんも心配性なのね」

「はは」俊雄は笑った。「心配性ばかり集まった会社だ。我が社は」

「いずれにしても、今回、あなたの偉さを再認識したわ。どうしても口を出したくなるのが人情だものね。よく我慢している。あなたに『土』になって花咲く人を育てればいいと生意気なことを言ったけど、見事にそれを実践しているわね。大木さん、いずれ見事な花を咲かせるに違いないわ」

小百合がさらに真剣に言う。

「まあ、あまり褒めるなよ。会社が順調に行けば、それでいいんだから」

俊雄は苦笑した。

自分は我慢しているのだろうか。将史がやろうとしていることを腹立ちを持って見ているなら我慢しているということになるだろう。しかしそれはない。他人に経営の重要な決定を任せることが、小百合が尊敬するほど偉いのだろうか。

俊雄は「耳」を大事にしてきた。経営の重要な問題を解決するのに他人の意見をよく聞く姿勢だ。

俊雄は、将史の意見に「耳」を傾け、改革を任せることにした。しかし、もしこの改革が上手く行かないようなことがあれば、自分が責任を取る覚悟はしている。

それがリーダーとしての務めだろう。

小百合は「土」になれと言ったが、良い「土」になって大木将史という男を育てることができるだろうか。

七

将史は精力的に活動し始めた。

まず財務部門の社員、田村たち業革プロジェクトのスタッフに命じてフジタヨーシュウ堂の各店、本部各部署の業務の問題点の徹底した洗い出しを行った。

店長や本部の幹部たちのインタビューなども精力的に進めた。スタッフは約二週間でまとめ上げた。

「やはりな……官僚化が進んでいる。これを壊さねばならない」

将史は、スタッフの報告書を読み、厳しい顔つきになった。

「アーリーバードと違って、フジタヨーシュウ堂は古い会社となってしまったわけですね」

アーリーバードから将史の応援に来ている水沢秀治が言った。

「いつまでも若いと思っていたら、いつの間にか老人になっていた。よくあることだ。体質を変えないといけない。フジタヨーシュウ堂がしっかりしてくれなければ、アーリーバードも悪くなってしまうからな」

将史が水沢に言う。

「心配はいりませんよ。アーリーバードはでき立てのほやほや。伸び盛りですから」

水沢が得意げに言う。

「馬鹿野郎。その傲慢さが老人になりかけている証拠だ。やるべきことはいっぱいあるぞ」

将史が田村たちスタッフに発破をかける。

まず本部の方針が速く、正確に各組織の末端にまで届くようにしなければならない。

人の体で言えば、指先の毛細血管にまで真っ赤な血が十分に届かなくては本当の健康とは言えない。今、フジタヨーシュウ堂の血管は末端部分で詰まっている。それが体全体をむしばみつつあるのだ。

「通達類を廃止する」

将史は言った。

千葉県のある一店舗に一か月間に約八〇〇〇通にも及ぶ通達が出されていた。一か月を三〇日とすると一日当たり二六〇通以上だ。

「こんなに通達が多ければ読めるはずがない。本部の連中は、通達を発信すれば仕事をやった気になっている。現場の連中は、こんなに多くの通達を読む時間などない。そのことを指示が徹底しない理由にしている。これでは組織は動かない。まず通達を廃止する」

将史の意見に対して、田村と水沢が決まりの悪そうな表情で顔を見合わせた。共に本部に勤務する人間として、自分のことを言われている気がしたのだ。

将史の言うことは分かる。「しかし通達を廃止したら、どうやって本部の指示を現場に徹底しましょうか」と田村が聞く。

すると、水沢が「アーリーバードでは、オーナーさんたちやスタッフに集まってもらってダイレクトにやるべきことを伝えています。この方が間違いがありません。店長を一堂に集めるのはどうですか？　それとアーリーバードのオペレーションフィールドカウンセラー（ＯＦＣ）のような、店を支援するスーパーバイザー制度を導入しましょう」と提案する。

ＯＦＣとは本部スタッフのことで、店舗に本部の指示を伝えたり、店長の相談に乗ったり、指導したりする役割を担っている。

アーリーバードではエリアごとにＯＦＣが配置され、オーナーの指導に当たっている。将史は彼らを毎週本部に呼び、自身で直接方針を伝えている。

「よし！　アーリーバードと同じように毎週、月曜日の午前八時半に全店舗の店長を講堂に集めろ。そこで私が方針を伝える」

将史がスタッフに指示する。

「えっ、全国ですか？　一〇〇店舗以上ありますよ」

一九八二年二月末には一〇六店になる。

水沢は、自分で店長を集めようと提案しながら、躊躇した。

北海道など遠隔地にも店舗はある。毎週全店長を集めるとなると、経費がどれだけ膨らむか分からない。ただでさえ減益で、回復の見込みが十分に見通せない中で、経費が増大するのは抑えるべきではないのか。

「無茶でしょう」

田村も顔をしかめる。

「何が無茶だ。ありえない施策をやってこそ、金を使ってこそ、私の本気度が伝わるんだ」将史は、あえて「私」と言った。

「分かりました。すぐに準備します」

田村は、まだ十分に納得していない様子だ。

「水沢、スーパーバイザー制度も導入する。すぐに必要な人員を算出してくれ。それと大幅な人事異動を行う。本部の人間を現場に出す。また、現場の組織をフラットにする」

「フラットといいますと」

「衣料品などの売り場のチーフを廃止する。屋上屋《おくじょうおく》を重ね過ぎだ」

売り場には、商品ごと、例えば紳士ワイシャツ、紳士スーツ、紳士カジュアルなどに担当、チーフ、そしてその上に紳士服部門全体のマネージャーが配属されている。

「でも、現場のポストが半減します」

「給与を下げるわけじゃない。降格でもないことをちゃんと説明するんだ。組織をフラットにすれば、本部と現場とのコミュニケーションがスムーズになるだろう。今は、間に人が多すぎるんだ」

将史が言い出したら、その方向で進まねば叱責されるだけだ。

それにしてもと、驚きつつ、田村は将史を見つめる。次々と指示を発するが、それらが全て的確なのだ。現場を経験しなくても、これだけ現場の問題点を把握している。いつ、どのようにしてこれだけの問題意識を持ち得ていたのだろうか。

「変なことを聞いてもいいですか？」

田村が将史の顔色をうかがう。

「ああ、何か質問か」

「専務はどうしてこんなに問題意識が鋭いのですか」

将史は田村の質問に呆れたような顔をした。

「経営というのは絶えず変化する客のニーズをとらえることだ。いつもそのことだけを考えている。これが面白いんだ。ズバリ的中すると、何とも言えない快感がある」

将史はまるで子どものように屈託なく笑みを浮かべた。

「面白い……ねぇ」田村は納得したような、しないような顔で返事をした。「さあ、次は何をしましょうか」

「人事異動だ。本部の官僚化を防ぐために、本部の連中を現場へ異動させる。同時に現場もシャッフルするんだ」

「そんなことをしたら専門性が生かせません」

田村が抵抗する。

「専門性という保守性の中に閉じこもっていては駄目になるんだ。殻《から》を破ってこそ業革になる。新しい目で、新しい職場を見るんだ」

将史は、考える風になった。

「そうだな……。今、社員が一万三〇〇〇人ほどいるな」

「はい。今年の二月末で男性七三四四名、女性五三七三名、合計一万二七一七名です」

「その三分の一以上を異動させるんだ」

将史の指示に、田村も、隣にいる水沢も言葉を失った。四〇〇〇人以上の人事異動！ 前代未聞だ。

将史は、本気でフジタヨーシュウ堂の組織に活を入れようとしている。そのためには毎週の店長会議、大幅な人事異動など、今までの常識では考えられない手段が必要なのだ。並の手段では、組織は刺激を受けない。ありえないと思うような手段を講じて、初めて細胞の一つ一つが目覚めるのだ。成功するか、それとも混乱に終わるのか……。

「今回の業革を成功させるのは、俺たちの責任だな」

田村は水沢に囁いた。

水沢は厳しい表情で頷いた。

＊＊＊

二月三日、人事異動が行われた。その規模は四五〇〇人にも及んだ。フジタヨーシュウ堂社内は、パニックに陥ったかのように衝撃が走った。

将史は社内報に次のように書いた。

「今、私たちに必要なことは、今までの商売のやり方を捨て、素人の素直さを持って、お客様のニーズを的確に知ることではないでしょうか。素人であるということは、カンバスを一度、真っ白にしてものごとを考えるということです」

俊雄も社内報に言葉を寄せた。

「今回、もう一度、お客様中心、商品中心、お店中心の考え方に戻すために、営業本部の体制を抜本的に改革したわけです。我々の仕事は、お客様あってというところから出発しなければなりません」

俊雄と将史は一体であると、社員たちは強く印象づけられた。二人は共に創業の原点に帰れということを強く主張したのだ。

これは俊雄が異父兄の貞夫から教えられた、「開店の気持ちで商売をやれば絶対に儲かる。それ以外にない」の教えの実践であるとも言えた。

# 八

俊雄は、スーパーサカエ社長の仲村力也の訪問を受けた。

「えらいもんを玄関に飾ったんやな。『荒天に準備せよ』か」

相変わらずぶっきらぼうに言う。

「荒れた天気に備えませんといけません」

俊雄は丁寧に返す。

「お宅は利益で日本一やないか。荒れた天気やのうて晴れた好天気やろ」

仲村が笑う。

「いえ、なかなか物が売れないようになっています。時代が変わってきているような気がします」

「だから大木はんに業革なんかやらせてんのか。あれは間違いや」

激しい口調で仲村が言う。

「間違いですか。そうは思いませんが」

「あれはアーリーバードのやり方をフジタヨーシュウ堂に当てはめようとしてるだけや。スーパーとコンビニとは違う。通用せん」

「そうおっしゃる方が多いですね」俊雄は微笑する。「私がやらせているんです。まあ、どうなるかはまだ分かりませんがね」

「売り上げを諦めたんか。スーパーは売り上げや。それで価格を支配する。ワシはコングロマリットマーチャント、いわゆる複合小売り集団を目指す。多角化や」

仲村は、パリの百貨店と提携して百貨店経営に乗り出していた。そのために日本の名門百貨店の株を買い占めようとしている。これは相手側の反対で上手く進んでいないようだ。

地味で、可能な限りマスコミの話題にならないように努めているフジタヨーシュウ堂と違い、仲村は常にマスコミの寵児《ちょうじ》だ。

「私は多角化はやりません。会社は色々ありますが、全てお客様のお役に立つための補完業務だと思っています」

「ワシは、客は創造するもんやと思てる。ドラッカー先生の言う通りや。だからカード会社、雑誌、コンビニ、ドラッグストア、百貨店などなど、なんでもやって客をどんどん作っていく。それが企業の役割と違うか」

食って掛かるように仲村が言う。

「仲村さんは積極的でいいですね。私はお客様の変化に合わせて、会社を、社員を変えていくだけです。とにかく存続させるので必死ですから」

「ワシはあんたのそういう慇懃《いんぎん》なところが好かんのや」仲村はポツリと言い、テーブルの茶を飲んだ。「それにしてもあの日から、遠くに来たもんやな」

仲村がふいに遠くを見つめる目になった。

焼け跡に二人で立っていた。仲村は、俊雄が渡した配給のタバコ、朝日をくゆらせている。白いタバコの煙がたなびいている。まさかあの時の二人が小売業で覇《は》を競い合うことになるとは思わなかった。

「そうですね。私は仲村さんの後を追って来ただけです。あの時、朝日を差し上げたら、人が良いと、この焼け跡では生き抜けないという意味のことを言われましたね。仲村さんは大胆に大股で歩かれています。私は、一歩、一歩です」

俊雄の目の前に廃墟となった東京駅が見えた気がした。

「ワシもあんたをずっと見て来た。あの時、ワシに朝日をくれた男と知ってからは、特にな。ワシは、あんたを潰そうと思って頑張ってきた。それは憎いんやない。あの時と同じで、人がええ人間は焼け跡では生き残れんということを、あんたに教えたかったからや。ワシとあんたには、今も、ずっと焼け跡が続いているんやからな」

仲村の顔が悲しそうに笑った。

「私も仲村さんも戦争を引きずって、経営してきました。しかし時代は確実に変わってきています。いつまでもそれではいけないと思っていました。しかしどう変えていいか分からなかったんですよ。上手く行き過ぎましたからね。仲村さんもそうじゃないですか。思った以上に成功してしまった。するとなかなかやり方は変えられない。しかし、私は大木という良き後継者を得ることができました。彼が、私にはできないやり方で、会社を時代の変化に合わせようとしてくれています。有難いことです」

俊雄は静かに言った。

仲村の勢いに陰りが見えたのが気になった。精気が弱い。百貨店の買収などが頓挫しつつあるのが、負担になっているのだろうか。

「あの男は、なかなかの男や。一度、引き抜こうとしたけど、上手に断られてしもうた。実は、ワシも時代が変わりつつあるような気がしてる。今までのように拡大一辺倒ではアカンような気がしてるんや。それで外からええ人に来てもろうた。それがハマヤ山村清《やまむらきよし》や。あの人に改革の旗振りをしてもらう」

俊雄も新聞、雑誌で、仲村が、発動機などで有名なハマヤを再建した敏腕経営者の山村清をスーパーサカエの副社長に招聘《しょうへい》したことを読んでいた。噂によると、山村に「俺を男にしてくれ」と頼んだらしい。仲村らしいと思った。

「では危機感は同じですね。またお互いの新たな戦いの始まりですか」

どうして仲村は内部の人材を登用しないのかと俊雄は思った。確かに会社を改革するのに外部の人材に頼るのも一つの方法だ。外部の人材は、旧来の組織とは全くしがらみがないため、大胆に改革できる。きっと仲村が招聘した山村は成果を上げるだろう。

しかし外部の人材にどれだけ完全に経営を任せられるか。仲村の度量が問われることになるに違いない。

「そうや。お互い負けんようにやろうやないか。日本を豊かにせんとあかんから」

仲村は言い、俊雄を見つめた。「ひとつ、教えてもらいたいんや」

「なんでしょうか」

「あんたは大木はんをどれだけ信用して、どれだけ経営改革を任せているんかということや」

仲村の目が真剣だ。

山村清をどう扱っていいのか迷っているのだろう。

「私が大木にどれだけ任せているかですって？」

俊雄は問い直した。そして「ははは」と軽く笑った。

「何がおかしい。会社を変えるくらいの改革や。もし上手く行ったら大木はんは、アーリーバードでも成功しつつあるんやから、あんたを凌《しの》ぐことになる。きっとな」

仲村は怒ったように言った。俊雄は、なぜだか仲村に発破をかけられているような気持ちになった。

「私は、大木を全面的に信用し、改革を全て任せています。私は一切、口出ししません。ですから上手く行けば、当然、大木の手柄です」

俊雄は言い切った。

「そらそやな。信頼せんと上手く行くはずがない。しかし全く口を出さんと言うのもな……。あんた、息子がおるやろ？」

仲村が探るような目つきで俊雄を見た。

「はい。息子も娘もおります」

俊雄は仲村の意図を測りかねた。

「もし、もしやで、あんたの息子よりも大木はんが優秀やったら、どないする？」

「はあ？　そんなことは考えたこともありません」

俊雄は首を傾げつつ、言い切った。

「ワシは、山村に経営を任すけどな、あの男は、絶対にワシの息子より優秀や。それがなぁ……」仲村は眉間に皺を寄せた。

「それがどうかしたのですか？」

「どうもせん。しかし、なんともじれったい気分や。息子が山村のように優秀やったらと思うてな」仲村は力なく言い、「ははは、下らんことを口にしてしもうた。すまん、すまん」と困惑気味に薄く笑った。

俊雄は、仲村に老いを感じた。仲村は世襲《せしゅう》のことを考えているのだろう。自分が作った会社を息子に譲りたいと考える経営者は多い。しかしそれはトップになる人間の資質に依《よ》らねばならない。世襲が却《かえ》って子どもを不幸にすることもある。

俊雄も全く世襲という考えに無縁ではない。探せば、どこか頭の隅にあるかもしれない。

しかしこの時ほど、将史を誇りに思ったことはない。仲村のように外部から人材を連れてくるなどということは考えもしなかった。きっと仲村は、息子に経営を繋ぐまでの臨時として山村を招聘したのだろう。それは会社という公的存在の私物化だ。

俊雄は、将史の顔を思い浮かべ、よくぞフジタヨーシュウ堂の内部に人材が育ってくれていたものだと嬉しく、そして安堵した。

「あんたは人を育てるのが上手いなあ。所詮、ワシはいつまでたっても軍刀を掲げて突撃する軍曹止まりや……」

仲村は、自虐的な笑みを浮かべ、俊雄の元を辞した。

俊雄は、仲村の背中が丸く、小さくなってしまった気がして、にわかに寂しさを覚えた。

九

将史は毎週、全店長やスーパーバイザーなどを講堂に集めた。

自分自身の言葉で彼らに語りかけた。

「死に筋を無くすんだ」

なかなか意図が伝わらない。店長たちは、売れ筋に関心はあっても売れない商品には見向きもしないからだ。

死に筋商品は、売れないで在庫になっている商品だ。これを排除することで利益が向上することは分かっている。しかしどの商品が死に筋であるか、数十万点もある商品の中から見つけ出すのは、至難の業だった。

「なかなか私の考えが店長たちに伝わりません」と俊雄に愚痴ったことがある。俊雄は、微笑みながら「社員とコミュニケーションができると思うから腹も立つんですよ。できないと思うところから出発したらいい」とさらりと言う。

将史は、その通りだと目の前が明るくなったように感じた。

死に筋商品は最初から死に筋だったわけではない。誰かが売れると思って仕入れたのだ。それがいつしか不良在庫になってしまったのだ。

店長たちはマネージャーやスーパーバイザーと協力して、商品を一点、一点、仕入伝票と確認しながら棚卸していく。そして売れ残ったものを死に筋商品として認定し、処分したり、発注を中止したりしたのである。気の遠くなるような作業が続いた。

彼らは将史に言われるまでもなく、死に筋商品を認定しながら、切なく、悲しい気持ちを抱いていた。自分が、絶対に売れると思って仕入れた商品がほとんどだからだ。それが思うように売れなかった。なぜだと理由を考えることもなく、見て見ぬ振りをしていたのだ。いずれ売れるだろうと勝手に楽観視していたこともある。

彼らの努力で在庫は減少し、業革を始めた一九八二年二月期は三六日だった在庫日数が、翌八三年二月期には三四日、翌々八四年二月期は三〇日と短くなっていく。

死に筋排除と並行して「品切れ防止プロジェクト」も開始した。せっかく売れ筋の商品なのに品切れを起こしてしまうことが頻発していたのだ。

「機会ロスだ」

将史は強く言った。そして「アイテムを絞り込め」と指示した。

店長たちからは商品アイテムを絞り込めば、売り上げが大幅に減少すると抗議があった。

「X、Y、Zの商品があったと仮定しよう。Xが一〇〇個、Yが五〇個、Zが三〇個売れた。どれが売れ筋だ?」

将史の問いに店長たちは当然のように、「一〇〇個売れたXです」と答える。

「しかし一番少なく売れたZは一日で三〇個売れたのに対し、Yは八〇個仕入れて二日間で五〇個売れた、Xは二〇〇個仕入れて三日間で一〇〇個売れたのであれば、客から見れば売れ筋はZだ。もしZが一〇〇個あれば、一日で一〇〇個売れたかもしれない。これはZを売る機会を逃してしまったという意味で機会ロスと言える。漫然と多様な商品が並べられていても、客の購買意欲は湧かない。たくさん売りたいと思って、XやYの商品を並べてもダメなんだ。本当の売れ筋であるZにアイテムを絞り込めば、売り上げは増えるんだ」

この考えは、店長ばかりでなく問屋からも不評だった。彼らは商品が豊富に並べてあるからこそ売り上げが伸びるとの考えから抜けきれないのである。

将史は、自分の考えの正しさを実証するために、実際の店舗でワイシャツの商品アイテムを絞り込んだ方が売り上げが増えたのだ。彼らは、まるでするると、商品アイテムを絞り込んだ。

マジックを見ているようだと驚いた。

「なぜ売れないのか。なぜ売れ残ったのか。逆になぜ売れたのか。それを自分の頭で考えるんだ」将史は店長たちに強く訴えた。

この死に筋を排除し、売れ筋を絞り込む考えは、「単品管理」と「仮説と検証」という将史独自の理論とでも言うべき手法に進化していく。

明日の客の心理と行動を察知する情報を入手し、活用し、商品の単品ごとに売れ筋の仮説を立て、自ら仕入れをする。そして結果を検証する。この単品ごとの仮説と検証を毎日、繰り返すことで精度を上げていけば、必ず機会ロスは減っていく。

店長たちは、将史の科学的な手法に魅入《みい》られていく。

今まで彼らは先輩たちの経験と口伝《くでん》によって指導されていた。そのためそれぞれの商売に対する手法が異なっていた。

将史の指導は、それを標準化したのである。商売というものを科学的、理論的に分析し、標準化したため、誰もがその手法を採用すれば、同様の成果が上がるようになった。

将史は、全店にPOS（ポイント・オブ・セールス）という、販売時点で客の情報を入手、管理できるコンピュータシステムを導入した。これは既にアーリーバードで活用しているシステムだった。客のデータを活用することで「単品管理」と

「仮説と検証」は一気に精度を上げるようになった。

さらに仕入れ先である問屋にも業革を広げ、必要な商品を必要なだけ納入するように要求した。

最初は大きな抵抗があったが、フジタヨーシュウ堂の業績が上がるにつれ、共に栄えようという将史の説得に同調する問屋が増えていったのである。

＊　＊　＊

「数字をごまかしたんじゃありませんか」

俊雄が眉根を寄せた。

将史が、田村を伴って俊雄に業革の成果を報告した。

一九八三年（昭和五八年）八月期の中間決算だ。前年同期は、屈辱の減益だったのだが、なんと経常利益は前年比五一・三％増、同営業利益は三四・四％増という驚くべき伸びを示したのである。

俊雄が、「数字をごまかしたのではないか」と疑いを持つのも当然のことだった。

「そんなことはしておりません」

田村が怒ったように言い、憮然《ぶぜん》とした表情になった。

俊雄は、そんな田村を愛おし気に見つめ、微笑んだ。

「悪い冗談を言いました。謝ります。あまりにも見事な数字ですから驚いたのです。よくやってくれました」

俊雄は頭を軽く下げた。

「社員たちが変わったからです。いえ、変わったというより、自ら変わってくれたからです。ダイレクトコミュニケーションを続けている成果です」

将史は言った。

「全店長を毎週月曜日に集めて、あなたの考えを伝える店長会議のことですね。これは今後も続けるのですか」

「勿論です。人は、仕事の仕方を変えることに強く抵抗するものです。彼らは成果が上がって安堵しているでしょう。そうなると再び以前の手法に戻ってしまうのです。とにかく店長会議をやり続け、単品管理や仮説と検証が彼らの血肉になるように努めます」

「あなたに業革を任せて良かったと思います。物事を徹底する、あなたの徹底力は賞賛に値します」

俊雄は将史を褒めた。

将史は、照れているのか、小首を傾げた。そして姿勢を正すと、俊雄を見つめた。

「商売の基本は、基本に忠実で『あきない』ことですから」

将史は落ち着いた口調で言った。

「あきないことが商売の基本中の基本ですね。あなたにあらためて教えられました」

俊雄は満足そうな笑みをこぼした。

# 第十三章　バブル

## 一

将史が主導した業革（業務改革）で、フジタヨーシュウ堂は劇的に業績が改善した。

単体の売り上げが、一九八八年（昭和六三年）二月期には一兆円を超すまでになった。これは仲村が率いるスーパーサカエに次ぐ偉業だった。業界全体がフジタヨーシュウ堂の躍進に注目していた。

さらに凄いのはアーリーバードだ。同じ年に店舗数は三六〇〇店となり、チェーン全店売り上げは約六九〇〇億円にもなっていた。成長を記録するグラフは、まるで切り立つ絶壁のように急角度に上昇していた。

将史が創業メンバーに約束した、五年で上場するとの無謀とも言える約束は、一九七九年（昭和五四年）に東京証券取引所（東証）第二部に上場する形で実現した。

一九七三年（昭和四八年）創業から六年という過去最短の上場だった。第一号店の出店からは五年だから、約束を果たしたことになる。一九八一年（昭和五六年）年には東証第一部に指定替えになり、一流企業への仲間入りを果たしたのである。

業革は一九八六年（昭和六一年）にはアーリーバードでも開始された。フジタヨーシュウ堂、アーリーバードの二社とも、将史の下で業革を飽くことなく推進していた。

一九八八年（昭和六三年）九月、日本武道館はフジタヨーシュウ堂やアーリーバードなどグループ各社の社員たち数千人で、最上階まで埋め尽くされていた。コロッセアムのように円形になった中心で、将史が演台の縁を摑んで、大声で叫んでいる。

「改革はまだ途上です。私たちは倦むことなく改革に邁進《まいしん》しなければならない。休むことは死を意味する。単品管理、死に筋排除。基本に忠実な仕事をし、お客様の立場に立つ商売とはなにかを模索し続けねばならない……」

将史の声がホールの壁で反響し、ウォンウォンと何か得体の知れない怪物が吠えているように聞こえなくもない。

休憩時間になった。社員たちが外に出る。

コーヒーを片手に二人の社員が話している。声を潜めて、周囲を窺い、警戒を怠っていない。

「本当にうるせぇなぁ」

一人が顔を歪めて言う。

「全くだよ」

もう一人が同意する。同じく声は抑えている。

「馬鹿の一つ覚えみたいに単品管理、単品管理」

「毎週、毎週、呼び出されてそればっか聞かされて、うんざりするぜ。他に言うことは無いのかって言いたいね」

「もう耳にタコだよ」

コーヒーを飲む。

「これだけの人数を毎週、東京に呼んでさ。単品管理を念仏のように繰り返すくらいなら、俺たちの給料を上げて欲しいな」

「賛成だな。その案」

「こんなこと聞かれたら、俺たちクビだな」

もう一人が首に手を当てる。

「でも結構、同じように思っている奴、多いぜ」

「だよな」

目を大きく見開いて、同意する。

「だってさ、今、とにかくモノがよく売れるんだ。いちいち細かいことを言わなくたって大丈夫だぜ」

「客たちはみんな株や不動産で儲けているからな」

「特に最近の株の上がり方はスゴイな。ある株式評論家は、日経平均は五万円、六万円になるって言ってたぜ。お前は株やっているのか？」

問いかけに、少し得意そうに小首を傾けて「まあな」と答える。

「儲けているんだろう？」

「たいしたことはないよ」

ニヤリとする。

「おい、今度、奢《おご》れよな」

「あっ、時間だ。始まるぞ」

二人は、コーヒーを一気に飲み干すと紙コップをゴミ箱に放り投げ、再び会場に消えた。

二人の社員が、将史の唱える業革など無意味だとの考えに囚われるのは仕方がないことだった。

業革などという地味な苦労をしなくても人々は消費を楽しみ、デパートもスーパーも客で溢れていたのだ。日本経済に未曾有の好景気が到来していたのである。

それは後に、人々がバブル時代として回想する景気の異常な上昇だった。

一九八五年（昭和六〇年）、アメリカの財政赤字、貿易赤字を調整するため日本はプラザ合意によって大幅な円高を強いられた。

円高＝不況という観念に取り憑かれている政府、日銀は大幅な金融緩和を実施した。公定歩合は一九八六年（昭和六一年）から五度も引き下げられ、一九八七年（昭和六二年）二月には当時としては過去最低水準の二・五％となり、これは一九八九年（平成元年）五月まで続いた。

この金融緩和については後に三重野康《みえのやすし》（元日銀総裁）が、「金利引き上げのタイミングを逸《いっ》した」と深く反省することになるのだが、政府も日銀も円高を極端に恐れていたため、金融緩和の継続はやむを得なかっただろう。

バブルの発生要因は、単純ではない。金融緩和がその状況を作り出したことは事実だが、白川方明《しらかわまさあき》（元日銀総裁）は日本国民の間に「期待の著しい積極化」（『中央銀行』東洋経済新報社）というべき自信が溢れていたという。

敗戦の惨めさから立ち直り、経済成長率は先進国で最も高いにもかかわらず物価はさほど上がらず、マクロ経済は国際的に見ても最優等生だった。

輸出も順調で経営者たちは日本的経営に自信を深め、対外純資産残高は世界一となり、日本の金融機関は、低金利を背景に国際金融市場で圧倒的な融資攻勢をかけていた。もはやアメリカなど恐れるに足りずという状態だったのである。それが「期待の著しい積極化」と言うべき状態で、日本国民全体がある種の陶酔感に浸っていたのである。

バブル時代をいつからいつまでと定義するのは難しいが、先ほどの白川の定義による一九八六年から一九九〇年とするならば、その間の日本経済の平均成長率はなんと五％であった。

この成長を支えたのは、金融機関の積極的な不動産や株への融資だった。銀行貸出は毎年、前年比一四％も伸びた。

日経平均株価は、プラザ合意前の一九八五年九月二〇日には一万二六六六円だった。

一九八七年一〇月一九日に、ニューヨーク証券取引所はブラックマンデー（暗黒の月曜日）と呼ばれる史上最大の株価下落に見舞われた。ダウ平均株価は前日から約五〇八ドルも下がった。これは世界恐慌の引き金ともなった一九二九年一〇月二四日のブラックサーズデー（暗黒の木曜日）を超える下落だった。

日本の株式市場も日経平均が三八三六円も暴落し、すわ！　世界恐慌の始まりか、と投資家たちは肝を冷やした。

ところが瞬く間に株価は回復し、それ以降、上昇を続けた。日本はアメリカとは違う、買いだとの強気が株式市場を覆い、一九八九年末には三万八九一五円にまで上昇したのである。

不動産価格の上昇は一九八三年頃から始まったようだが、首都圏からやがて大阪圏、名古屋《なごや》圏、そして海外へと広がっていく。

ジャパンマネーと言われ、日本企業はアメリカのゴルフ場、ホテル、高層ビルを文字通り買いあさっていった。

現在のチャイナマネーと言われるものと、まったく同じ状況である。

経済学者の野口悠紀雄《のぐちゆきお》によると「アメリカの不動産への投資は、八五年には一九億ドルだったが、八八年には一六五億ドル」（『戦後日本経済史』新潮選書）にまで膨れ上がった。

野口は言う。「アメリカ合衆国の国土面積は、日本の約二五倍ある。しかし、八九年末で日本の土地資産は約二〇〇〇兆円になり、アメリカの土地価値（約五〇〇兆円）の四倍になった。東京都を売ればアメリカ全土を買える計算だ。皇居だけでカナダを全部買える」（同書）。

野口は、こうした状況をいくらなんでもおかしいと思い、一九八七年にいち早く「土地高騰はバブル」と指摘したが、他の経済学者からの批判にさらされた。

山田厚史《やまだあつし》（元朝日新聞記者）は、一九八六年一二月一八日の同新聞に「地上げを支える銀行の巨額融資、カネ余り、利害一致」という記事を書き（『銀行員が消える日』宝島社）、銀行が地上げ屋と呼ばれる不動産業者に巨額の融資を行い、土地価格を吊り上げている事態に警告を発した。

しかし、この状況を冷静に見ていたのは、これらのごく一部の人だけだった。多くは好景気に酔っていた。

「東京都下の小金井《こがねい》カントリー倶楽部のゴルフ会員権が一九八七年二月に三億三〇〇〇万円と初めて三億円を突破した。一週間に四〇〇〇万円あまりも上昇する急ピッチ振りで「億カン（億円カントリー）」が全国に一〇コース以上も相次いで誕生した」（『検証バブル――犯意なき過ち』日本経済新聞社）。

一九八七年に総合保養地域整備法、いわゆるリゾート法が制定されたことで、競って全国にゴルフ場が造られた。

これらを後押ししたのは銀行だった。ゴルフ場などとは縁も所縁《ゆかり》もない企業までもが銀行から借り入れて土地を買い、ゴルフ場を造った。オープンするという計画だけで会員権を大量に印刷すると、人々は会員権を買い求めた。ゴルフ場造成業者は、その資金を当てにして次々とゴルフ場を造っていった。

ある銀行の取引先がゴルフ場を造成中にもかかわらず、別途、新たなゴルフ場を造るという。

そこで支店長は、造成中のゴルフ場が完成し、きちんと営業ベースに乗ってから、新たに造成したらどうかと至極真っ当なアドバイスをした。すると彼の支店は突然、取引を断られてしまった。その後釜《あとがま》には別の銀行が収まり、ゴルフ場造成資金を融資したのである。支店長は「もうどうしようもありません」と、不動産融資競争の狂ったような激しさを嘆いた。

ある新興企業家は、銀行幹部とニューヨークに行き、高層ビルに上ると、そこから見える景色を指さし、「この辺りのビルを全て買いたい」と言った。同行していた銀行幹部は、その場で東京の本店に電話をし、巨額融資の実行を指示した。融資審査という銀行の最も重要な機能は、まったく働くことがなかったのである。

デパートでは高級ブランド品や高い食材から売れて行く。若者が宝石のペンダントを恋人にプレゼントし、高級ホテル、レストランはいつも満杯。深夜になってもタクシーを止めることはできず、それじゃもう一軒行こうかとサラリーマンたちは夜の巷に消えていく。

一九八九年に家計が得た土地と株式のキャピタルゲインは、二六〇兆円（同書）にも上った。この繁栄が夢や幻ではなく、未来永劫《えいごう》続くと多くの人が思っていた。

将史の話をうんざりしながら聞いている社員を責めることはできない。スーパー経営者も同じだった。だれもがバブルに酔いしれていたのだ。

スーパーサカエの仲村力也は連続三期の赤字に悩み、一九八二年に発動機メーカーハマヤを再建した山村清を副社長に招聘した。

仲村は、彼にフジタヨーシュウ堂の将史のように業務改革を進めて欲しいと頼んだ。自分は経営に口を差しはさまないから自由にやってくれと言った。

山村は、仲村の期待に応えてV字回復を実現した。不要な不動産など資産を処分し、借入金を数千億円も減少させたのである。

だれもが仲村の後継者は山村であると認めるまでになった。

ところがそこにバブルが到来した。スーパーサカエの保有する不動産は勢いよく値上がりを始め、店頭の商品は高額のものから売れて行く。

たちまち仲村は改革への意欲を失ってしまった。そして生来の貪欲さが顔を出したのである。仲村は、山村を放逐《ほうちく》し、再び自分が実権を握った。そして銀行からの借り入れで不動産を購入し、そこに店舗を建設したり、他のスーパーなどを買収したり、積極的な攻勢に出ていった。

「不動産はもっともっと値上がりする。戦後、地価が下がったことはないんだ。右肩上がりを続けている。今の不動産投資は数年後に回収できるということだ。不動産に投資をするワシの考えの正しさが証明された。フジタヨーシュウ堂の店舗は八割近くリースだという。あいつは時代が読めていない。リース料なんて資産にも何もならない。払い捨て、払い損だ」

仲村は豪語した。

仲村は、長男の淳《あつし》をスーパーサカエに入社させ、役員に取り立てていた。周囲は、淳が後継者で決まりだと思っていたのだが、そこに山村が割って入る形となった。

仲村はこのままだと淳が後継者の座に座ることができないと心配したのだろう。山村の力が強大になる前に、自分が復権したのである。

仲村は、俊雄のような我慢ができなかった。山村に任せると一旦口にした以上は、武士に二言なしの姿勢を貫くべきだった。

仲村は商人、二言も三言もあるなどと戯言《ざれごと》を言っている場合ではない。バブルの崩壊はそこまできていた。改革を途中で放棄した仲村を待っているのは、地獄のような業績不振だった。

スーパーマーケットセイヨーの大館誠一の場合は、仲村よりもバブルに踊ったと言えるだろう。大館は、ビジネスに自分の美意識を持ち込んだ。俊雄や将史のように、どうすれば客に尽くせるかというシンプルな経営姿勢を持っていない。非常に複雑な人格であり、あらゆるビジネスがすべて文化のために存在していたのである。

かつて俊雄に「あなたの仕事には文化がない」と言ったのは、その表れだった。文化では満腹にはならない。だれもが腹を満たすために安い食材を求めてスーパーに駆け込む時でも、大館は文化を意識していた。大館は自分のビジネスを生活総合産業と位置付けていた。それは日本人の生活を文化で彩る大館ワールドを築くことだった。

スーパーマーケットセイヨーは、そのための機関車の役割を果たしていた。セイヨーを上場させ、市場から資金を集め、その資金で不動産投資を行い、それを担保に銀行からの借り入れをさらに増やし、それでさらなる不動産投資……。

銀行借り入れと不動産投資の、無限連鎖の如《ごと》くである。大館も仲村と同様に、不動産は値下がりしないという神話に取り憑かれていた。

この無限連鎖の仕組みを使うことで大館は百貨店、不動産開発、文化事業、ホテル経営などの多角化に力を注いだ。

そのため多くの分野から人材をスカウトしてきた。俊雄にとっての将史のような、自分で育てた人材を持ちえなかった。

気に入った人材を見つけると、その人物に会い、三顧《さんこ》の礼を尽くしてスカウトする。それはまるで贅沢に育った子どもが、欲しいおもちゃを見つけると、どうしても手に入れたくなるようなものだ。

ところがそのように三顧の礼を尽くしてスカウトした人材でも、飽きると紙屑《かみくず》のように使い捨てにした。

社長としてスカウトされた人物は、セイヨーグループでは社長であっても社長ではない。大館の意向に逆らった途端、やめるしかないと嘆きながら退職していく。要するに、普通のビジネス感覚を持ち込んで利益を上げるための経営をすれば、文化がないとばかりに放逐されてしまうのだ。

このような大館の背中を、バブルがますます力強く押していく。

ついに大館は、一九八八年（昭和六三年）九月に世界的ホテルチェーン、インターナショナルホテルズを買収したのである。

買収金額は約二八〇〇億円。日本企業による海外企業買収において最大級のケースだった。

その買収額の約三分の二は日本の銀行からの借入金だった。借入金の支払い利息は年間二〇〇億円にも上る。ホテルの税引き後利益は約一〇〇億円しか無い。冷静にみればとても採算に合う買収ではなかった。それに加えて大館には、世界的チェーンの大型ホテルの経営ノウハウもなかった。東京で小さなホテルを経営していたが、その経営ノウハウが大型ホテルに通じるはずがない。

ではなぜこれほどの巨額の買収をしたのだろうか。それは不動産投資と同じように、数年後には買収額以上に高値で売却できると考えたからだろう。大館にとってはホテル買収は、短期間に利益が見込める投資だったのだ。

投資に没頭する大館に、銀行は要望通りに巨額融資を実行し続けた。ある銀行幹部は、ゴルフ場で大館とプレーを楽しみながら融資の申し込みを受け、その場で了承し、電話で部下に指示をしたという。プレーが終わったころには、大館の手元には数百億円の融資書類が届いていた。

何もかもバブルがなせる業《わざ》だった。欲しいというものがなんでも買えてしまう。仲村も大館も、欲望のコントロールを失い、繁栄の幻を見ながら迷走し始めていた。

## 二

一九八九年（昭和六四年）一月七日、天皇陛下が崩御された。

一九〇一年（明治三四年）四月二九日に生まれ、一九二一年（大正一〇年）に摂政、一九二六年（昭和元年）一二月二五日に二五歳で天皇に即位された。天皇在位期間は六二年にも及ぶ。その生涯は戦争という人類最大の悲劇に色濃く染められていた。

同日、皇太子明仁《あきひと》親王殿下が直ちに新天皇に即位された。新元号は平成と発表された。

昭和から平成への移り変わりは、戦争を経験した俊雄にとって時代の終わりを予感させた。

前年一九八八年（昭和六三年）五月に、俊雄は長男の秀久《ひでひさ》をフジタヨーシュウ堂の取締役として入社させていた。同時に、異父兄貞夫の弟であった正夫《まさお》は退任していた。

秀久は、大学卒業後、俊雄の旧知の財界人の会社に入社し、その会社の社長秘書などを務めていた。

俊雄は、秀久を入社させることに長く躊躇していた。会社というものは、公開企業になった途端に自分のものではないという考えを強く持っていたからだ。俊雄が如何に優れた経営者であったとしても、一人の力で、ここまでの規模に成長させることはできなかった。多くの社員たちの努力があってこそだ。

旧知の財界人からは、秀久は優秀でよくやっているとの評価を聞いていた。親としては嬉しいのだが、それは割り引いて考えねばならない。自分の息子であるからの評価でもあるだろう。

正夫は貞夫の死後、俊雄と何かと敵対したこともあったが、今では社内外で俊雄の後継者ではないのかという噂があった。

正夫は、俊雄の商売上の師匠であり恩人である貞夫の弟であり、創業者一族の一人であるとも言えるからだ。俊雄もそんな噂を耳にしていた。

しかし正夫が去り、その交代で秀久が入社したことにより、秀久で後継者は決まりだと評論家などが雑誌などに書いている記事を見かけることが多くなった。社内でも社員たちが同様に見ているようだ。

俊雄ももうすぐ六五歳となる。気持ちはまだまだ若いのだが、後継者を考える年齢ではある。

経営者の最大にして最高の任務は、後継者を育成することだと誰かが言っていた。その通りだと思う。後継者の育成に失敗すると、幾ら繁栄していても一代限りになってしまう。そんな企業を俊雄は幾つも見てきた。

そんな事態になって一番哀れなのは経営者ではない。従業員や取引先だ。会社は一人で存在しているわけではない。従業員や取引先に支えられている。

ましてやアーリーバードの店舗は三〇〇〇を超えた。これは多くのオーナーと呼ばれる店主たちが自分たちの人生を賭けてくれたお蔭だ。

もしもフジタヨーシュウ堂グループの経営がぐらついたら、彼らの人生を破綻させてしまうことになる。

自社の店舗なら、最悪の事態には、問題はあるものの閉店すればいい。しかし、オーナーたちはそういうわけにはいかない。背水の陣で、アーリーバードに参加してくれている彼らには、後がない。簡単に閉店というわけにはいかない。オーナーたちの期待に応えられるかと自問自答しない日はない。心が休まることはない。店舗が増えれば増えるほど、心配が増える。成長すればするほど不安が増える。俊雄は、なんと因果な商売を始めてしまったのだろうかと後悔にさいなまれていた。

こんな思いの中で秀久を入社させたのだが、後継者に決めたわけではない。秀久にこれだけの規模の会社、多くのオーナーたちの期待に応えられる能力があればいいのだが、それは秀久自らが証明していかねばならない。創業者の息子だから当然、後継者にするとの考えは俊雄にはない。第一義に、オーナーや取引先の幸福を考えねばならないからだ。

マスコミから、秀久さんが後継者なのですかと尋ねられることがある。その時は、はははと軽く笑うだけだ。決して秀久の話はしない。

ただ、俊雄は、後継者問題を考える時、会社を自分のものであると考えるオーナーシップというものに良い点もあると考えている。

現在のように、欲望が無限大に広がっているような時代にあっては特に重要だ。

オーナーシップとは、俊雄自身の経営哲学だ。とにかく客に尽くし、喜んでいただくこと。利益はあくまで結果である。たゆまぬ業革を続けて一歩一歩前進する。こんな基本的なことを口を酸っぱくして社員に語り掛けている。この考えを社員たちが共有して、彼ら自身がオーナーシップを持ってくれればいい。自分の会社だと俊雄以上に考えてくれればいい。

秀久が、俊雄と同じように商売に情熱を傾け、社員とオーナーシップを共有できるならば、自ずと彼らから後継者に推されるだろう。それまで待つしかない。

それにしても天皇陛下が崩御され、なんとも不安定な気持ちになっていることは否めない。

将史が部屋に入ってきた。今はアーリーバードの社長で、フジタヨーシュウ堂の副社長を務めてくれている。

彼の偉いところは、立場が上昇したからといっても態度を変えないところだ。相変わらず俊雄に対しては諫言を厭わず、逆命利君であり続ける。

今日は、業績全般の報告だ。グループ企業の経営は、現状は順調そのもので、なんの懸念もない。しかし今年（一九八九年）四月には消費税が導入されることになっている。システム対応などは準備完了しているが、客にとっては商品が三％値上げになるのと同じことだ。

当然ながら消費は落ちる。そのことを覚悟しておかねばならない。

「業績は順調ですが、多少気になることがございます」

将史の表情が曇る。

「どうされましたか？」

俊雄は聞いた。

「アーリーバードでの弁当の売り上げに変化が表れています」

「どのような変化ですか？」

「郊外店ですが、弁当の売り上げが減少しているので調査させましたら、店舗周辺の事業所が減っているのです。そのため残業用に購入していただいていた弁当の売り上げが減少したというわけです。好景気と言われていますが、目立たない程度に工場の操業率が低下し、それにともなって事業所がなくなるなど、景気が低迷するシグナルではないかと懸念しております」

「そうですか」俊雄も表情を暗くした。「実は私も同じように心配しているのです。今は、株や不動産で儲けた人が増え、なんだかふわふわしているような時代ですが、こんな状態は決して長く続きません。私は、ちっともそうした人を羨ましいとは思わないのです。まあ、こんな好景気は保って一年ではないでしょうか」

俊雄は大胆な予想を告げた。しかし将史は驚かない。

「私もそう思います。明らかに不況の兆候が表れておりますし、私どものお客様の中には高い物より、価格が安い物を求める傾向が強くなってきました。好景気に浮かれている人ばかりではないのです」

「そうですか。現場には安かろう、悪かろうではない商品を置くようにしてください。価格が安いから質が落ちても仕方がないと思う人はいませんからね」

「承知しております。それともう一つの心配は、社員も浮ついていないかということです」

将史の表情が一段と暗くなる。

「分かりました。経営方針説明会で、私からも好景気は不景気の入り口であるから、浮ついた気持ちにならず警戒心を高めるように社員に強く言いましょう。そして自分の足下を見なさいとね。他社では、株や不動産に手をつけている社員がいると聞きます。社員のプライベートにまで立ち入ることはできませんが、大いに注意したいと思います」

「それにしても嫌な時代になったものです。誰もが戦後最高、最長の景気だと喜んでいますが、山高ければ谷深しにならなければいいと思います」

「先日、同業の脇谷《わきたに》さんに会ったのですけどね。大変だったようです」

脇谷崇史《たかし》は食品専門のスーパーチェーンを営んでいる。上場もしている専業大手だ。俊雄と同じく戦後の闇市からスタートした苦労人である。

「最近、会長から社長に復帰されたのでしたね」

　将史が言う。

「その復帰の理由が大変だったんですよ。脇谷さんは、経営を弟に任せて、本人は好きなことをしていました。ところがある日、住倉銀行のパーティでね、懇意にしている常務から『第一回の融資は終わりました。今、鋭意、第二回の融資を準備しております』と言われたそうです。相手はにこやかに挨拶程度の話だったらしい。脇谷さんはてっきり新規出店の融資かなにかだと思ったのです。なにせ役員会にも出席していなかったし、銀行取引の報告も受けていなかったから」

　俊雄が、今その場に脇谷がいるかのように臨場感を持って話すため、将史は話に引き込まれていく。

「脇谷さんは、常務に『金額はいくらですか？』と聞いたのですよ。するとこともなげに『四〇億円です』と答えたそうです」

「四〇億円！　何店舗出店する計画なのですか？」

　将史は驚いた。四〇億円もあれば土地代を除けば、資材が高騰しているといっても、一〇か店は出店できるだろう。もっと可能かもしれない。

　俊雄は、笑みを浮かべ「脇谷さんも同じ質問をしたんです」と言った。「すると常務は『株式投資ですよ。えっ、この件は会長もご存じだと伺っていますけど』と怪訝な顔。もう、脇谷さんはびっくりされて、取り敢えず四〇億円の融資はストップするように頼んだそうです」

「それでどうなったのですか」

「まだ続きがあるんです。その数日後、今度は住倉信託銀行の専務から『中国進出の件ですが』と言われたのです。脇谷さん、その件も寝耳に水です。詳しく聞くと三五億円から四〇億円をかけ、中国の天津《テンシン》、北京、上海《シャンハイ》に出店するとともに、物流センターを造るという計画が進んでいたんですよ」

「なんという大きな計画ですか。それをまったく脇谷さんはお聞きになっていなかったのですか」

将史がありえないという驚きの表情をした。

「そのようですね。それでその計画もストップさせて、社長に問いただしたらしい。すると弟である社長は『今の時代はカネがカネを生む時代なんです。お兄さんのようにコンニャクや豆腐を売って、一円、二円の利益を得る時代じゃない。そんなことをしたって、客からは小言や文句を言われるだけで馬鹿馬鹿しい。頭を使ってカネ儲けをする時代なんです。財テクをしないのは馬鹿な経営者なんです』と反論されたらしい。そこで脇谷さんが調べてみると、店は荒れ、社員の士気は落ち、仕入れ先には多額のリベートを要求している。これは大問題だと……」

いつの間にか俊雄も将史も、食品スーパーの社長、脇谷崇史の気持ちになってしまったのか、沈痛な表情になっている。

「それは大問題ですよ」

将史は深くため息をつきながら言った。

「脇谷さんは弟さんに、商売というのは基本に忠実でないといけない。こんなあぶく銭が儲かる時代は長く続かない。そんな金があったら店を直し、社員の士気を上げるようにしなさいと切々と言ったらしい。だけど財テクとやらで儲けている弟さんは聞く耳を持たない。自分は学校もろくにでていない。弟は恥ずかしくないようにと、大学まで行かせた。それで経営を任せたのに、この体たらくだ、情けないと嘆いておられました。それで急遽《きゆうきよ》、社長の座から退かせ、自分が社長に復帰して、株投資や海外投資を整理して、なんとか原点に復帰しようと苦労されているらしい。でも、株で儲かるものだから、弟さんの頭はすっかりおかしくなっていたっておっしゃっておられてね」

俊雄の表情が曇る。

「商売の基本を忘れる時代になりました。なんとかしなくてはなりません」

将史も声を沈ませる。

「大木さん、なぜ、私がこんな話をしたのか分かってくれますか」

俊雄が真剣な表情を将史に向けた。

「秀久君のことですね」

将史が頷く。

「その通りです。君から見れば親ばかかもしれませんが、私も普通に人の親ですので悩んでおります」

俊雄が話すのを将史は黙って聞いている。

「私が商人ですから息子にも商人になれ、というのはおかしな話だと思います。息子に他に適性があり、やりたいことがあるならその選択は息子に任せるべきです。そう思っています。脇谷さんが嘆かれているように、私の考えを息子が引き継いでくれなければ、経営は迷走します。よく教育してやってくださいませんか」

俊雄は将史を見つめた。

「分かりました。社長の経営哲学が秀久さんの血肉になるように努めます」

将史が頷いた。

「ありがとうございます。しかし何事も適材適所でなければ、本人が最も不幸になるだけですので、そこは覚悟しております。まだ後継者と決めたわけではありませんから」

俊雄は厳しい表情で言い切った。

一九八九年（平成元年）、フジタヨーシュウ堂はグループ企業の社員、約六七〇〇人を浦安《うらやす》にある大イベントホールに集めた。

俊雄はホール中央に造られた舞台に立った。最上階まで社員たちで埋め尽くされている。

一瞬、めまいのような感覚を覚えた。目の前に復員してきた時に見た、東京駅の前に広がる焼け跡が現れたのだ。

どうしてこんなに会社を大きくしてしまったのだろうか。後悔に似た気持ちに襲われる。母とみゑ、異父兄貞夫と一緒に二坪の店にメリヤスを並べていたころが懐かしい。もし生まれ変われるなら、もう一度全てに自分の目が、気持ちが行き届く小さな店を営んでみたい。あのころはお金も無く苦労も多かったが、なぜだかとても楽しかった……。

俊雄は気持ちを奮い立たせ、社員に向かって「過去の仕事の仕方を壊して新しい仕事の道を拓こう」と訴える。テーマは毎年変えているが、その中身は、お客様の立場で発想すること、死に筋商品を撲滅《ぼくめつ》することなどいつも変わることがない基本中の基本ばかりだ。

こんな同じことばかりを繰り返して社員たちに語りかけているが、自分の言葉は、いったいどれだけ彼らの心に届いているのだろうか。

ある人が、会社が大きくなるのは子どもが大きくなるのと同じだと言った。自分の思い通りにはならないという戒めだ。

確かにその通りだ。しかし同じことを倦むことなく語り続けることが、トップの務めだ。特に現在のように日本中が浮ついている時には特に必要なことだ。

一人一人が、フジタヨーシュウ堂が自分の会社であるとのオーナーシップを持ってくれればいい。

「皆さん、もう一度、自分の足下を見つめてください。しっかりと地面に踏ん張って立っていますか。皆さんが、皆さんの頭で考えて店を作っていくのです。その権限があるのですから」

俊雄は、ホールの隅々にまで届くように声を張り上げた。

三

世界が激変し始めた。

一九八九年（平成元年）一一月九日、東西ベルリンを隔《へだ》てていた壁が崩壊した。アメリカとソ連の東西冷戦の終結だ。

翌一九九〇年二月一日、東ドイツ首相が東西ドイツ統一の構想を発表した。同年一〇月三日に統一が実現する。その後、一九九一年一二月には、東西冷戦の一方の主役ソ連が崩壊してしまう。資本主義が社会主義に勝利を収めたのだが、この結果、アメリカは世界で唯一の超大国として君臨することになる。

一九八九年六月四日に、中国では民主化を求める学生や市民たちが軍隊によって多数殺されるという天安門《てんあんもん》事件が起きた。

これは中国のリーダー鄧小平《とうしょうへい》中央軍事委員会主席の指示によるものだった。中国は西側諸国から天安門事件を非難され、経済は停滞する。国内では共産主義の原点に帰れと保守派が力を持つようになった。しかし、ソ連崩壊に危機感を覚えた鄧小平は、改革開放路線を加速し、社会主義の中に資本主義を採り入れる政策へ大きく舵《かじ》を切った。

この政策に対し、天安門事件で民主派の挫折《ざせつ》を見た若者たちが、ポリティクス（政治）よりエコノミクス（経済）へと一斉に方向転換した。中国はこの時から経済大国への道を歩み始める。

片や日本は、一気に奈落へと落ちていこうとしていた。

前年一九八九年の大納会で三万八九一五円をつけた株価は、年が明け、一九九〇年になると瞬く間に急落した。

ある証券会社幹部は「株価は確実に四万、否、五万になる。数年後には八万、九万にもなる」と新聞記者に語っていたが、蒼《あお》ざめ、言葉を失うことになった。二月二六日には三万三三二一円と、五〇〇〇円以上も下げた。しかしこれで終わりではなかった。一〇月一日に最安値で一万九七八一円と、一〇か月でほぼ半値になってしまったのである。

この直接の原因とされるのは、平成の鬼平《おにへい》と言われた当時の三重野康日銀総裁が、バブル退治のために公定歩合を何度も引き上げたためだ。

公定歩合は、一九八九年五月に二・五％だったのだが、一九九〇年八月には六％になった。

株価の下落に遅れることほぼ半年。東京の地価も下落し始めた。

あまりに土地が高騰し、サラリーマンが真面目に働いても猫の額ほどの土地も買えなくなった。たとえ買うことができても職場から遠く離れた場所であり、週末しか家族に会えないという異常な暮らしを強いられるサラリーマンたちの怨嗟の声が巷にあふれ始めたのである。そこで政府は、土地を持つ個人や法人に地価税を課した。

地価下落に最も効果を発揮したのは、大蔵省によってなされた銀行に対する不動産融資の総量規制という行政指導である。

一九九〇年三月に大蔵省は、銀行に対して不動産関連融資の報告を求めた。不動産関連融資を、総貸出金伸び率以下に抑えるように指導したのだ。この指導に、大蔵省に注意されることを何よりも恐れる銀行は鋭く反応した。一気に不動産関連融資を絞ったのである。この効果は絶大で不動産価格、株価が大きく下落する。これは不動産や株投資を行っていた個人や法人を直撃したばかりではなく、ブーメランの如く銀行にも跳ね返り、銀行は一〇〇兆円とも言われる不良債権を抱えることとなった。

日本は失われた一〇年、二〇年と言われる長期不況に沈んでいくのである。

バブルが崩壊し、時代は明らかに変化しているにもかかわらず、スーパーサカエの仲村はまだまだ不動産は値下がりしないという神話に取り憑かれ、拡大路線を走っていた。

一方、セイヨーの大館は、すでに巨額の借入金の返済に追われ始めていた。スーパーセイヨーやセイヨー百貨店の売り上げ不振が資金繰りを直撃していたのである。それでも、借金も経営者の能力の内と嘯《うそぶ》いていた。

バブル時代も商売の基本を必死で歩もうとするフジタヨーシュウ堂やアーリーバードとの差が、明らかに開き始めていた。

# 四

バブルやバブル崩壊とは無縁の堅実経営に徹していたフジタヨーシュウ堂グループに、思いがけない問題が海外から襲ってきた。アーリーバードの本家本元であるアメリカのアーリーバードを経営するサウスカントリー社の経営不振である。

不振の原因は本業軽視だった。サウスカントリー社は、本業であるコンビニエンスストア経営から外れ、不動産投資や石油精製事業へと多角化を進めていた。

本社のあるテキサス州ダラスは米航空宇宙局（NASA）の宇宙開発の中心地であり、多くのベンチャー企業が集まっていた。そうした企業の成長を見込んだ不動産バブルが起きていたのだ。

ところが一九八六年一月にスペースシャトルが打ち上げ直後に爆発する事故が発生し、宇宙開発が中断されると、たちまちバブルが破裂し、サウスカントリー社の経営を直撃したのである。

経営不振に陥ったサウスカントリー社は投資ファンドから買収を仕掛けられる。

同社はそれにＬＢＯ（買収先の資産を担保に資金を調達する方法）で対抗し、自社株買いに走った。その際社債を発行したが、一九八七年一〇月一九日のブラックマンデーの株価暴落の直撃を受けた。

低利の社債の引き受け手は見つからず、高利のジャンク債に頼らざるを得ず、金利負担の増大で一気に業況悪化に見舞われたのである。

俊雄も将史も、サウスカントリー社の業況悪化について懸念していた。

サウスカントリー社は一九八八年（昭和六三年）に、「アーリーバード」の商標権を担保にシンジケートローンで四一〇億円調達した。返済は、アーリーバードジャパンがサウスカントリー社に支払っていたロイヤルティが充当された。

さらに一九八九年には、ハワイの五八か店をアーリーバードジャパンが七五〇〇万ドルで買収した。

これらは全てサウスカントリー社への支援策だったが、これでも業績は回復しなかった。

初めてハワイの店舗を視察した将史は、「コンビニエンスストアとしての体を為していない」とその荒廃振りに驚愕した。店舗は不潔で、商品の品揃えは不十分で、なにより従業員のモラル低下が著しい。

これが一五年前に日本の流通を変えると自分を感激させ、提携に踏み切らせたコンビニエンスストアの成れの果てかと思うと、将史は悲しみより怒りが込み上げてきた。

「なんとかなりますか」

俊雄は将史の報告に表情を曇らせた。

「なんとかします」

将史は俊雄に再建を誓うとスタッフと共に何度もハワイを訪れ、再建の陣頭指揮にあたった。そんな矢先、一九九〇年一月、正式にサウスカントリー社から支援の申し出を受けたのである。

しかしサウスカントリー社は破綻寸前と言っていいほど財務内容が悪化し、約一八億ドル（約二二五〇億円）もの高利のジャンク債を抱えていた。これをなんとかしなくては再建はおぼつかない。

しかしアーリーバードジャパンの社長である将史は、なんとしてでも再建したいと考えた。

たとえサウスカントリー社が破綻しても、資本関係がないアーリーバードジャパンには影響はない。

しかしアメリカの本家が倒産すれば、オーナーや利用客はなんと思うだろうか。日本のアーリーバードも連鎖して倒産すると誤解する者も多いだろう。それはなんとしても避けねばならない。

　それになんといっても将史自身のプライドが許さないのだ。サウスカントリー社と提携しようと言い出したのは将史である。それなのにサウスカントリー社が倒産すれば、批判が集中するだろう。

　批判は受けて立つにしても、サウスカントリー社の倒産で将史の作ったビジネスモデルまで否定されるかもしれないのが腹立たしい。

　日本のアーリーバードのビジネスモデルは、将史が作り上げてきたものだ。サウスカントリー社のノウハウなんてなんの役にも立たなかった。日本のアーリーバードとアメリカのそれとは似て非なるものだ。それなのに一緒にされてしまう。

　再建するためには俊雄の了承を取りつけねばならない。なんといってもフジタヨーシュウ堂の信用力は高い。特にアメリカで一九七八年に転換社債を発行するなど、アメリカでの知名度を高めてきた。

　将史は、俊雄にサウスカントリー社を買収して支援したいと申し出た。

「君はなんでも結論が早いですね」俊雄は逡巡した。

「もしここで支援しないで倒産するに任せたら、せっかく順調なアーリーバードジャパンの業績に影響します」

　将史は譲らない。

「それは分かるが、二二五〇億円ものジャンク債を抱えているんですよ。こんな会社を買収したら私たちが立ち行かなくなる。私はオーナーです。そんな危ない目に、この会社を遭わせたくありません」

「では、倒産するに任せるというのですか」

将史の形相が変わる。

「本当に、大木君と私とは水と油ですね」

俊雄が困惑した顔で言う。

「どういう意味ですか」

「まったく考え方が違うということです。私だって支援したい。しかしオーナーである私は、何があってもこの会社を守らねばならないんです。二二五〇億円もの負債をしょい込んだら、私たちも共倒れです。あなたはフジタヨーシュウ堂グループを大事に思わないのですか」

「私はフジタヨーシュウ堂の副社長であり、アーリーバードジャパンの社長です。大事に思わないなんてことがありますか。でも、だからこそやりたい、やらせてください」

将史は必死だった。

「森田《もりた》さんが、企業のブランドは死に物狂いで守れと言われましたね」

俊雄がふいに森田の名前を出した。

森田昭《あきら》は、家電や電子機器などのメーカーである、サンの社長だ。サンのブランドを世界に広めた人だ。

「はい。幹部研修会でそのようにおっしゃいました」

将史が答える。

「アーリーバードのブランドを守らないといけないんでしょうね。今や四〇〇〇近い店舗数ですからね」

俊雄は自分に言い聞かせている。

「そうです。アメリカの本家が倒れたら日本のアーリーバードの信用も落ちてしまいます」

「でも、いったいどれだけの損失になるでしょうか？」

「はっきりとは分かりませんが、ジャンク債を新しい株式や社債と交換してもらいます。勿論、ジャンク債ですから等価ではなくディスカウントするのです」

「どれくらいディスカウントするのですか？」

「現在の一八億ドルを五億五〇〇〇万ドルにディスカウントする計画です。これで約三億ドルの利息が節約できます」

将史は、再建計画の一端を話した。サウスカントリー社から相談があった時、部下を派遣して再建計画を練らせていたのだ。

「三分の一程度にするわけですね。社債権者が納得するでしょうか」

「納得しなければさせるだけです。破綻すれば紙くずになるわけですから、合理的に考えれば、納得するはずです」

「相変わらず強気ですね。その強気を頂きたいくらいです」

「社長、皮肉はよしてください。必死で考えているんです。社債権者は、少しでも有利なように、いろいろと不満を言って来るに違いありません。しかし、もしまとまらなければ支援しないだけです。こちらの方にイニシアティブがあります」

将史は、俊雄に皮肉られても強気の予想を説明した。

「分かりました。一〇〇〇億円以内の損失に抑えてください。それなら現状のキャッシュフローで、フジタヨーシュウ堂まで潰れることはないでしょう。この一〇〇〇億円というのは大木さんに賭けるんですよ。必ず再建してください」

俊雄は祈るような気持ちで決断した。

「分かりました。必ず再建しますが、もし万が一失敗したら、申し訳ありませんが、一番に責めを負うのは社長で、次が私ということになりますけれども、それでよろしいですね」

将史は俊雄を睨むように見つめた。俊雄の覚悟を再確認しているかのようだ。

「当たり前です。私が責任を負います」俊雄は真剣な目で将史を見る。「そうそう、これだけは頼みたいのです。オーナーのシンプソンさんやその一族の皆さんを大事にしてください。確かに経営的には間違われましたが、私たちにとっては恩人であることは間違いありませんからね」

「やはり同じオーナーとして哀れみを感じられるのですか？」

将史がわずかに薄笑いを浮かべた。

「まあ、そんなところです。でもね、オーナーを大事にすれば、社員の士気が上がると思います。いくらアメリカ人がドライだと言っても、同じ人間ですからね。それにね、大木さんにはあまり理解できないでしょうが、アメリカと戦争したことがある私のような人間にとって、アメリカの会社を私たちが買収するというのはものすごいことなんです。武者震いではなく、本当に恐れで震えるんですよ。当然、向こうも同じでしょう。一七年の付き合いがあると言っても、得体の知れない日本人に支配されるなんて恐怖と屈辱しかないでしょう。そんな時、オーナーがちゃんといらっしゃると向こうも安心するでしょう」

「なるほど……。理解しました。私も日本流が全てよしということで押し付けることはしないつもりです。向こうの社員のやる気を引き出すようにします」

「あなたの徹底力に期待しています」

俊雄は小さく頭を下げた。

「それにしても、私はいつも大木さんに押し切られますね」

「ご理解を頂いて、申し訳ないと思っています」

俊雄の了解は得られたが、ジャンク債を保有する約四〇社と一〇〇〇名の個人との交渉は思いの外、長引いた。

やむを得ずサウスカントリー社は一九九〇年（平成二年）九月、米国破産裁判所に再建型会社更生計画を申請した。計画は翌一九九一年（平成三年）二月二一日に承認された。これによってジャンク債は強制的に新しい株と社債に交換され、再建への一歩を踏み出した。

一九九一年三月五日、フジタヨーシュウ堂グループ（フジタヨーシュウ堂五一%、アーリーバードジャパン四九%）が四億三〇〇〇万ドル（約六〇〇億円）を出資し、サウスカントリー社の七〇%の株を取得した。その他はジャンク債保有者二五%、シンプソン一族五%という株保有割合になった。

マスコミは、交渉の最初から破産法の適用を申請していればもっと安く買うことができた、日本流のコンビニ経営がアメリカで通用するはずはないなど、批判に終始した。

将史は質問する記者たちに、「日本でも独自に経営ノウハウを生み出してきた。

アメリカでも同じようにアメリカに合った方法を見つける。いずれにしてもお客の立場に立つという基本に立ち返れば、再建は可能だ」と強気に答えた。

将史は、さっそくアメリカに乗り込み、サウスカントリー社の役員たちに向かって、「再建を進めるのはあなた方自身です。私たちはあくまでサポートです。売り手市場から買い手市場に変化したことを理解し、役員の皆さんが意識改革していただきたい」と発言した。

しかしなかなか再建は進まなかった。将史は、店舗を巡回し、仕事のやり方を徹底して変革していった。日本流を押し付けることはないと言っていたが、実際は日本で将史が築いたノウハウを移植していったのである。それは客の立場に立つという小売業の基本を叩きこむ戦いの日々だった。

いつしかアメリカ人役員やスタッフからハリケーン・マサシの異名を冠せられるようになった。アメリカを襲うハリケーンのように、何もかもなぎ倒してしまうからである。

サウスカントリー社は、アーリーバード・インクと名を変え、二〇〇〇年（平成一二年）七月にニューヨーク証券取引所に再上場を果たす。非上場化した一九八七年から実に一三年ぶりのことだった。

## 五

気持ちの悪い世の中になったと俊雄は感じていた。世の中全体が株高や不動産価格高に浮かれ、真面目に働くのが馬鹿馬鹿しくなっているような感じなのだ。

こんな世の中、長く続くはずがないと、フジタヨーシュウ堂グループの社員には、客に誠実であれ、基本に忠実であれと繰り返し語りかけている。しかし世の中の空気に煽られる社員も出て来るだろうと心配でたまらない。

フジタヨーシュウ堂の売り上げは伸びているが、利益が思ったように上がらないのが気にかかる。アーリーバードが想像以上に成長し、売り上げ、利益ともに貢献しているので、グループとしては他社がうらやむほど順調だ。

しかしそれにしても世の中はどうなってしまったのか。金がらみの事件ばかりが立て続けに起きる。

一九八八年には、情報産業の雄と言われたシーガルの江戸《えど》浩《ひろし》が、自社の関連会社である不動産会社の未公開株を政官財の要人にばらまくという贈収賄事件を起こし、それに関与した竹岡《たけおか》内閣が翌年倒れた。世の中の模範であるべき要人たちの多くが、値上がり確実と言われた未公開株に群がるという浅ましさを露呈したのだ。

なんということだろうか。このシーガルの株をスーパーサカエ社長の仲村力也が引き受けた。江戸が仲村の友人だったというが、本業以外に手を広げ過ぎだ。仲村の拡大意欲はいったいどこまで広がるのだろうか。行きつくところまで行って破裂しなければいいが。

スーパーセイヨーの大館誠一も、手を広げ過ぎてどうしようもなくなったようだ。一九九一年（平成三年）一月に突然引退を表明し、記者会見を開いた。しかし引退と言っても経営から完全に身を引くというのではない。ただ肩書が代表から相談役に変わっただけのようだ。

なぜこんなバカげたパフォーマンスで世間を騒がすのか、呆れるばかりだ。文化がないと俊雄を揶揄していたが、大館は文化どころか三文オペラか田舎芝居を演じているかのようだ。

仲村、大館とも良きライバルとして凌ぎを削ってきたが、二人ともバブルの中で本業を忘れてしまったのは悲しいことだ。

銀行もひどい。もはや経済の中心として尊敬されていた姿はない。

一九九〇年には大手銀行である住倉銀行の頭取が、同行の支店長が株投機絡みの巨額の不正融資を行っていた責任を取って辞任した。

この事件はまた別の事件へと連鎖していった。住倉銀行の元常務が社長を務める商社カトマンに三〇〇〇億円もの不正な融資が行われ、それらが絵画や株、不動産に投資されていた。その背後には暴力団やフィクサーと言われる怪しげな者たちが蠢《うごめ》いた。なぜ、こんな巨額な不正融資が行われたのか。それは辞任に追い込まれた頭取に権力が集中し、言わば大銀行が私物化されていたためだ。

銀行が絡む不祥事はまだまだ続いた。一九九一年には扶桑《ふそう》銀行の一課長が約七一〇〇億円もの不正融資に手を染め、それらが不動産投資に流れていたのが発覚した。また大阪の料亭の女将に、産業金融の中心的存在であった日本興産《にほんこうさん》銀行が約二兆七〇〇〇億円もの不正融資を行っていた。これらの巨額融資は偽造された預金証書などを担保にして行われていた。

これらの一連の事件は、銀行、証券会社、企業がバブルによって暴力団など闇社会に侵蝕されてしまった事実を明らかにしたのである。

俊雄は、フジタヨーシュウ堂グループに証券会社の人間を出入り禁止にするなど、自分自身も社員にも株などの浮利を追わない姿勢を徹底していた。

四〇〇〇年以上も続く老舗醤油メーカーのキッコーの茂手木《もてぎ》正三郎《しょうざぶろう》会長から聞いたことを思い出す。

ある時、茂手木会長に、財務部長が財テクをやりましょうと提案してきた。財テクとは財務テクノロジーの略で低利資金を借り、株や不動産に投資して利益を上げることだ。財テクをやらない会社は無能だとマスコミで大きく取り上げられ、バブルを演出した。

茂手木会長は財務部長を烈火のごとく叱責した。「我が社は不要不急のカネは借りません。必要なカネなら頭を地面に擦りつけるほど下げても借ります。馬鹿な考えをするんじゃない」と。

この考えは至極真っ当だ。だからキッコーは永続しているのだ。企業は、まず生存を考えねばならない。そのためには本業という道を外れてはいけない。

最近、俊雄は、サウスカントリー社の買収を決断してよかったとつくづく思うようになっていた。いつものように将史の強引さに押し切られた形ではあったが、今になってみればよく押し切ってくれたと将史に感謝していた。

サウスカントリー社を支援することで、フジタヨーシュウ堂グループに危機感が芽生えたのだ。

アメリカの会社を買収し、再建するというのは生易しいことではない。将史は、何度も渡米し、サウスカントリー社の幹部たちの考え方を根本から変えようとしている。そんな姿勢が社員によい影響を与えている。

一九九二年（平成四年）九月に横浜《よこはま》アリーナで開催したグループの総会の会場の最前列にはサウスカントリー社の社長以下幹部が五人も参加し、真剣に俊雄や将史の話に耳を傾けていた。彼らのまなじりを決した顔つきを見ていると、再建は上手く行くだろう、と俊雄は思った。

しかし、一九九二年一〇月二二日——。俊雄を震撼《しんかん》させる事件が起きた。常勤監査役森本保夫《もりもとやすお》と幹部社員三人の計四人が、警視庁捜査四課と武蔵野《むさしの》署に逮捕されたのである。

保夫は、俊雄が最も信頼する古参社員で洋秀堂時代から勤務してくれている、真面目がスーツを着ているような男だ。

なぜ？　容疑は総会屋に現金を約二七〇〇万円も渡したという商法違反だ。総会屋？　それはいったい何者だ。

フジタヨーシュウ堂や藤田家に警察の家宅捜索が入った。妻の小百合が事情聴取に呼ばれた。小百合も逮捕されるのか！

俊雄は、今までになく混乱していた。いったいなにが起きているんだ。

# 第十四章　社長退陣

## 一

一九九二年（平成四年）一〇月二二日——。

常勤監査役森本保夫と幹部社員ら三人、計四人が警視庁捜査四課と武蔵野署に逮捕された。

同時にフジタヨーシュウ堂から現金を得ていた総会屋の三人も逮捕された。総会屋とは、企業の株主総会に関与して不当な利益を得ようとする者たちである。

保夫や幹部たちは、この年の五月の株主総会の円滑な進行に協力するようにと、総会屋に現金約二七〇〇万円を渡した商法違反容疑だ。

総会屋とは、スキャンダルで企業を脅かしたり、株主総会で暴れたり、またその逆に株主総会を円滑に取り仕切ったりして金銭を得るのを生業《なりわい》としている。彼らの背後には暴力団が存在し、その資金源ともなっていると言われている。

これは昔の話だが、大正から昭和にかけて五大電力と言われた大同《だいどう》電力（関西電力や中部電力の前身）の初代社長を務めた福沢桃介《ふくざわももすけ》にも総会屋とのエピソードがある。

大同電力の株主総会に総会屋が現れ、会社のスキャンダルを追及し、株主総会を混乱させようとしていた。

その情報をいち早く摑んでいた桃介は、定刻に議長席に着くなり、いきなり「本日は流会にします」と宣言し、さっさと退場した。

総会屋はあっけにとられ、桃介の後ろ姿を見送るばかりだった。

桃介は、この株主総会を仕切った部下を叱責しなかったというが、こんな芸当は至大の投資家、実業家であった桃介だからであり、普通の経営者はできない。

いずれにしても昔から、株主総会には総会屋が跋扈《ばっこ》していたのである。

日本経済が成長するにつれて総会屋の人数も増えて行き、ピーク時には一〇〇〇人にもなったと言われている。八〇年代後半からのバブル経済になると、総会屋ビジネスに暴力団が参入してきた。暴力団が総会屋になったり、総会屋の用心棒を暴力団が務めたりするようになってきた。

スキャンダルを嫌う多くの企業経営者は、総会担当に「平穏無事」な総会を運営するように直接的、あるいは暗黙的に指示をし、圧力をかけた。

総会担当は、そのため総会屋と対峙して戦うことより、金銭を渡し、株主総会を「平穏無事」に終えることを選択した。

こうした状況を危惧した警察など法務当局は総会屋を排除し、株主総会を正常化するために一九八一年（昭和五六年）に商法を改正した。

改正されたのは次の通りだ。

商法第二九四条で利益供与禁止規定。「会社は何人に対しても株主の権利の行使に関して財産上の利益を供与することを得ず」。

商法第四九七条で株主の権利の行使に関する利益供与罪、受供与罪。「取締役、監査役又は株式会社の第二五八条第二項、第二七〇条第一項若は第二八〇条の職務代行者若は支配人其の他の使用人が株主の権利の行使に関し会社の計算に於て財産上の利益を人に供与したるときは六月以下の懲役又は三〇万円以下の罰金に処す。情を知りて前項の利益の供与を受け又は第三者に之を供与せしめたる者亦前項に同じ」。

商法改正によって企業は総会屋排除に動いたのだ。今まで通り、総会屋に金銭を提供すれば、逮捕起訴されてしまうのだから当然のことだった。

しかし実際は、水面下で現金などの利益を提供し続けていたのである。

理由は、経営者や総会担当の暴力に対する恐怖と不作為、事なかれ主義である。今まで金銭を提供していたのを突然断ち切れば、何をされるか分からないという恐怖。それなら今まで通りにしておこうという不作為、事なかれ主義。このため企業と総会屋との関係は水面下に隠れ、見えなくなってしまった。

また株主総会が混乱しようとも、総会屋との関係を断ち切れと断じて命じる強気の経営者は少なかった。

というよりも、総会担当が総会屋の扱いに苦労しているという事実を知らない経営者の方が多かったのではないだろうか。総会担当も経営者に実態を報告することなく、汚れ役を自分の使命としていた。

企業と総会屋との関係遮断が進まないことに業を煮やした警察は、一九八四年（昭和五九年）に商法第四九七条を適用し、大手デパート伊勢屋《いせや》の幹部らを東京簡易裁判所に略式起訴したのを皮切りに、次々と総会屋への利益供与を事件化した。

事件化することで警察の本気度を企業経営者に示したのである。

商法改正後二二件目の事件としてフジタヨーシュウ堂も伊勢屋などと同様に商法第四九七条違反として摘発された。

世間を驚かせたのは、総会屋に供与した現金が約二七〇〇万円と、それまでの事件と比べて巨額だったことである。新聞などの情報によると逮捕された総会屋とは長い付き合いがあり、これまで総額で億円単位の現金が供与されていた。「フジタヨーシュウ堂、お前もか」と題する社説が、日本経済新聞（一九九二年一〇月二四日付）に掲載された。

小売業で利益トップの優良企業であるフジタヨーシュウ堂が、指定暴力団系の総会屋に巨額の現金を利益供与していた事実に対して素直に驚きを表す見出しだ。

社説では、巨額のカネの出所がまったく分からないとのフジタヨーシュウ堂の説明に対して「同社の経営管理体制に重大な欠陥があることになる。経営トップは、逮捕された当事者のせいにするトカゲのしっぽ切りをするな」と厳しく批判する。また業務を監視するべき監査役が二〇年近くも違法行為に関与していた事実に、「経営陣の非常識ぶりにはあきれる」と嘆く。

社説の最後で「法に従っていては商売にならない、という『常識』が相変わらずまかり通っているからである。この前近代的な企業風土を変えていくことが大事である」と強調する。

この新聞以外にも多くの新聞、雑誌がフジタヨーシュウ堂を言葉の限り非難した。

それらの記事には裏切られたという多くの人の思いが溢れていた。

フジタヨーシュウ堂は真面目な企業だ。藤田俊雄は、商人道を貫く正直な人間だ。絶対に法令違反をしない会社、それがフジタヨーシュウ堂のイメージだった。だから余計に事件の衝撃は大きかった。

俊雄は、小百合と共に河口湖畔《かわぐちこはん》の別荘にいた。緊急避難である。

総会屋事件の発生後、自宅や会社周辺には記者たちが押しかけ、大変な騒ぎになっている。近所迷惑を避け、自分たちの気持ちを落ち着かせるためにも、自宅を離れた方がいいだろうとの弁護士の指示に従ったのだ。

しかし全く落ち着かない。誰かに別荘内を覗かれているようで気になって仕方がない。そのためリビングのカーテンを閉めっぱなしにした。

湖畔の木々は、鮮やかに紅葉し、散策には最高の季節だというのに、それもままならない。

いったい何があったのだ。気鬱で、このまま死んで消えてしまいたい気分だ。

新聞や雑誌、テレビは極力見ないようにしているが、それでも気になって見てしまう。

社員たちの声が記事になっている。

誠実な企業を標榜していながら、トップがこんなことをしていたなんて信じられない。お客様や株主から預かったお金は一円も無駄にするなと叱っておきながら、なにをやっているんだ。経営者が不正をする会社に勤務するのは恥ずかしい……。

本当にこんなことを言っているのだろうか。ああ、なんと申し訳ないことをしてしまったのか。

前近代的な経営と指摘されているが、法を守って商売することに前近代も近代もない。遠い昔から法を守ることは当然のことだ。

正しい商売は長続きするが、正しくない商売は絶対に長続きしない。それなのになぜこんなことになってしまったのか。正しい商売を一途に心がけてきたからこそ、今日のフジタヨーシュウ堂があるのだ。それをなぜ世間は分かってくれない。総会屋に対する利益供与……。いったいなんのことだ。こんなこと誰がやれと言った？

逮捕された監査役の保夫を責めることはできない。

保夫は、母とみゑや異父兄貞夫夫婦を助けて、東京大空襲の炎の中を北千住まで逃げてくれた。命の恩人であり、保夫がいなかったら商売は上手く行かなかったことも多い。商売について何も知らない俊雄を陰に日向《ひなた》に助けてくれた。本当の家族同様、いや家族以上だ。フジタヨーシュウ堂の宝と言うべき社員だ。

一九七二年（昭和四七年）にフジタヨーシュウ堂が上場したが、その翌年から監査役を引き受けてくれている。

誰よりもフジタヨーシュウ堂を愛している人間なのに、なぜ？

いずれにしても、私が悪い……。

「ああ」

俊雄は悲痛な呻《うめ》き声を上げた。

リビングのソファに小百合が横になっている。体を毛布で覆い、膝を曲げ、まるで子どものようだ。医者に処方してもらった睡眠導入剤を飲んでいるので、よく眠っているようだ。

ここ数日、眠れないと苦しそうに訴えていた。眠れないことなどなかったほど健康だったのに、一気に弱ってしまった気がする。

小百合の話では、自宅に数人の警察官がやって来たのは突然のことだったという。総会屋事件に関係した家宅捜索だ。

「捜索します。立ち会ってください」

有無を言わせぬ警察官の言葉に、小百合は何が起きたのか分からず、その場に崩れそうになった。家政婦が体を支えてくれたからよかったものの、そうでなくては床に倒れて頭を打ったかもしれない。

警察官は、部屋の隅々まで調べた。リビング、寝室、キッチン、暖炉《だんろ》の中など、部屋のありとあらゆるところを調べた。冷蔵庫の中、エアコンの室外機周辺まで調べたのには驚いた。

小百合が最も苦痛に感じたのはタンスを調べられた時だという。洋服ダンスはまだいい。しかし下着などが入ったタンスを調べられた時は、恥ずかしさで顔が焼けてしまいそうだったと涙を浮かべた。

警察は、総会屋に関する何かを隠していないか徹底的に調べた。

それというのも彼女の銀行口座から総会屋にカネが渡っていたからだ。

寝耳に水とはこのことをいうのだろう。小百合は、まったく知らなかった。なぜ自分の口座が使われたのか分からなかった。

彼女は、警察に呼ばれ、任意で事情聴取をされた。

その話を聞いた時、俊雄の社長室が警察の家宅捜索を受けていた。小百合の傍にいてやりたいと強く願ったが、どうしようもなかった。

警察は、徹底した捜索を行った。俊雄の机の中は当然として社長室に飾っている絵を外して、額縁の中を調べるという徹底ぶりだった。

何もやましいことはしていない、と大声で怒鳴りたくなるのを、ぐっと耐えた。

帰宅後、小百合は事情聴取の様子を話してくれた。

警察は紳士的な対応だった。しかし保夫や幹部が逮捕されている状況での事情聴取である。自分に逮捕状が執行されるかもしれないと思うと、堂々としていようと思いながらも、不安で失神してしまいそうだったという。

「本当に申し訳ない」俊雄は頭を下げた。

警察は、小百合に事件について話した。

それによると、総会屋と付き合うきっかけは、フジタヨーシュウ堂の上場だったらしい。

幹事証券会社の担当者から、保夫が紹介を受けたのだ。

「こういう人とも付き合っておいたらいいですよ」

幹事証券会社の担当は慣れた様子で言った。一九七二年当時はそれが常識だったからだ。

誰でも株主総会が荒れたり、なにか言いがかりをつけられたりするのは嫌なものだ。ましてやフジタヨーシュウ堂は、全国に店舗を展開するスーパーマーケットだ。彼らに店舗でトラブルを起こされても困る。客に迷惑をかけるばかりでなく信用も傷つく。

「まあ保険みたいなものですよ。どこもお付き合いされていますから」

幹事証券会社の軽々しい調子に、保夫は「そんなものか」と思い、総会屋と付き合うことにしたという。

フジタヨーシュウ堂のためになるに違いないと、保夫は、自分の保身のためでなく、あくまでフジタヨーシュウ堂のためによかれと考えたのだ。

「社長には、総会屋と付き合っていることを報告しなかったのかって保夫さんに警察は厳しく聞いたそうなの。社長に報告しないなんてことはないだろうって、かなり激しく詰問したけど、保夫さんは社長にはまったく報告してませんの一点張りだったそうよ。いい人を部下にお持ちですねって皮肉を言われたわ。社長はご存じなくても、奥さんは、総会屋にカネを渡していたことを知っていたんでしょう？ あなたの口座が使われているのに、知らないっていうのは通用しませんよって、口調は優しいけど、表情は怖かった」

小百合は、体をビクッと震わせた。事情聴取の際の恐怖が蘇ってきたのだろう。

　平凡な暮らしをしている一般人である小百合が、警察の狭い取り調べ室の中で、根掘り葉掘り記憶にないことを聞かれている様子を想像すると、辛くて、涙が出て来そうになる。

参考人としての事情聴取なのだが、いつ容疑者に転ずるかもしれない。なにせ小百合の口座が使われたのだから。

「会社のことで、苦労をかけてすまない。情けないけど、本当に保夫からは何も聞いていないんだ」

俊雄は眉間に皺を寄せる。

「分かっているわ。そんなこと。もしあなたが聞いていれば、無駄なカネを払うのはやめなさいって言うに決まっているじゃない。だってフジタヨーシュウ堂にも、あなたや私たちにもなにも後ろ暗いことがないんだから」

「その通りだよ。だからなぜ商法改正後も付き合ってしまったのかな」

「保夫さんは、長い付き合いで、惰性《だせい》で、問題だという認識を持てなかったって言っているそうなの……」

小百合は悲しそうに言う。

「保夫を責めることはできないな。私に報告できなかったというのは、やはり風通しが悪くなっていたのだろうか」

「それは違うと思う。保夫さんは、自分で問題を解決したかったのよ。あなたに迷惑をかけないようにね。本当に忠実な人なの」

「悪いことをしたなぁ。それでどうしてお前の口座を使ったんだ？」

俊雄の質問に小百合は口ごもった。何かを考えているようだ。

「随分、昔のことなのでよく覚えていないの。だけどある時、保夫さんが『絶対に奥様にはご迷惑をおかけしませんから、口座を作ってくださいませんか』と言われたことがあった……」

「その通帳は？」

俊雄の問いに小百合は困惑した表情を浮かべた。

「保夫さんに預けっぱなしにしていたわ。刑事さんの話だとね」

小百合は、秘密めいた話をするかのように声を小さくした。「普通の会社は、裏金から払うというのよ。裏金ってなんですかって聞くとね、会社の機密費みたいなものので、会社の正規の会計には出さないお金なんですって。その裏金がフジタヨーシュウ堂にはない。とてもきちんとした良い会社だって、褒められたの。なんだか皮肉に聞こえて複雑な気持ちだった」

小百合の話を聞いて、俊雄は合点がいった。常日頃から経理については公明正大を口うるさく指導している。

客や仕入れ先などへの接待は禁止し、お礼の品やお土産などを頂くことも厳禁している。

一円に笑う者は一円に泣くとの諺通り、決して無駄なカネは使わないことを徹底している。

だからこそ総会屋に巨額なカネを支出したことが衝撃なのだが、フジタヨーシュウ堂にはおよそ裏金と呼ばれるような、他人に隠すカネは一円もない。それだけは断言できる。

店舗開発のために他社では、地主に裏金を持参することもあると、噂では聞いていた。

裏金であれば、地主も経理処理せず、税金も支払わないで自由に使うことができるため、非常に喜ぶのだそうだ。

店舗開発担当が「うちにも裏金があったら」と愚痴をこぼすのを耳にしたことが

ある。その時は、担当やその上司を呼んで烈火のごとく叱った。「恥ずかしい仕事をするな」と。

他社から聞いた裏金の作り方には多様な方法がある。

取引先と組んでキックバックした資金をプールしたり、買っていない物を買ったようにしてその代金を隠したり、中には新聞の死亡記事を見て、勝手に香典を払ったことにしたりと悪知恵を働かせるそうだ。

色々な手段を駆使して作った裏金を総会屋に渡す会社があるのだ。

フジタヨーシュウ堂には裏金がなかったので会社のカネを、何らかの名目で小百合の口座に入金し、小百合のカネに見せかけて使っていたのか。

刑事に褒められたって少しも嬉しくない。それはまさしく裏金ではないか。苦肉の策とはいえ、裏金に違いない。

弁護士によると、商法四九七条には「会社の計算に於て財産上の利益を人に供与したるときは」との規定があるという。

「証券会社から『会社のカネで表で総会屋にカネを払うのは問題なので、個人の口座を使ったらいい』とアドバイスを受けたのではないでしょうか。証券会社のアドバイスを素直に聞き過ぎましたね」と言っていたが、アドバイスとは何をか言わんやだ。よりによって小百合の口座を使うとは！

「ううう」

小百合が寝苦しそうに呻き声を上げている。

不吉な夢を見ているのだろうか。申し訳ない。こんな苦労をかけるはずではなかった。悔やんでも悔やみきれない。小百合は商売や姑であるみゑに仕える苦労を、少しも厭わずやってくれた。まさかこんな苦労までさせるとは思ってもいなかった。私の責任は重い。

小百合が逮捕されるというような事態になるのだろうか。弁護士は、そんな事態にはならないと言ってはくれたが……。そのような時は、私が逮捕されようと俊雄は決意していた。

責任者は私だ。今すぐにでも保夫や幹部たちを釈放して欲しい。皆、私の身代わりで逮捕されたようなものだ。私を逮捕してくれ。

俊雄は、血がほとばしるような声なき声で叫び、身もだえした。

朝毎新聞の社会部記者が言った言葉が頭から離れなかった。それは今まで聞いたことがないような不潔で嫌な言葉だった。振り払っても振り払っても、脳にこびりついた垢のように剝がれない。

＊＊＊

河口湖の別荘に来る前日のことだった。深夜帰宅した俊雄は、車を降りた時、朝毎新聞の社会部記者に声をかけられた。俊雄は、取材は受けないと拒否して自宅に入ろうとした。すると、記者が「今回の事件は大木副社長のクーデターですよ」と背中に向かって語りかけた。それはまるで悪魔の囁きだった。

思わず振り返った俊雄は、自分の顔が醜く歪んでいるのが自覚できた。記者に対する激しい憤りか、それとも信じられない言葉を投げつけられたことへの驚愕か。

「何を言っているんだね。君は」

俊雄は記者に言った。

「今回の事件は、大木副社長が、あなたを追い落とすために仕組んだことだと申し上げているんですよ」

「そんなことありえない」

「ありえないことが起きるのが世の中なんです。信じられないかもしれませんが、警察からの情報ですから確かです」

「なぜクーデターなのか……」

俊雄は言葉にならない。

「大木副社長が、トップになって自由にやりたいんじゃないですか。そのためにあなたが邪魔になったのでしょうね」

「私が……邪魔？」

俊雄はその場に崩れ落ちそうになった。

「ご子息の秀久さんを東京鉄道から呼び戻して入社させましたね。そしてすぐに一九九一年（平成三年）には常務に昇進させた。社内的にはどんな実績があったのかと噂になっていたんですよ。秀久さんが後継者に決まりだと露骨にゴマをする幹部も出てきたと聞いています。面白くないのは、大木副社長とその一派です」

記者はしたり顔に言う。

「もういい。聞きたくない」

俊雄は逃げるように自宅に入ろうとした。

「待ってください。最後まで聞いてください」

記者は強引に呼びかける。俊雄は足を止める。

「大木副社長は、自分こそがアーリーバードを成長させ、フジタヨーシュウ堂の経営悪化を食い止めた。全て自分がやった。それでなぜ社長には秀久さんがなるんだと憤慨しているという噂なのです」

「秀久を後継社長にするとは決めていない」

俊雄は記者を睨み、興奮して声を荒らげた。

記者は、にやりとした。取材相手を怒らすのは、社会部記者の常套《じょうとう》手段だ。人は、興奮すると本音をポロリと洩らすことがあるからだ。俊雄は、落ち着くんだと自分に言い聞かせた。

「でも社内ではそうは受け止めていないんでしょうね。それで大木副社長を社長にしたいと思っている人たちが、あなた」記者は俊雄を指さした。「あなたを追い落とすために今回の事件を警察に内通したってわけですよ。これがクーデターの意味です」

「ありえない。大木副社長には、ナンバーツーとして会社の管理全般に責任を持ってもらっている。あなたが言うことが事実だとしたら、自身の責任も免れないではないですか。人を呪わば穴二つの諺もある。あまり馬鹿なことを言うんじゃない」

俊雄は、どれほど我慢しても興奮を抑えきれない。信頼している将史や幹部たちが自分を排除しようとしているとは考えたくもない。

「その通りですが、今回は、奥様の口座から総会屋にカネが支払われたでしょう？　大木副社長はまったく知らなかったと言っても通用しますからね。実際、そうらしいですから、本人は事情聴取に呼ばれることもない……」

記者は薄笑いを浮かべた。どこまでも人の気持ちを逆なでする男だ。俊雄が、将史を貶《おと》める言葉を洩らさないかとじっと手ぐすねをひいて待っている。

「情報をありがとう。これで失礼する」

記者は、まだ何かを言い足りないのか、呼び止めようとしたが、俊雄は構わず自宅に入り、ドアを閉めた。耳を両手でふさぎたい気持ちだった。

＊＊＊

「ううう」

小百合がまたうなされている。申し訳ないという気持ちが募る。

リビングのテーブルの上に広げられた新聞に目をやった。

できるだけ気に留めないようにしているつもりだが、今回の事件についての続報が掲載されている。

「ヨーシュウ堂、色あせる『誠実な経営』トップは真相を明かせ、社内に伝わらぬ世間の風。なぜ藤田社長は沈黙を守るのか」

黒々とした見出しの文字が、いや応なしに目に飛び込んでくる。

「クーデター……」

俊雄は記者が言った言葉を繰り返した。

二

「俺は、辞める」

将史は言った。会議室には、将史を中心に水沢や田村などのフジタヨーシュウ堂、アーリーバードジャパンの役員たちが集まっていた。

その場に俊雄はいない。

「何を言うんですか」

水沢が怒った顔で迫る。

「辞めると言ったら辞める。俺はフジタヨーシュウ堂の副社長だ。今回の総会屋事件のことにまったく責任がないというのは世間に通らない」

「そんな……、そんなことを言っても社長は何も知らなかったじゃないですか」

将史は、アーリーバードジャパンの社長でもある。水沢は、そのため将史のことを社長と呼んだ。

「知らないでは済まされない」

「アーリーバードは四〇〇〇店を超えているんですよ。無責任です」

水沢は、激しく言い募る。

「後は君らがやればいい。藤田社長はきっと辞任される。そういう人だ。俺がおめおめと残るわけにはいかない。経営全般を所管しているんだからな」

「今回は森本監査役が勝手におやりになったことでしょう。会社ぐるみってことではありません。藤田社長も辞任されることはないと思います。他社で同じような事件がありましたが、社長や副社長が辞めたってことは聞きません」

田村が言った。

「しかし……」将史は苦渋に顔を歪めた。

「俺は、社長から経営全般、業革遂行を任されている。それは会社の利益を上げ、構造を改革することだった。しかし正しい商売をするという社長の一番大事な生き方を忘れていた。そこまで目配りできていなかった。それが辛い」

将史の深刻さに水沢や田村たち役員は押し黙った。

彼らにも同様に責任があるからだ。商法が改正され、特定株主に利益供与をすることが犯罪となることが定められた。当然のことながら役員として、それを認識しなければならない。知らなかったことは罪であり、責任がある。

ましてやフジタヨーシュウ堂が摘発されるまでに、二〇社以上が同種の犯罪で摘発されているのだ。

自分の会社は問題がないのだろうかと疑い、点検するのは、将史だけではなく役員全員の責任だった。

将史が自分の責任を主張すればするほど、水沢や田村たち、他の役員も責任を感じざるを得ないのだ。フジタヨーシュウ堂始まって以来の危機だ。アーリーバードジャパンは順調に業容を拡大しているが、この事件の処理を間違えば、成長が頓挫するかもしれない。

「まったく真相が分からないんですね。弁護士はなんて言っているんですか」

水沢が聞く。

「森本監査役やその指示で動いた数人しか実際のことを知らない。上場の時、証券会社から総会屋を紹介されて、ずっと付き合ったみたいです」

田村が言う。

「手を切るに切れなかったんだろう。連中は暴力団だ。何をされるか分からない。森本監査役は、社長が自分の命より大事だと思っている人だから」

水沢が言う。

「監査役というより藤田家の執事か、フジタヨーシュウ堂商店の番頭という人だからな」

田村が言う。

「俺が入社する以前から、ずっと社長と苦労を共にされてきたんだ。社長命というのも分からないではない。上場は、俺が中心になってやったことだが、汚れ役を森本監査役が引き受けてくださったわけだなぁ。俺は、会社の表しか見てなかったのかもしれない。いや、見ようとしなかったのだ。まだまだ半端者《はんぱもの》だ」

将史は深く反省すると、頭を抱えた。

企業で汚れ役を喜んで引き受ける人はいない。総会屋対策などは、その最たるものだ。

役員であれば、株主総会に総会屋と言われる特殊株主が出席していることを承知していた。

彼らは、株主総会前に質問状を送ってきたり、総会当日も、経営課題に関する質問をしてきたりするからだ。

また暴力団に関係している総会屋は一見して分かる。大仰な車で株主総会会場に乗りつけ、とても普通の会社員には着こなすことができない真っ白なスーツなどで会場に向かう。他者を威圧する必要があり、必要以上に目立つ風体で登場する。

すると、彼らに総務部員が近づき、「どうぞこちらへ」と総会会場とは別の部屋に案内する。彼らは、その場所で総務部員と談笑し、株主総会に出席することなく帰っていく。その手には手土産の入った袋が握られている。その中に総会屋のランクに応じたカネがそっと差し入れられている。こんなことが普通に行われていたのが、日本企業の株主総会だった。

そうした様子をフジタヨーシュウ堂ばかりでなく、どの企業の役員たちも知っていた。

しかし見て見ぬ振りをしていた。汚れ役は専門の人間がやっていればいい、我、関せずという姿勢だったのだ。商法改正の考えが、なかなか定着しないのも当然のことだった。

「変な噂を耳にしたんです」

水沢が暗い表情で言った。

「噂？　ああ、クーデターのことですか」

田村が言った。

「クーデターってのは、どういうことだ？」

将史が眉根を寄せた。

水沢が将史を見つめながら、唇をもごもごさせつつも固く閉じている。

「黙っていないで言えよ。気持ち悪い」

将史の目が鋭くなる。

「今回の事件は、内部告発だって言うんです。告発の意図は、藤田社長を追い落とし、大木副社長を社長にするためだとか。だから大木副社長が仕組んだクーデターなんだというのです」

水沢が意を決したように一気に話す。

将史の顔が充血し、赤く染まっていく。今にも爆発しそうだ。

「だ、だれがそんなことを言っているんだ」

将史が興奮した声で言う。

「私じゃありません。私は記者から聞いたんです」

水沢が慌てて否定する。

「私も記者から聞きました。普通、この手の事件は、逮捕した総会屋から次の事件へと延びて行く、また新たな事件に結び付くという意味ですが、我が社の場合は、単独の事件で終わりだそうです。これは内部告発のケースによくあることだそうです。警察は、総会屋側から情報を摑んだのではなく、我が社の誰かが内部告発した情報をもとに逮捕に及んだ。その内部告発の動機が大木副社長のクーデターだというんです」

田村も水沢に続く。

「なぜ俺がクーデターを起こす必要があるんだ」

「それは……」

再び水沢が口ごもる。

「遠慮するな。知っていることを全部吐き出せ」

「秀久常務の存在です。藤田社長のご子息である秀久常務が後継者になることが決まっているということで、社内では露骨にすり寄る人も出てきました。それを面白くないと思った大木副社長がクーデターを企てたと言うんです」

水沢がもはや泣きそうな顔をしている。将史に命じられて、耳にした噂を口にしたものの、将史の反応が読めないために恐怖心を抱いているのだ。

「馬鹿げている。そんなことこれっぽっちも考えてはいない」

将史は親指と人差し指を合わせ、わずかな隙間を作る。

「みんなでまとまらないといけない時に、クーデターとかなんとかくだらないことを言っているんじゃない」

「あくまで噂です。記者が勝手に作って広めているのかもしれません。面白おかしく。もしかしたらライバル企業が、我が社の成長を妬んで流している可能性もあります」

田村が冷静さを取り戻した。

「分かった。そんな噂が流れているようでは、いよいよ俺の腹は固まった。何が何でもこの事件を収束させ、社内を落ち着かせるためにも辞任する。俺に責任がある。クーデターか何か知らないが、こんな事件が発覚したら、いの一番に社長より、実際の責任者である俺が責任をとって辞任するのが筋だ」

将史は吐き捨てるように言った。

「短気を起こすのは止めてください。アーリーバードはどうなるんですか」

水沢は、今にも泣き出しそうだ。

「フジタヨーシュウ堂だってどうなるんですか。業革の成果で業績が上向いてきたんですよ」

田村が言う。

他の役員たちも将史の周りに集まってくる。

「社長は？」

将史は言った。

「河口湖の別荘に避難されています。奥様の体調がすぐれませんので」

田村が答える。

「社長に会う」

将史は強い口調で言った。

三

俊雄は、妻の小百合を別荘で休ませたまま本社に戻って来ていた。

「大木副社長を呼んで欲しい」

俊雄は秘書に言った。

「大木副社長からも社長にお会いしたいと言われております」

秘書が答えた。

「そうですか。ではすぐにここに来るように言ってください」

俊雄の指示を受け、秘書が社長室を出て行った。

「お客は来ないもの、仕入れ先は取引に応じてくれないもの、銀行は貸してくれないもの……ないないづくし……」

俊雄は、ソファに身を委ね、母とみゑの教えを繰り返す。

「人は、好みに滅ぶ……。いつしか傲慢になっていたのだろうか。商売ばかりに目が行って保夫たちの苦労に関心が及ばなかった」

人は好みに滅ぶとは、商売の心構えを教えてくれた平塚《ひらつか》の百貨店桜屋の谷口裕之《たにぐちひろゆき》の言葉だ。

「俊雄さん、あなたは商売が何より好きだ。だから毎日、毎日、商売のことばかり考えていると、視野が狭くなり、思わぬことで転ぶことがある。その時は、商売の手を休めて、世の中を広く見渡して、お客様のことや変化する世の中のことを考えた方がいい――。本当にその通りだ……。そういう時期が来たのだろう」

俊雄は、自分に語り掛ける。

「大木副社長が来られました」

秘書がドアを開け、将史が来たことを告げる。

将史が部屋の入り口に立っている。いつになく表情が険しい。秘書はいない。社長室には俊雄と将史だけだ。

「わざわざお呼びたてして申し訳ない。そこに座ってください」

俊雄は目の前のソファを指さした。

「失礼します」

将史は一礼すると、俊雄の前に座った。

俊雄は、少しの間、将史を見つめていた。そしておもむろに口を開いた。

「私は、経営から退きます。同時に他の会社でお世話になっている役職からも退きます。後はあなたにお任せします」

俊雄は静かに言った。

「ちょっと待ってください」

将史は慌てて俊雄を制した。

「まあ、待ってください。言いたいことは私の後で言いなさい」

俊雄の口調は、断固としている。

「経営の神様、松下幸之助《まつしたこうのすけ》さんから言われたことがあります。経営は祈ることしかできないとね」

俊雄が笑みを浮かべた。

「企業規模が大きくなり、何万人という人が働くようになると、もはや『ああせい、こうせい』という直接指導するレベルを超えて『無事でありますようにと手を合わせてお願い』しないと部下は動いてくれないとおっしゃるのです。祈るような気持ち、自分の力は及ばないと理解する謙虚な気持ちでないと経営はできないということでしょうね。今回の事件を考えますと、私が全面的に悪い。森本監査役や総務部の人たちの苦労に思いを至さなかった私の罪です。私が本気で『無事でありますように』と祈っていれば、彼らの苦労が分かったはずです。企業規模が、もはや私の祈りの範囲を超えたのかもしれません」

俊雄の表情が沈み、暗くなる。

「それに何よりも申し訳なく、慙愧《ざんき》に堪えないのは創業時からずっと苦労をかけてきた森本監査役を司直の手に委ねてしまったことです。これは私自身、万死に値すると思います」

俊雄の顔が青ざめている。

「社長、そんなに思い詰めないでください」

「いえ、私は河口湖の別荘で考え抜きました。私は、どうすべきかとね。マスコミの追及から逃げていたのではありません。妻の療養を兼ねてはいましたが、これからのことを考えていたのです。フジタヨーシュウ堂、そしてアーリーバードなどグループの企業をどうすればいいのか。私は、経営の任にあたる資格があるのか。捜査の進捗《しんちょく》次第では、世間の評判は落ちる一方です。なんとかしなくてはならない。食い止められるのは私しかいない。あなたがたのためにも私が一身に責任をとって社長を辞任すれば、もしかしたら今回の事件の経営への悪影響を少しでも軽くできるかもしれない……」

「私にも責任があります。社長が辞められるくらいなら私が辞めます」

将史は強く言った。

「それはダメです。辞めるのはあなたではなく、最も責任ある私です。あなたが辞めたのでは、私は責任逃れのためあなたを切り捨てたとの不名誉な評価を受けることになります。実は、私は、六五歳で引退する考えでいました。それがずるずると延びて六八歳になってしまいました。天がそろそろ引退したらどうか、潮時だと勧めてくれているのでしょう」

俊雄は、右手の人差し指で天井を指さした。「天」の意味だ。

「社長と一緒に私も辞めます。経営管理全般に責任のある私も辞めれば、さらに世間は納得するでしょう」

将史が思い詰めたように言った。

「大木さん、あなたが辞めたら、私の後、フジタヨーシュウ堂やグループ会社を誰が経営するのですか」

「しかし……」将史は苦渋の表情をした。「私が残れば、まるで私が社長を追い出したように思われます」将史の言葉に、俊雄がふっと笑みをこぼした。

「あなたのクーデターですか」

「なぜ、その話を……ご存じでしたか」

将史が驚いた。

「朝毎新聞の記者から聞きました。今回の事件は、あなたのクーデターだとね。私を追い落として、社長の座を得ようとするつもりだと。そうなのですか」

俊雄は、まるで子どものいたずらを見つけた母親のような嬉しそうな表情になった。

「まさか……ありえない」

　将史は、動揺を隠さない。

「いいじゃないですか。クーデターでも革命でも。そんなことはどうでもよろしい。フジタヨーシュウ堂やグループ企業の経営にとって最善の策は何かということだけを考えればいいことです。私やあなたが生き残ることなど、あなたに言うのは申し訳ないが、どうでもよいことです。私たち人間は有限の存在ですが、会社は永遠に続かねばなりません。会社が潰れたり、おかしくなったりすれば、従業員、取引先、銀行、株主などみんなが迷惑しますからね」

「しかし、それでは私の立つ瀬がありません」

　将史の表情が曇る。

「悪評も評価のうちといいます。そんなことを気にしていたら何もできません。あなたしかいないからあなたに託すのです。私の商売の師の一人でもある母が教えてくれたことに『自分にできないことは、人を育てて、やってもらいなさい。人にお願いして、あとは祈るばかり』というのがあります。私は、あなたという人間を育てたなどとおこがましいことは言いませんが、あなたが社長となってフジタヨーシュウ堂、そしてアーリーバードなどのグループ企業を守ってください」

　俊雄は頭を下げた。

「考える時間を頂けませんか」

将史は厳しい表情になった。

「時間はありません。決断してください」

「分かりました。力に余るかもしれませんが、お引き受けします」

将史が頭を下げた。

「ありがとうございます。よろしくお願いします」

俊雄も頭を下げた。

「ところで、秀久常務が社長になられるまでのつなぎと考えればいいのでしょうか」

将史が聞く。

「おかしなことを言うものではありません。会社は、私の物ではありません。私は、オーナーですが、全ての株を持っているわけではありません。上場した以上は、株主の一人にすぎません。会社は多くの他人様のおカネで運営されているのです。そのことを片時も忘れたことはありません。ですから息子への世襲など考えることは以《もっ》ての外《ほか》です」

俊雄は厳しく言い切った。

「そうは言うものの私も人の親です。息子が可愛いことは間違いありません。もし秀久が、社長の任に堪えるのであればよろしいですが、そうでなければ会社も本人も苦労するだけですから、あなたが秀久を社長にするまでのつなぎなどということはありません」

「承知しました」

「しかし、これだけは肝に銘じていただきたい。『成長より生存』ということです。あなたに比べると臆病な私の戯言のように聞こえるかもしれませんが、成長だけを考えると貪欲になり、無理を重ねることになります。これでは会社は長続きせず、多くの人に迷惑をかけることになります。なによりも『成長より生存』を考えてください。そしてもう一つは『退く時は自分で決める』ということです。経営にはアクセルとブレーキが必要です。アクセルを踏むのは、わりと簡単で、誰でもできます。しかしブレーキを踏むことは難しい。特に出処進退のブレーキは難しい。なかなか踏めません。しかし踏まないと暴走してしまいます。ですから退く時は自分で決めねばならないのです。私は、あなたを後継者に決めました。決めた以上は、うるさいことは言いません。あなたにフジタヨーシュウ堂やアーリーバードなどの経営を全て任せます。しかしそれはあなたが後継者を育て、退く時を自分で決めねばならないという責任を負ったということです。そのことを肝に銘じてください」

俊雄は、将史を見つめた。

将史は、今までにないほどの俊雄の真剣な表情を見つめていた。

いつの間にか目の前の俊雄の姿が大きくなり、自分を覆い隠すような錯覚を覚えた。

「私やあなたはフジタヨーシユウ堂グループという船の船頭に過ぎません。その船には、従業員、お取引先、株主など様々なお客様が乗っておられます。それぞれ行き先が違います。私は、なんとかここまで船を漕いできました。今度はあなたの番です。あなたは船頭だからといって、自分の行きたいところに行けるわけではありません。乗り合わせたお客様の要望に耳を傾けながら、無事に次の港にお運びし、また新しい船頭に舵を任せるのが役割なのです。船を難破させないようにお願いします。経営とは、小さな和船を豪華な客船にすることではありません。いくら豪華にしてもタイタニック号のように難破させてはなんにもなりません。それよりは、いつまでも乗り合わせたお客を無事に、安全に港、港に運ぶことです。『成長より生存』、それだけを肝に銘じてください。よろしくお願いします」

「よく分かりました」

将史は、頭を下げた。

俊雄は静かに頭を下げた。

将史は、身震いを覚えた。こんなことは初めてのことだった。正直に言って、怖い。今までどんなことも怖いなどと思ったことがないのに。今の、この瞬間に、この場から逃げ出したい。しかし逃げ出すわけにはいかない。将史は血が滲むほど、唇を嚙みしめていた。

四

一九九二年（平成四年）一〇月二九日――。

フジタヨーシュウ堂芝公園《しばこうえん》本社会議室は、詰めかけた大勢の記者やカメラマンの熱気でむせ返っていた。

テーブルには数えきれないほどのマイク。それらが全て、質素なパイプ椅子に座る俊雄に向かっている。

まるで銃殺される死刑囚のようだな、と俊雄は思った。マイクが、自分に向けられた銃口に見えたのだ。

俊雄は集まった記者たちを眺めながら、パイプ椅子を後ろに引いて立ち上がった。

隣に座る将史が立ち上がろうとした。

「君はいい。謝罪するのは私だ」

俊雄は、小声で言い、目で将史の動きを制した。

未来を担う将史に謝罪で頭を下げさせてはいけない。頭を下げるところから経営トップとしてのスタートを切るべきではない。

将史は、上げようとしていた腰を再びパイプ椅子に下ろした。俊雄は、会場の記者たちに深々と頭を下げた。

そして再び顔を上げると、用意していたコメントを読み上げた。

「本日は、皆様におかれましてはお忙しい中、お集まりいただきありがとうございます」

型通りの挨拶で始まり、総会屋に対する利益供与事件で世間を騒がせたことをまず謝罪した。

続いて俊雄は、自分が社長を辞任し、フジタヨーシュウ堂の後任社長に将史を指名したことを伝えた。将史はアーリーバードジャパンの社長であるので会長になり、後任社長に常務の柿田裕也を就任させたことを報告した。

「私は、フジタヨーシュウ堂、アーリーバードジャパンなどの取締役相談役として新任社長を陰よりサポート致す所存であります」

ひと通り人事について説明を終えると、俊雄は小さく息を吐き、気持ちを整えた。

「さて、私は事件発覚後、すぐにこうした場を設定すべきだと考えておりましたが、心を痛めながらも事態の推移を見守って参りました。そのため今日までお時間を頂きましたことをお許しください。私は、社員や関係する人たちに『お客様に信頼される企業に』『社員に信頼される企業に』『株主及び地域社会に信頼される企業に』を社是とし、厳しい躾と、フジタヨーシュウ堂グループ社員である前に、まず社会人たれと言ってきた私の信念から考えて、今回の決断をいたしました次第であります」

俊雄は、社長辞任に至る自分の考えを説明した。

隣の将史に視線を向ける。厳しい表情で正面を向いたままだ。

俊雄は、後任の社長や役員に、自分が命より大切にしてきたフジタヨーシュウ堂グループの哲学である『信頼と誠実』を今後とも大切に守って欲しいと、辞任にあたって頼んだことを明かした。

「私にとって会社は分身、社員も分身、その一番大切な社員の中から四人もの逮捕者を出してしまったことは身を切られる思いです。逮捕された社員四人の重みもグループ三万人社員の重みも私にとっては同じ思いです。私が退任しても、またとどまっても世間の批判はあるでしょう。永年培ってきた社風を守り、全社一丸となって信頼回復に努力して欲しいとお願いしました」

俊雄は、再び、将史に視線を向けた。

新社長になる将史について、「私は以前から後継者として大木副社長を心に留めていました」と言った。

将史の肩がピクリと動いたのが視界に入った。将史も緊張しているのだろうか。

「またかねてより、六五歳を機に経営の第一線から退く決心をしていましたが、アーリーバードジャパンの母体であるアメリカのサウスカントリー社の経営再建が大木副社長に大きくのしかかっている時に、さらに社長の大任を要請することはできませんでした。しかし、今、ようやくサウスカントリー社の再建が軌道に乗り始めましたので、大木副社長に社長就任をお願いしました」

俊雄は、将史を引き立ててくれるようにと記者たちに頭を下げた。

「甚《はなは》だ勝手なお願いではありますが、フジタヨーシュウ堂グループを、今後ともなにとぞお引き立てくださいますよう、重ねてお願い申しあげます。お騒がせいたしまして誠に申し訳ありませんでした」

さらに俊雄は、先ほどより深く頭を下げた。それに併せて将史も座ったままではあるが、頭を下げた。

フジタヨーシュウ堂グループは、今回の事件を教訓にして、より強く、より大きく飛躍してくれるに違いない。俊雄は、自分に強く言い聞かせた。

記者たちは、俊雄がフジタヨーシュウ堂グループの経営から手を引いたことを驚きをもって迎えた。

記者の質問は、俊雄ではなく新たに社長となる将史に集中した。

記者「総会屋への利益供与について知らなかったのか」

将史「まったく知らなかった」

記者「知らなかったというのは、副社長として無責任ではないか」

将史「不明を恥じている。業革を進める際に、こうした株主総会に関する分野にも目配りすべきだったと反省している」

記者「事件は社員からの内部告発だという噂も聞く。あなたが起こしたクーデターではないのか」

この質問に将史は不機嫌な表情を隠さなかった。

将史「内部告発もクーデターもあり得ない。だれがそんなことを言うのだろうか。私は、今まで通り藤田社長、今回、相談役となられたので相談役と言い換えるが、藤田相談役の下で腕を揮っていた方が、やりやすいと思っている。藤田相談役が社長を退任されると聞き、驚き、強く引き留めたのは私だ」

記者「フジタヨーシュウ堂グループの舵取りはどうするのか」

将史「藤田相談役が唱えてこられた『お客様に学ぶ』の精神を大事にする。私が社長になったからといって基本が大きく変わることはない。お客様の立場に立って、そのニーズの変化に機敏に対応していく社内体制作りに努めたい」
記者「なぜこのような事件が起きたと思うか」
将史「社員から逮捕者が出たことは許されることではなく、猛省している。二度と繰り返さない社内体制を作る決意だ。なぜこのような事件が起きたかというと、社内に古い体質が残っていたからだろう。企業経営の透明性が求められる時代だという認識が欠けていた。このような体質を改善していきたい」
ここで俊雄が口を挟んだ。
俊雄「これだけの企業規模になりながら、藤田商店という意識がまだ残っていたのでしょう。私の責任です」
記者「それにしても利益供与額は一億数千万円にも及ぶと言われている。これだけの巨額になるまで何も知らなかったというのは信じられない」
この質問というより意見には俊雄、将史の二人同時に「申し訳ない」と頭を下げた。将史も頭を下げざるを得ない。
記者「藤田相談役に聞きたい。大木社長は、ご子息の秀久常務が社長になられるまでのつなぎ役なのか」

俊雄は、不愉快そうに、ややまなじりを吊り上げた。

「そんな考えは微塵も持っておりません。大木社長の下で、より一層のフジタヨーシュウ堂グループの発展を期待しています。私はそれを見守りたいと思います」

俊雄の言葉を聞き、将史が小さく頭を下げた。

記者「実は、藤田相談役追い落としのクーデターではなく、逆に大木社長を追い落とすクーデターだったという噂もある。大木社長の業革の指示が厳しすぎ、誰も反論できない、息が詰まる。こんな状況を変えるためのクーデターだったというのだ。ところが意に反して藤田相談役が社長から退いてしまった。この噂についてはどう思うか」

将史「とにかくクーデターなどということはない。私の業革の指示が厳しすぎたのなら、現在まで一一年間、業革会議は五〇〇回以上も続いていない。社員はついてきてくれていると信じている」

俊雄「大木社長はよく社員をまとめています。これからもその手腕に期待しています」

俊雄は、記者の質問を聞きながら、ある思いに囚われた。

クーデターという言葉だ。俊雄を追い落とすのか、将史を追い落とすのか、それは分からない。

しかしそのような噂が外部に出るということは憂慮すべきことだ。

将史は言下に否定したが、社員の中に、経営陣に対する不満が蓄積している可能性がある。その不満は、俊雄自身に対するものか、将史に対するものか、それも分からない。

鼓腹撃壌《こふくげきじょう》という中国の故事がある。政治がゆきとどき、人々が太平を楽しむ様子を現している。

この故事を経営にあてはめれば、圧倒的なリーダーシップがある人間が企業を引っ張ることも大切だが、それよりも個々の従業員が楽しく、仕事にやりがいを感じて働いてくれる方が、結果的には強い企業と言えるだろう。

俊雄は、将史の横顔を一瞥《いちべつ》した。真剣なまなざしで記者たちを見つめている。

アクセルとブレーキ……。経営に必要な二大要素だ。

時に、アクセルを踏み過ぎる傾向がある将史のブレーキの役割を担わねばならないだろう。

「ではこれで記者会見を終わります」

司会の言葉で俊雄と将史は席を立ち、記者たちに深く頭を下げた。

再び、無数のカメラのフラッシュが焚《た》かれ、会場は真昼のように明るくなった。

# 第十五章　独裁

## 一

俊雄は、銀座一丁目にあるホテルセイヨーの前に立っていた。

外観はまるで白い大理石の館のようだ。勿論大理石で造られているわけではないが、コンクリート特有の冷たさはなく、襞《ひだ》のある外壁が最上階まで続く姿は、西洋の館の屋根を思わせ、うっとりするほど美しい。

銀座《ぎんざ》の通りに面しながら、どこか喧騒とは無縁な雰囲気が漂っている。まるで貴婦人のようにたたずんで、穏やかな笑みを浮かべて客を迎え入れる。

ホテルの客室はたった七七。多くの日本のホテルが広くてもせいぜい三〇平米から四〇平米しかないのに、ここは六〇平米が基本だ。欧米には、日本のように客室数を多く取ろうと、狭くてちまちましたホテルなんかない。欧米のセレブが東京もなかなかのものだと感心するラグジュアリーホテルを造る。大館がそう宣言して造ったのが、このホテルだ。

ホテルに一歩、足を踏み入れるや否やコンシェルジュ、即ちサービス担当が色々な要望に応えてくれる。部屋はスイートルーム中心。そこに泊まればバトラー、即ち執事が無理を聞いてくれる。

今では日本のホテルでも、一流ホテルにはコンシェルジュやバトラーがいるが、このホテルが嚆矢《こうし》ではないだろうか。

朝食の卵料理は、卵三つ、トマトジュースには氷を入れない、目覚めの合図はベートーベンの喜びの歌……。どんな無理難題も承知だ。優雅なレストラン、バー、そして併設された劇場が客たちを優越感に満ちた気分にしてくれる。

――大館が「文化」と言っていたホテルだな。

大館は、今から七年前（一九九一年）に突然、セイヨーグループトップの座から引退してしまった。

その理由は、いろいろ取り沙汰されたが、結論は銀行に引導を渡されたというのが正直なところだろう。銀行から借金をして業容を拡大し続けた報いがきたのだ。

大館が慈《いつく》しんだこのホテルも、やがては他人の手に渡ることだろう。

不動産はバブルと言われ、異常な高騰をしたが、まだ下がり続けている。ホテルやリゾート開発に資金を注ぎ過ぎたセイヨーグループの苦しみは、これから本格化するに違いない。

ライバルの退場は寂しいような気もする。大館らしく、美しく退場してもらいたいものだ。

ロビーに入ると、ハープの静謐《せいひつ》な中にも華やかな演奏が聞こえてきた。そしてすぐに、よく見知った支配人が近づいてきた。わざわざ支配人が出迎えとは大仰なことだ。

「藤田様、お待ちしておりました。皆さん、お揃いです」

俊雄は、彼に導かれて、一階奥にある会員制バー「S」に案内された。

「お待たせしました」

俊雄が腰を折ると、アンティーク調の豪華なソファに腰かけた仲村力也と、俊雄と同世代のスーパー経営者ジャストの田岡卓実《たおかたくみ》が俊雄を振り向いた。

ジャストの田岡は大正一四年生まれだから、俊雄より一歳年下だ。早稲田大学時代に学徒動員で陸軍に入り、復員後、父親の後を継ぎ、田岡呉服店を全国展開する大型スーパーへと成長させた。

経営の特徴は連合経営とでもいうのだろうか、地元の幾つかの商店を統合するところからスタートした。だから今でも多くの企業を買収し、傘下に入れるが、それぞれ自由度の高い経営をさせている。けっして頭ごなしに押さえつけるということはない。

仲村は、企業を買収すると、強引に自分色に染める。田岡は、真反対。色はそのままだ。その点、俊雄はどうか？　自分は買収そのものが嫌いだ。何もかも自分で一から作り上げる。

三者三様のスーパー経営者が、まるで因縁のように、戦線離脱した大館の造ったホテルに集まったのは、経済雑誌主催の「これからの流通業を語る」という鼎談《ていだん》企画のためだ。

「では皆さん、お揃いになりましたので始めましょうか」

経済雑誌の主幹が鼎談の開始を告げた。

六年前（一九九二年）に監査役や社員が総会屋に利益供与をする事件を起こし、責任をとって俊雄は、経営から退いた。

経営は将史に任せた。報告は受けるが、取締役会にもあまり顔を出さないようにしている。

ましてやマスコミへの登場は避けている。社長を引責辞任した以上は、時間が経ったからといってのこのこと顔を出すというのは性格的に好きではなかった。

今は、フジタヨーシュウ堂やアーリーバードなどの店舗の巡回や古希を記念して創設した藤田謝恩育英財団に関わっている。

俊雄は、貧しい中で異父兄貞夫の支援のお蔭で勉学をさせてもらったことで、今日の成功がある。この恩を忘れないように、またこの恩の繋がりを広めようと給付型の奨学金を始めたのだ。勉学の意欲があるにもかかわらず、貧しいために道を閉ざされている若者のいかに多いことか。そういう若者を一人でも救いたい。俊雄は、財団を通じて若い人と交流することで、今までにない喜びを得ていた。

「お三方は、我が国の流通革新を担ってこられた方です。ここに大館さんがおられたら四天王の揃い踏みとなるのですが、残念ながら大館さんは引退宣言されましたからご出席は叶いませんでした。その代わりに、大館さん所縁のホテルを使わせていただいています」

主幹のどうでもいい、ややお世辞のこもった挨拶が済んだ。

テーマは、工業化社会の流通システムの終焉《しゅうえん》と、これに代わる新しい流通システムは何かというものだ。

三人でこんな話をするのは初めてだ。俊雄は仲村や田岡がどんな話をするか、興味が湧いてきた。

「私は、破壊こそが使命だと思っている」

田岡は、やにわに過激な発言をした。

田岡は言う。自分たちは第一世代だ。戦後の荒廃からここまで成長してきた。しかし今や自分たちが作り上げてきた大量生産、大量販売的な工業化社会の流通システムは終わりを迎えた。

しかし新しい仕組みを考え、作り上げるのは次世代の仕事だ。もし自分たちにできることがあるなら、それは新しいシステムのために古いシステムを破壊することだ。

田岡は、創造的破壊を目指すと言う。日本のスーパーは大店法に縛られて、小規模ばかりだ。客のニーズにはまったく応えられていない。こんな小規模スーパーが生き残れるはずはない。どうせ淘汰されるなら、自分の手で潰してしまう。とにかく古い考え、成功体験に囚われていたら、時代に取り残される。壊すのは自分にしかできない。

田岡の主張は激しい。それだけ危機感が強いということだろう。

仲村は田岡の意見に賛成しつつも、かつての勢いを失っていた。

仲村は言う。自分たちが作り上げ、それによって成功した工業化社会の流通システムを壊さないといけないのは理解できる。実際、行き詰まりが見え始めている。

しかし、自分はまだまだやれるのではないかと思っている。

田岡は自分の手で壊すと言っているが、壊した後、新しいシステムを作るのも自分の手でやるのか。それとも後継者がいるのか。いるなら、羨ましいが……。残念だが自分にはいない。自分で壊して、また自分で作るしかない。自分は、壊し切れるか自信がない。なにせ流通革命の旗手だから、と仲村はわずかに寂しさを見せる笑みを浮かべた。

仲村と田岡が、俊雄はどうなんだと聞いた。俊雄は黙って二人の意見を聞いているだけだからだ。

「私は運がいい」

俊雄は言った。

仲村と田岡が怪訝な顔をした。

「どういうことだ？」

田岡が聞いた。

「工業化社会の流通システムを作り上げたのは私たちだ。それが今日、終わりを迎えているのは間違いない。ということは私たちの時代が終わったということだよ。だから私は経営の現場から引退した。今までも運が良かったが、ちゃんと引退すべき時に引退できたことは、最高に運がいい」

俊雄は言った。

「あんたは大木将史という後継者がおるからな」

仲村が、悔しそうに唇を歪めた。

「彼が、新しい流通システム作りに取り組んでくれている。八二年からだから、もう一六年にもなる。大木君は、エンドレスだと言っている。その徹底する力は大したものだ。私は安心して任せている」

「羨ましい限りだが、大木君とのすみわけはどうなっているんだ？」

田岡が聞いた。

「資本と経営の分離とでも言おうか。私が全株持っているわけではないが、創業家として経営を任せている大木君の重石《おもし》、まあ漬物石的な立場かな？」

「漬物石か？　面倒くさい漬物石やろな」

仲村が笑う。

「漬物石と言っても、大木君の頭の上に載って重荷になるつもりはない。別の喩えをすれば、弥次郎兵衛ではないか」

俊雄が言う。

「弥次郎兵衛《やじろべえ》？　あのふらふらとバランスを取る人形か？」

田岡が興味深そうに聞く。

「大木君が一方に傾けば、僕が反対方向に傾いてバランスを取る。軸は、全くぶれない。そんな関係をイメージしているんだがね。だから今のような変化の激しい時代でもなんとかなっている」

俊雄は言った。

実際、将史に任せてからフジタヨーシュウ堂グループの経営は、バブル崩壊で銀行破綻などが続く暗澹《あんたん》たる世相の中でも順調だった。

しかしそれはアーリーバードの業績に支えられていた。

アーリーバードは、俊雄が引退した一九九二年度では店舗数は五〇五八店だったが、九八年度には七七三二店にまで増えた。それに連れてチェーン店売上高も一兆一九四九億円（九二年度）が一兆八四八一億円（九八年度）となり、近いうちに二兆円に手が届くだろう。

営業利益は七八二億円（九二年度）が一一四八億円（九八年度）となり、経常利益は八五一億円（九二年度）が一一七二億円（九八年度）。グラフにすると、まるで切り立った崖か、戦闘機の急上昇を思わせた。ところがフジタヨーシュウ堂の方はどうかというと、残念としか言いようがない。

売上高は一兆四九七四億円（九二年度）から一兆五四五一億円（九八年度）と増えたものの、その増え方は徐々に鈍り、誰が見ても頂上に達し、後は下りが待っているような数字ばかりだ。

利益の方は、もっと散々な状況である。アーリーバードとの比較を容易にするため経常利益で示すと、九七五億円（九二年度）が七一二億円（九八年度）と大幅に減少してしまった。その九二年度がフジタヨーシュウ堂の経常利益ピークで、それ以降はアーリーバードとは真反対に急坂を転げ落ちて行く。アーリーバードの後塵を拝するようになり、もしアーリーバードが無かったらと思うと、ぞっとする。この場で仲村や田岡相手に「引退」などとのんきにさえ見える言葉を口にすることなど、できなかっただろう。

フジタヨーシュウ堂は、田岡流に言えば、破壊されるべき工業化社会の流通システムの代表例で、アーリーバードは新しいシステムの旗手なのだろうか。

「あんた、引退だなんて、よう幸せなことを言ってられるな」

仲村が睨んだ。

「そんなことを言ってられるのはアーリバードのお蔭やないか。あれはあんたが反対したのを大木はんがやったということになっている。あんたはそないなことを言わんやろけど、大木はんが宣伝しとるさかいな。お蔭で大木はんは日本チェーンストア協会会長になり、藍綬褒章《らんじゅほうしょう》を受け、経団連副会長にもなった。飛ぶ鳥を落とす勢いとはこのこっちゃ。あんた悔しくはないんか。このままやとあんたが造ったフジタヨーシュウ堂は潰されて、跡形もなくなるで。それでええんか。自分でなんとかせんとあかんのと違うか。お互い、焼け跡を眺めた仲やないか」

仲村が激しく詰め寄った。司会の主幹が困惑の表情を浮かべている。

「すべてを含めて運がいいということだよ」

俊雄は苦笑して、仲村を見つめていた。

二

将史は腹の底から怒っていた。怒りの矛先をどこに向けていいのか悩むほどだ。もしここに誰もいなければ、馬鹿野郎！　と自分を怒鳴りたい。

二〇〇〇年度、フジタヨーシュウ堂の決算は最悪だった。

本業の儲けを示す営業利益が前期三〇五億円だったものが、なんと一六三億円になってしまった。約四七％の減益だ。

将史が社長に就任してから、フジタヨーシュウ堂には肩入れをしてきた。

しかし社長に就任した一九九二年度の営業利益八三九億円をピークにして、減益基調になってしまった。

それでも五〇〇億円以上を稼いでいたのだが、九九年度に三〇五億円に急減した。九八年度が五三三億円だったから、この時も前期比約四三％減だ。

いったいどういうことだ。

フジタヨーシュウ堂の社員には俺の言葉が通じないのか。

将史には自負があった。一九九九年には破綻したアーリーバードの親会社だったサウスカントリー社を再建し、アーリーバード・インクに社名変更した。いずれ完全子会社にし、アメリカ戦略を担わせる考えだ。

一九九七年にはフジタヨーシュウ堂を中国の成都《チョントウー》、その後、北京にも出店した。成長する中国に初のチェーン展開を認められた画期的な出店だ。

その間、アーリーバードは成長を続けた。一九九九年度には店舗数は八一五三店になった。一万店、二万店へと加速していくだろう。

営業利益も九九年度には一三六八億円となり、ついに一〇〇〇億円を超えた。二〇〇〇年度は一四五五億円だ。順調に伸びている。

アーリーバードが無ければ、フジタヨーシュウ堂グループは壊滅状態ではないか。

将史は、アーリーバードは自分が作りあげ、丹精込めて育てたと自負していた。単なる自己満足ではなく、将史はメディアにも頻繁に登場し、アーリーバードの成功の秘訣を語っていた。

それは多くの人に時代が変わったということを知ってもらいたいからだ。

世間は、将史のことを「ミスター・コンビニ」と呼んでいる。まんざらでもない称号だ。

「名誉会長は気楽なものだ」

将史は思わず呟いた。そして失言だなと一人でばつの悪い思いをした。

将史は、俊雄と自分の役割分担に考えを及ぼす。

「そういえば……」と、俊雄が中国へ行く社員に対して三つの約束を強く言い渡したのを思い出した。

「仕入れ先に対しては二〇日〆の月末現金払いを徹底すること、従業員の給料の遅配はしないこと、安心・安全な商品を置くこと。この三つの約束が守れなければ、撤退しなさい」

俊雄は社員にこの三つの約束の厳守を誓わせた。

社員はその約束を徹底して守った。中国人幹部たちは、不思議な顔をした。

彼らの言い分は、仕入れ先に約束通り代金を払ったら儲けられないではないか、従業員の給料なんて、遅配が当然だ、安心・安全？　そんな言葉は中国にはない、というものだった。

今思えば、当時の中国はまだまだ発展途上だった。ビジネスについて何も分かっていなかった。

興味深いことに三つの約束を金科玉条《きんかぎょくじょう》の如く順守する日本人社員を見て、中国人社員たちが変化していった。なぜなら客がその姿勢を支持し、売り上げも利益も増えたからだ。それまで客に頭を下げ、感謝の態度を示すことなど一切なかった中国人社員が、自然と客に礼をし、笑顔を見せるようになった。彼らに日本流のビジネスマインドが根付いたのである。この事実には将史も驚いた。道徳的、経験主義的で、理論的でなく古臭いと思っていた俊雄の教えが、国籍を超えて現地の社員たちの心に響くのだ。

アーリーバードやフジタヨーシュウ堂の店長たちも同じだ。将史はめったに店に立ち寄ることはないが、俊雄は日課のようにして店を訪れる。ワゴンカーにひょいと乗り込み、どこに行くとも告げずに出かける。まるで水戸黄門のようだ。

店長は、店の中を一人でぶらぶらと歩く俊雄を見て、「はて？　どこかで見た人だが？」と首を傾げ、しばらくして名誉会長の俊雄だと気付く。慌てて近づき、「どうも、どうも」と頭を下げる。俊雄は、おにぎりを一個、籠に入れ、「どうですか？」と聞く。「順調です」と店長が緊張して答える。「合理化や利益ばかり追っていると、お客様が何を望んでいるか見失います。それは商品の売り上げに反映しますからね。よく商品の動向をチェックするように」と言う。すると、店長は、その言葉を手帳に書き留め、まるで神様か仏様の言葉のように大切に扱う。

「俺が訪問したらピリピリと緊張するだけの店長たちが、名誉会長の訪問は大歓迎だ」

将史は、少し悔しい思いもする。

自分は、尊敬され、崇《あが》められる存在ではないのだ。あくまで指揮官だ。

資本と経営の分離が言われる。分離そのものにそれほどの意味があるとは思わない。お互いが牽制し、相互チェックすることに意味があると思う。

その意味で俊雄は資本であり、将史は経営だ。将史は、資本家になりたいとも、株を多く保有して大金持ちになりたいとも思ったことがない。

経営そのものに魅力と生きがいを感じるのだ。

時々、他の経済人から将史も自分で会社を興し、資本家になったらどうかと言われることがある。しかしそれには全く関心がない。不思議な性格と言えば、不思議な性格だ。将史は、俊雄の信頼を得て、経営一切を任されていることが非常に心地よい。

俊雄は、反対に資本家として将史の経営をチェックし、かつ社員たちの精神的支柱となっている。この明確な役割分担が、フジタヨーシュウ堂グループの特徴であり、他の流通グループにない力の源泉だ。

「だったら……」と将史は思う。

「精神的支柱としてフジタヨーシュウ堂の店長にもっと発破をかけて欲しい。俺ばかり憎まれるのは腹立たしい。やつらはたるんでいる。ここまで業績が悪化すると、やつらを目覚めさせる力を持っているのは名誉会長しかいないのではないか」

将史は、自分がこれだけ必死になっているのに業績が低迷する一方のフジタヨーシュウ堂の店長たちは、俊雄が全社員の精神的支柱であり、その俊雄が創業したビジネスであることに甘えているに違いないと考えていた。

将史は、名誉会長室の前に立っていた。ドアを開けようか、どうしようかまだ迷っている。

事業の進捗状況について適時報告を心掛けているのだが、俊雄があまりにも何も言わないので最近、怠り気味になっている。それが気になり、気持ちを萎えさせている。

将史はドアを開けた。

「ご相談に参りました」

将史が言うと、俊雄は読んでいた雑誌を机の上に置いた。

「厳しい顔ですね。まあ、座ってください」

いつもと変わらぬゆったりとした雰囲気だ。

「では失礼して」

将史は、机の傍にあるソファに腰かけた。

俊雄は、将史の向かいに座った。

「どうされましたか」

俊雄が聞いた。

ん」

「お分かりかと思いますが、フジタヨーシュウ堂の業績があまりにも振るいませ
「そうですね。私も非常に気にしております」

俊雄の穏やかな顔が曇った。

「原因はどこにあるとお思いでしょうか」

「さあ、どうでしょうか」

とぼけているのか、考えていないのか分からないが、俊雄は明確に自分の意見を言わない。

ズルい。将史は思う。

「私は、甘えだと思います。フジタヨーシュウ堂の店長たちは、いつまでも親会社意識が抜けないのです。業革のお蔭で、少し業績が好転したら、もうそれで満足する。名誉会長の会社だと思って、アーリーバードの社員と比べると必死さが足りません」

「グループの祖業であるというプライドばかりが高いのだということでしょうか?」

「その通りです。せっかく利益トップに立ちましたのに、ジャストに抜かれてしまいました。このままではいけません」

将史は悔しそうに唇を引き締めた。

二〇〇〇年度の決算では、一九八五年に達成した営業利益トップの座を田岡率いるジャストに抜かれてしまったのだ。

「田岡さんも頑張っていますね。社員のモチベーションが下がっているのではないですか」

俊雄がわずかに眉根を寄せた。

「私が厳しすぎるとでも？」

将史が不愉快そうに表情を歪めた。

「そうは言っていません。でもフジタヨーシュウ堂の社員をあまりにも劣等生扱いしているとの声を聞かないでもありません。業革の場でも、アーリーバードを見習えばかりでは反発もあるでしょう。子育てと一緒で、子どもは平等に扱わないといけません」

穏やかだが、俊雄の言葉は将史の経営手法に対する批判に聞こえる。

「聞き捨てならないご発言ですが、誰かが名誉会長の耳に、そんなことを吹き込んでいるのですか」

将史の声に苛立ちが籠《こ》もっている。

「フジタヨーシュウ堂の店長たちに甘えがあるなら、私もそれを正す努力をしましょう。しかし今やフジタヨーシュウ堂のビジネスモデルを徹底的に破壊する時期に来ているのかもしれませんね。衣料ではあなたの進められている自主マーチャンダイジングで専門店のユニークが伸びていますね。どうしてあれがフジタヨーシュウ堂で根付かないのかと考えます」

フジタヨーシュウ堂は、衣料からスタートしている。俊雄も衣料には強い思い入れがある。しかし衣料分野は専門店化が進んでいる。

フジタヨーシュウ堂は衣料から総合スーパー（GMS）になった。仲村のスーパーサカエは、薬局からのスタートだ。成長にしたがって俊雄たちスーパーの創業者たちは、周辺に広がる分野を取り込んできた。それが客のニーズに応えることだったからだ。客はスーパーの中を歩くだけであらゆるニーズを満たすことができた。

しかし今はその流れが逆に回転しているのかもしれない。これからは衣料、食品、クスリ、家具、日曜大工用品など分野ごとにさらに専門化が進んでいくだろう。その方が、経営側としても効率化を進めることができ、より細かく客のニーズに対応できるからだ。

「デザイン室も作り、自主マーチャンダイズに取り組んでいますが、今ひとつ成果が上がっていません」

「変化する客のニーズに応えるのは難しいですね。アーリーバードが今やグループ

ていますから」

「その通りです。仮説と検証、死に筋の排除など、私の考えを忠実に実行してくれていますから」

「しかし、そのビジネスモデルもやがて客のニーズに応えられなくなる時が来るのでしょう。絶えず破壊と再生をしなければなりません」

「お言葉ですが、まだまだアーリーバードのビジネスモデルは古くなっていません。進化中です」

将史は、やや不機嫌な顔になった。

「将来のことを言っているのです。そのためには大木さん、あなたはいくつになられましたか？　私はまもなく七七歳、喜寿《きじゅ》になります」

俊雄が真面目な顔をする。

「私は名誉会長より八歳年下ですので六八歳です」

将史は、何を言うのかと怪訝そうに小首を傾げた。

「そうですか。私は、六五歳で経営の第一線を退こうと思っていて、ずるずると六八歳までやってしまいました。その結果は、総会屋事件で世間にご迷惑をおかけしました。私がいつも考えていることは、進む時は人に任せ、退く時は自分で決めるということです。あなたも私があなたに経営を引き継いだ年齢になってしまわれた。後継者のことは考えておられますか？　七〇歳を過ぎても経営の実権を握っていては、なかなかビジネスモデルの破壊と再生はできませんよ。住友中興《すみともちゅうこう》の祖《そ》と言われる伊庭貞剛《いばていごう》は『事業の進歩発達に最も害するものは、青年の過失ではなく、老人の跋扈である』と言いました。この言葉の意味を噛みしめるべきでしょう」

　俊雄は淡々と言った。

　将史は、衝撃を受けた。

引退を迫っているのか。この私に……。

「私はいつまでも今の立場に固執するつもりはありません。後継者を育てることが経営者の一番重要な仕事だと思っています」

　将史は憤慨気味に言った。自分で思っている以上に不愉快な表情を見せているに違いない。

「フジタヨーシュウ堂のことは私も非常に心配しています。なんとかしなくてはいけないと思います。しかしそれは私やあなたがあがき、怒鳴り、言葉を尽くしたらどうにかなるものではない。むしろ私やあなた、今はあなたが中心ですからあなたでしょうが、今回の業績悪化を、あなたに代わる新しい考えを持った人を育てる糧《かて》にすればいいと思います。フジタヨーシュウ堂の業績低迷は、そのことを教えているような気がいたします。私は、経営の第一線から退き、あなたの土になる決意をしました。そのお蔭であなたは大輪の花を咲かせられました。私は、あなたという人材を後継者に得ることができ、本当に運がいい人間だと思っています」

「私に引退せよと言われるのですか」

「そうではありません。続けたければ、お続けになったらいい。私は何も言いません。あなたのお蔭でフジタヨーシュウ堂グループはまだまだ成長するでしょう。しかし、いつかあなたの主導するビジネスモデルも時代や客のニーズに応えられなくなる時が来ます。これは仕方がないことです。自分の成功モデルを自分で破壊しなければいけない時が、必ず来るのです。これは非常に難しいことですが、やらねばなりません。その時のために、いかに今から備えておくかが経営者の最大の務めだということを言いたいだけです。七〇歳辺りがいい区切りではないでしょうか。私のように、一度、距離を置いて経営を見るというのもなかなかいいものですよ。我慢が必要ですがね」

俊雄は穏やかな笑みを浮かべた。

将史は、猛烈に反発を覚えた。俊雄が穏やかであればあるほど、余計に腹立たしい。悔しささえ覚えるほどだ。

自分が、いったいどれだけ苦労をしているのか、俊雄は分かってくれているのか。

フジタヨーシュウ堂の業績が向上しないのは、社員たちが本流意識の上に胡坐《あぐら》をかいているからだ。危機感を持つのは一時的で、少し業績が向上すると、再び胡坐をかき始める。今は、そんな時期なのだ。将史が口を酸っぱくして、危機感を訴えても本流意識が抜けきらない。それは、創業者であり現名誉会長である俊雄が、フジタヨーシュウ堂を破壊すると言ってくれなければ無くならないのではないか。俊雄にこそフジタヨーシュウ堂の社員に向かって、このままだと会社が無くなる、全てアーリーバードになってしまうぞと言って欲しかった。将史には、それは言えない。俊雄の聖域だからだ。

——成功モデルを破壊すべきは、私ではなくあなたです。

将史は、俊雄に言いたいと思ったが、ぐっと言葉をのみ込み、堪《こら》えた。恐らく息子で常務の秀久を後継者に据えたいと考えているのだろう。そうに違いない……。所詮、フジタヨーシュウ堂グループと言っても個人商店なのか。

「退く時は自分で決めるとのお言葉、きちんと受け止めさせていただきます。私もよき後継者を育成するように努めさせていただきますが、まだまだやるべきことが多く残っております。中途半端で終えるわけにはいきません」

将史は、険しい表情で俊雄を見つめた。

「久しぶりにこうして話しますが、どうですか、蕎麦《そば》でも取りますか？　丁度、昼時ですからね」

俊雄は緊張をはらみ始めた空気を和ませるかのように言い、秘書に蕎麦の出前を頼んだ。

将史は、昼食はいつもアーリーバードの新作弁当と決めているのだが、せっかくの申し出なので受けることにした。

事前に頼んであったのか、蕎麦は時間を置かずに運ばれてきた。俊雄は、蕎麦好きである。

「ところで、あなたは私が長男の秀久を後継者にしようとしているとお考えなのでしょうね」

俊雄は蕎麦を啜《すす》った。

「いえ、そんなことは考えておりません。それはともかくとして秀久常務はよくやっておられます」

将史も蕎麦を啜る。

「そうですか。しかし経営とは厳しいものです。秀久がトップに立つのは難しいでしょう。親としては残念ですが、あまり大きな責任を背負わせたくはありません」

将史は耳を疑った。長男である秀久常務が、将史の後のトップになることを社内で疑う者はいない。それをさらりと否定する俊雄の冷酷とも言える姿勢を将史は心底、怖いと思った。

「それはなんとも……」

将史は答えを探したが、見つからない。曖昧に返事をした。

「秀久は学究生活に入りたいと言っていますから、近いうちにあなたに相談すると思います。その際は、よろしくお願いします。あなたは自分の後継者に相応しい人を見つけるか、育てるか……。そうでないと私のように運がいいと喜べませんよ」

俊雄は、蕎麦を食べ終え、箸を置いた。

「よく肝に銘じておきます」

「そうだ、これを言うのを忘れていました。銀行設立の件、もうすぐ認可がおりますが、四井住倉銀行の石山《いしやま》会長が怒っておられましたよ。世話になっている銀行ですので、あまり怒らせないようにお願いします」

唐突に俊雄が言った。

四井住倉銀行は、フジタヨーシュウ堂グループのメインバンクである四井銀行と関西財閥の住倉銀行とが、二〇〇一年（平成一三年）に合併して発足した銀行である。

金融界は、一九九〇年代の半ばからバブル崩壊による巨額の不良債権に苦しみ、金融機関の破綻が相次いだ。政府による公的資金注入などの支援策もあったが、自らも生き残りのために経営統合や合併を進めたのである。四井住倉銀行もその一環で、旧財閥の壁を超えた合併として大きな話題となった。

石山寛治《かんじ》は、四井銀行の前頭取だが、合併に伴って四井住倉銀行の会長に就任した。穏やかで腰の低い、人望のある人物である。俊雄とも親しい。その石山が怒っているとは、尋常ではない。将史は原因が分かっていただけに、苦い顔をした。

「いずれ分かっていただけるでしょう」

将史は、蕎麦を食べ終え、箸を置いた。

三

将史が銀行を作ろうと考えたきっかけは、公共料金の収納代行サービスがものすごい勢いで伸びていることだった。

銀行設立プロジェクトを始めた一九九九年（平成一一年）当時で約八八〇〇万件、取り扱い金額は約六四〇〇億円にもなっていた。

公共料金収納サービスは、一九八七年（昭和六二年）に東京電力の電気料金から始まった。

これが実現できたのは、アーリーバードの全店舗と本部を結ぶ情報ネットワークが稼働したからである。店舗のレジで払込票に印刷されたバーコードを読み取るだけで、データをアーリーバード本部のコンピュータを経由して東京電力へ送ることが可能になった。

公共料金は、以前は銀行に行かなければ払い込むことができなかった。しかし銀行は午後三時に閉店する。それではと思い昼食時に行くと、混んで待たされ、貴重な昼休み時間を削らねばならない。

銀行がアーリーバードにあれば便利なのに、という客の声は将史の耳に届いていた。

さらに店主からも。

——公共料金収納サービスを取り扱うようになってから手元に現金が溜まるようになった。銀行に預けたいが、預けようにも銀行は三時で閉まってしまう。なんとかならないか。

さらに意外なところからも。

——個人タクシーの運転手だが、深夜でも開いているアーリーバードに売上金を入金できれば、本当に助かるのだが。

銀行は午前九時から午後三時までしか営業しない。銀行法施行規則で決まっている。例外が認められるのだが、銀行は横並び体質だ。客の利便性を考えるより業界の秩序を優先する。将史から見れば、殿様商売そのものだ。

公共料金収納サービスも、銀行が面倒で儲からない業務だと熱心に取り扱わないからコンビニの取り扱いが増えるのだ。

誰も銀行には好き好んで行きたがらない。自分の預金が減少する支払いならなおさらだ。仕方なく足を運んでいるのだ。ところがコンビニに行くのには、ちゃんとした目的がある。買い物という必要性、あるいは楽しみがある。もしそこに銀行があれば、どれだけ便利だろうか。これこそ便利、イコールコンビニエンスではないか。

――銀行をやろう。これは絶対に成功する。

ひらめいたのだ。アメリカでアーリーバードに出合った時のようだった。将史は、ひらめきを大事にする。二四時間、どうすれば客のニーズに応えられるか、考えているからひらめきが出る。

憂鬱なのは俊雄の存在だ。相談すれば絶対に反対する。それはアーリーバードの時以上だろう。

俊雄は「銀行は貸してくれないもの」と言う。産業界において銀行を特別視しているからだ。そんな特別な世界に足を踏み入れたら大やけどするに違いない、と、いつもより警戒心のアンテナを高くするに決まっている。

ところが俊雄は反対しなかった。積極的な賛成ではなさそうだが、少なくとも大きな抵抗はなかった。将史はやや拍子抜けした気分になったが、俊雄の許可を得たからには銀行設立に向けて進むだけだ。

「専門家のアドバイスを受けて、慎重に進めてくださいね。アドバイスを受けるなら四井銀行（後の四井住倉銀行）の石山寛治頭取がいいんじゃないですか」

俊雄が言った。メイン銀行に相談しなさいということだ。

専門家のアドバイスは当然だ。将史は、銀行があれば便利だとひらめいただけで銀行のことは全く知らない。早速、将史は、四井銀行の石山にアドバイスを受けるために会った。

石山には、俊雄から事前に連絡が入っていた。用件も銀行設立の件であると伝えてあった。

石山は大柄な体を曲げるようにして話す。表情は重い。銀行を作るなどという誰もやらない面倒な依頼事を持ってきたと思っているのが、表情から読み取れる。

「銀行は難しいです。預金を集めたり、融資をしたり……。集めたものは上手く運用しないと、腐ってくるんです。今、銀行はバブル崩壊による不良債権増大で大変な状況です。四井銀行だって安泰じゃない」

確かに銀行設立をひらめいた時期は最悪だ。

銀行が次々と破綻している。

一九九四年（平成六年）に東京協和《きょうわ》、安全《あんぜん》の二つの信用組合が破綻した。銀行不倒神話が崩れた瞬間だった。不良債権増大であえいでいた兵庫銀行が阪神《はんしん》・淡路《あわじ》大震災に背中を押されるように九五年（平成七年）に破綻した。九六年には太平洋《たいへいよう》銀行、阪和《はんわ》銀行、九七年は京都共栄銀行が幸福《こうふく》銀行に吸収され、徳陽《とくよう》シティ銀行が破綻。この年は最悪で都銀の北海道拓殖《たくしょく》銀行が破綻、四大証券の一つ山一《やまいち》証券が自主廃業するという大型破綻が続いた。また主要都銀の第一勧業銀行が総会屋に利益供与をし、頭取経験者を含む一一人が東京地検に逮捕され、元頭取が自殺するという金融不祥事が起きた。この事件を契機に日銀、大蔵省などでも銀行との癒着が原因の不祥事が起き、東京地検の捜査が入り、逮捕者、自殺者が出た。

これら一連の不祥事も「呪縛」と言われる過去を引きずったものではあるが、バブルとその崩壊が事件発覚の契機になったことは間違いがない。

銀行への公的支援の必要性が論じられるようになり、政府は九六年に銀行が出資し、実質的に経営していた住宅金融専門会社に六八五〇億円の公的資金を注入した。これに対して国民運動的な反対運動が起きた。そのため政府は銀行への公的支援に及び腰となったのだが、まるで底が抜けたような銀行破綻が続くのを何とかしなければならず、ようやく九八年には金融機能安定化法を制定し、同年、二一行に約一兆八〇〇〇億円もの公的資金を注入した。

同じ年、金融界との癒着を断ち切るためにも大蔵省から金融監督部分が分離独立し、金融監督庁（後の金融庁）がスタートした。

金融再生法も施行され、金融監督庁の下で金融界の財務内容悪化に本格的にメスを入れる体制が整ったのである。そして日本長期信用銀行、日本債券信用銀行の二行が国有化（特別公的管理）となり、実質的に破綻処理される。

その後も破綻は続き、将史が銀行設立に動き出した九九年には国民《こくみん》銀行、幸福銀行、東京相和《そうわ》銀行、なみはや銀行、新潟中央銀行が破綻する。このほか保険会社の破綻もあった。バブル崩壊の泥沼はどこまで深いのかと世の中の人々が暗澹とする中、三二行の銀行に約八兆六〇〇〇億円もの公的資金が注入される。

金融界は一気に合併や経営統合などが進み、二〇〇三年のりそな銀行に対する約二兆円の公的資金注入によって、ようやく銀行破綻が沈静化したかに見えた。だが、その半年後に、足利《あしかが》銀行が破綻した。

たとえ俊雄から頼まれたとはいえ、石山が銀行設立に全面賛成しないのも当然のことだった。

多くの銀行の破綻が続く時に、客の利便性が向上するという意図で銀行を設立しようとするなどは、無謀であると考えるのが常識というものだろう。

しかし、あえてそうした常識に挑戦するのも将史の特質であると言える。誰もが賛成する事業など少しも興味が湧かない。

石山の支援を受けて、四井銀行を中心に取引のある都市銀行四行でＡＴＭ（現金自動預け払い機）共同運営準備室を立ち上げた。フジタヨーシュウ堂グループからは二人の役員を派遣して準備に当たらせた。

しかし将史は、この準備室に不満だった。

何事にも妥協しないはずの自分が妥協しているのではないかと思ったのだ。

準備室は、名前の通り銀行を作ろうというのではない。あくまでＡＴＭ運用の共同会社の設立を目指している。銀行を作りたいと考えたのに、全く違う方向に動いているのだ。

――作りたいのは銀行なのに、これは銀行ではない。

準備室に関係する銀行は、銀行経営の難しさが痛いほど分かっている。また経済環境も悪い。振り込みや現金払い出しサービスを行うのであれば、銀行にしなくてもいいではないか。そういう考えなのだ。専門家に相談しても、素人が銀行を経営するのはどうかと思うと疑問視されてしまう。所管である金融監督庁の銀行設立に求めるハードルも高かった。今のままではアーリーバードの店舗に色々な銀行の出張所が作られるだけのことなのだ。

将史は、派遣した役員の報告を受けるたび、どうしても銀行を作りたいという将史の意図が十分に伝わっていないとのもどかしさに苛立っていた。

——銀行にしなければ預金を預かることができない。将来のサービス展開が展望できない。

——ただの出張所扱いでＡＴＭを置くだけでは、大家に過ぎない。

——利用手数料も自分たちで決められない。

アーリーバードの全店舗に置かないと均一な利便性を提供できない。しかし銀行の都合で設置できない可能性がある。

「出張所ではなくて本格的な銀行ではダメなのか」

将史は、報告に来た役員に言った。

「私たちはその方向で話をしようとしていますが、今のところ、それは難しいの一点張りで、なかなか話し合いがまとまりません」

役員は言った。

「分かった。なんとか銀行を説得して、アーリーバードが求めるサービスができるように検討を進めてくれ」

将史は苦渋を帯びた表情で言った。なぜ銀行を作ろうと思ったのか。それは既存の銀行が客の方向を向いていないからだ。

銀行の営業時間は午後三時までと短く、振り込みや預金引き出しなど、人々が銀行に求めるサービスがまったく客本位ではなく、銀行都合だ。そんな銀行サービスに風穴を開けたい。絶対に客に喜ばれる。

アーリーバードは生活者のどんな不便にも応え、便利さを提供する企業だ。これは貫かねばならない。妥協はない。今までも俺は、初めてを成し遂げてきた。妥協せず、目的に向かって徹底的に進んできたからだ。

日本ではコンビニは成功しない。小さな商店、雑貨屋はみんな上手くいっていないじゃないかと言われる中、アーリーバードを成功させ、コンビニを定着させた。様子見だった他社も、今では追随しているではないか。

売れないと言われたおにぎり、弁当、おでんも発売した。どれも最初は賛成されなかった。しかし手ごろな価格で美味しくて便利なら、客に支持されることを証明した。客のニーズを後追いするのではない。そんなものは逃げ水を追いかけるようなもので絶対に摑めない。ましてや他人が始めたことをちょっと変える程度でごまかしてはだめだ。

コンビニとは何か、どうあるべきかと二四時間三六五日、考え続けているから、こんなものがあればいいとひらめくのだ。それを見つけた時の客の喜びに溢れた顔が思い浮かべられれば本物だ。時には、それは客が気づいていない喜びを掘り起こすことにもなるだろう。

そんな商品、サービスを提供することで、価格競争に陥り利益の出ないレッドオーシャンではなく、誰も進んだことのないイノベーションの海、ブルーオーシャンに漕ぎだすのだ。

俺がやった初めてのことを挙げればきりがない。道は自分で切り開いてきた。何もかも自分でやってきた。

なぜ銀行設立が上手くいかないのか。それは四行で協議しているからだ。どの銀行も熱心にやってくれてはいるが、銀行を始めることに疑問を持っている。だからお互い牽制し合って、なかなか協議が前進しないのだ。

——四行で協議なんて、船頭多くして船山に登るみたいなものだ。

将史は単独行動を好む。俊雄のように他人の意見を聞こうとするタイプではない。だから協議がなかなか進展しないことに苛立つのだ。

別の役員にこっそりと銀行を買収する案の検討を命じた。不良債権増大で破綻する銀行を買収すれば、大蔵省も銀行認可に面倒なことを言わないだろうと考えたからだ。

あるベンチャービジネスで成功した起業家から、A銀行買収の話を持ち掛けられた。検討したが、銀行全体を買収するにはリスクが高すぎる。しかし子会社の信託銀行なら大丈夫だと判断した。資本金五〇億円、店舗は一か所、従業員はたったの一二人だ。スーパー一店舗分である。

「信託銀行だけなら欲しい」

将史は起業家に返事をした。彼は、本体の銀行を買収後に信託銀行だけ分離すればいいでしょうと言う。そんなものかと正式に回答をしないにもかかわらず、このことが経済系新聞の一面を飾ってしまった。

「フジタヨーシュウ堂銀行参入へ。A銀行買収に名乗り」

驚いた。こちらからは新聞社に話してはいない。きっとベンチャー起業家から出たのだろう。

「大変です」

四行協議に派遣している役員が飛んできた。

「新聞記事のことか」

「はい。銀行団のみなさんが激怒されています」

顔が青ざめている。

「これは観測記事だ。まだ何も決めたわけではない」

「そうだと思いますが、『信義則に反している。四行でATM共同運営を協議している最中に、言い出しっぺの大木社長が別の思惑で動いているのは問題だ』と言うんです。どうしましょうか」

心底、困っている様子だ。

「いいよ。放っておけ。俺たちは銀行のために協議しているんじゃない。客のため、アーリーバードのためだ」

将史は苛立ちが腹立ちに変わっていた。

しばらくしてＡ銀行を買収しても信託部門分離に五年もかかることが判明し、取りやめた。

どうしても銀行を自前で作りたい。アーリーバード主導で進めたい。寄り合い所帯の銀行団での協議はもううんざりだ。

記事が出たことで雑音がいっぱい聞こえて来た。

――素人が銀行を作っても失敗する。もし成功したら銀座を逆立ちして歩いてやる。ＡＴＭの利用手数料だけで経営が成り立つわけがない、等々。

将史は天邪鬼だ。雑音や批判を自分を奮い立たせるエネルギーに変えてしまう。

――こうなったら絶対に自前で銀行を作ってやる。

しかしどこかの銀行の支援は絶対に必要だ。その時、記事を見て将史に「ＡＴＭ銀行をぜひ作ってください」と連絡してきた人物が一人だけいた。

大手都銀の四和《よんわ》銀行頭取の渡海幸生《とかいゆきお》である。

渡海は将史の出身大学である中央大学の恩師の子息である。その縁で、フジタヨーシュウ堂グループとは大きな取引はないが、個人的に親しくしていた。

――渡海さんなら応援してくれるかもしれない。

渡海は、銀行頭取には珍しい戦略家だった。彼はピープルズバンクを標榜し、四和銀行を首都圏の客に広くアピールしようと考えた。

そのため首都圏にATMだけの店舗（出張所）を大量設置したのだ。四和銀行と書かれた大きな看板が電車路線の至る所に出現し、首都圏での利用者を一気に拡大したのである。

渡海は、宣伝だよ、と設置にかかる高コストを気にかけなかった。

――渡海さんなら賛成してくれる。

将史は、すぐに渡海に面会を求めた。

予想通り渡海は、将史に全面的な協力を申し出た。

「私はATM網を広げたが、これはもともと社会的インフラだと思っていました。アーリーバードがそれを実現してくれるなら大歓迎です」

渡海は将史に言った。

「でもATM手数料だけでは成功しないという声も強いのです」

将史は銀行設立のビジネスモデルに対する批判があることを説明した。

「ＡＴＭの機械や現金を入れ替える警備会社などのコストを下げること、利用者を増やすために提携銀行を増やすこと、これに成功すれば大丈夫ですよ。我が行はＡＴＭでは他行に先行していますからね。入金した現金をそのまま引き出しに利用する循環型ＡＴＭを開発していますから、そのノウハウを利用すればいい」

将史は、渡海の支援を得て、一九九九年一一月二九日、フジタヨーシュウ堂として銀行を設立する趣意書を金融監督庁に提出した。

財布代わりにアーリーバードで利用してもらう銀行だ。決済専門で融資は実施しない。

取引のある都銀などから人材を得て、銀行設立準備室をスタートしたが、中心は四和銀行となった。他の銀行は、将史が自前の銀行を作ることに方針を変えたと思い、あまり熱心に取り組まなかった。将史は、最初から自前の銀行を作りたいと考えていたから、方針を変えたつもりはなかったのだが、銀行の多くはそう思わなかった。

しかし四和銀行は、システムや法律担当は勿論のこと、銀行開業後の営業人材まで派遣した。

後に社長になる二見川康《ふたみかわやすし》は、フジタヨーシュウ堂グループに大型店の支店長から転籍させられた。銀行には戻れないのである。渡海から、行ってこいと言われてしまった。渡海の秘書を務めたことがあったので、自分に白羽の矢が立ったのだろう。もはや諦めるしかない。

東京大学出身のエリート銀行員だった二見川は、その日から自宅近くのアーリーバード国立店の店員になった。朝早く出勤し、店の周りの掃除をし、商品を並べ、レジを打つ。客から受け取る現金を間違えるとアルバイトの女子高生から「何やってんですか」と叱られた。

それまでエリート銀行員だった男が、コンビニで女子高生に叱られている姿は、リストラされた中高年の悲哀そのものだった。その姿は近所の噂となり、妻から「恥ずかしいからやめてほしい」「（娘が）コンビニに行けないって言ってるわよ」と嘆かれることもたびたびだった。

しかし自分でこの転籍を受け入れた以上、銀行に戻るという選択肢はない。毎日、遅くまで働き、売れ残ったシュークリームを一〇個も買って自宅に帰り、妻や娘と一緒に食べることもあった。

アーリーバードで四か月働いた後は、フジタヨーシュウ堂の武蔵《むさし》境《さかい》店の紳士服売り場に四か月勤務した。ここではいきなり客の紳士服の採寸などをさせられ、客の足を針でつついてしまったことがあった。その後は研修所で研修を受けた。

二見川は、コンビニやスーパーで働くことで、こうした場所で利用する銀行はどうあるべきかを肌で理解したのである。どういう客が来店し、どういう要望を持っているのか。そうした要望をどのように新しい銀行のサービスに反映したらいいのか。二見川は、この一年弱ですっかりフジタヨーシュウ堂の人間に生まれ変わった。

銀行設立準備は順調に進んだ。通常一台八〇〇万円から数千万円以上もするATMを二〇〇万円程度で製造することにも成功した。当然、四和銀行のノウハウを生かした循環型であり、客が入金した皺のよった使用済みの紙幣も利用できるすぐれた性能を持っていた。

社長は、かねてから考えていた、元日銀理事で長期信用銀行の破綻処理を担った安藤《あんどう》隆一《りゅういち》が引き受けてくれた。

金融庁が、銀行の新規参入に前向きになったことも追い風になった。そしてついに二〇〇一年四月二〇日、免許申請書を金融庁に提出し、同月二五日に免許を取得できたのである。銀行名はフジタヨーシュウ堂のイニシャルを取ってFY銀行と名付けた。フレンド・フォア・ユー（あなたの友達）の意味を込めた名前だ。

四

――ようやく明日五月一日には帝国《ていこく》ホテルで銀行設立の記者会見だ。

新しいことを始める喜びと興奮に比べれば、俊雄が忠告する四井住倉銀行会長の石山の怒りなどは、将史にとってまったく些細《ささい》な、取るに足りないことだった。

――俊雄は七〇歳で引退すべきだと示唆するが、まだまだやるべきこと、やらねばならないことがある。それらをやらないで交代するなど無責任ではないか。

将史は自分の中に自信が満ちて来るのを感じていた。

ＦＹ銀行は、二期までは赤字だった。その理由は、既存銀行がＢＡＮＣＳ（都銀キャッシュサービス）などのＡＴＭネットワークに加盟させてくれなかったためだ。

ＦＹ銀行を加盟させても、既存銀行の口座を使われるばかりでメリットがないと考えたこと、それにコンビニに銀行があるという便利さに警戒心を高めたことによる。

最初に提携してくれたのは、全面的に協力してくれた四和銀行だった。四和銀行から転籍し、ＦＹ銀行社員となった二見川は、社長の安藤と共に全国の地方銀行を行脚《あんぎゃ》し、ＦＹ銀行と提携することのメリットを説明して回った。

そして徐々に提携先が増えて行き、設立三期目に黒字になったのである。

将史が不安だったのは、たった一つだけだ。

それは俊雄が何も言わないことだ。将史に経営を任せると言った約束は嘘ではなく、将史のやろうとすることに何一つ文句をつけない。そのことが却って不安を増幅させる。俊雄は、自分のことを十分に理解してくれているはずだが、最近、直接、言葉を交わしていないこともあり、本当の気持ちは分からない。

俊雄の後継者とみなしていた長男の秀久は常務だったが、二〇〇二年に退社してしまった。俊雄が言った通りとなった。一時期、社内では将史が秀久を追い出したという噂が立った。そんなことはないのだが、それはある意味で当たっているかもしれない。秀久に自分の代わりが務まるはずがないと将史は自負していたからだ。

最近、自分も気をつけないといけないと思うようになった。誰も何も言ってこなくなった気がするのだ。どんなことを言っても、社内で反対する者がいなくなった気がする。自分で傲慢にならないように気をつけてはいるが、自分で気をつけても他人がどう見るかで決まってしまう。傲慢になっているというのは、自分では分からないものだ。ちょうど体が太って来ても余程の体形にならない限り、気が付かないのと同じだ。

俊雄が以前、七〇歳を超えたら後継者に道を譲らねばならないと言っていた。現在、二〇〇五年だ。将史は七二歳になってしまった。とっくに後継者に道を譲っていなくてはならない年齢だ。

しかし将史には、俊雄から交代を迫られるような失敗はない。むしろ文句を言われないだけの実績を上げている。新規ビジネスとして二〇〇一年に立ち上げたFY銀行は、アーリーバード銀行に名前を変え、順調に業容を拡大し、株式市場に上場可能な規模に育ってきた。

もしアーリーバード銀行が上場すれば、将史はアーリーバードジャパンとFY銀行の二社の上場企業を育てたことになる。

それに後継者だと考えられるような人材も社内にいない。どの人材も帯に短し襷《たすき》に長しという諺が相応しい者ばかりだ。自分の評価が厳しすぎるのかもしれないが、とんでもない人材に経営を任せたら、フジタヨーシュウ堂グループはどこを漂流するか分からないではないか。

経済戦略会議委員など政府委員の仕事もある。これだって勝手に投げ出すわけにはいかない。

まだまだやらねばならないことが多いのだ。

将史は、自分は俊雄と違ってオーナーではない。経営することがその役割だ。そうであるならば経営能力がある限り、経営の第一線に立つ責任があるだろうと考えていた。年齢で区切られる問題ではない。

目下、一番頭を悩ませているのはフジタヨーシュウ堂の業績が回復しないことだ。まるで将史の努力をあざ笑うかのように低迷している。

二〇〇四年度にはなんと営業利益が八八億円にまで落ち込んでしまった。ピークであった一九九二年度の八三九億円と比べると一〇分の一に近い。

完全に客の要望に応えていないからだ。このままだとそう遠くない将来には売上げは一兆円を切り、赤字になるだろう。

フジタヨーシュウ堂グループの祖業である。なんとかしなくてはいけないとの将史の思いとは裏腹に、グループ内では将史はアーリーバードのことばかり重視して、俊雄が創業したフジタヨーシュウ堂を潰そうとしているという風評さえ聞こえてくる。

なぜそんな風評が立つのか理解に苦しむが、将史が権力を確立するためにはフジタヨーシュウ堂が邪魔なのだという解説がついており、中には信じる者もいるらしい。

馬鹿な、と一蹴するのだが、アーリーバードでは成果の上がる「仮説と検証」の営業方法が、どうしてフジタヨーシュウ堂には通用しないのか。これは将史にとっても痛恨の難事であった。もはや総合スーパーという業態が時代遅れなのか。

現在のフジタヨーシュウ堂グループの決算は、アーリーバードが支えている。二〇〇四年度の連結での営業利益は約二一二〇億円だが、そのほとんどはアーリーバードが稼いだものだ。

アーリーバード社内からは、子会社が親会社を支えていることに不満の声も聞こえてくる。当然のことだろう。フジタヨーシュウ堂はアーリーバードからの配当金がなければ、とっくに赤字に転落している。本業で稼げないため、子会社に養ってもらっているのだ。

孝行息子が親の面倒をみるのとはわけが違う。このままではフジタヨーシュウ堂は自立できない。ますます経営が悪化する。アーリーバードからの配当依存を解消することが、フジタヨーシュウ堂の自立を促すことになるだろう。

そのために将史は、持ち株会社化を検討することにした。

持ち株会社の下にフジタヨーシュウ堂、アーリーバードジャパン、そしてレストランのチャーリーズジャパンの三社を事業会社として同列にぶら下げるのだ。持ち株会社が上場企業となり、グループ事業の管理、監督、経営資源の適正配分に傾注するという構想だ。

業革で活躍してくれた財務の専門家である田村紀一専務に検討を指示した。

将史は、俊雄に相談した。持ち株会社化後のそれぞれの上場事業会社の評価次第では、俊雄をはじめオーナーである藤田家の持ち株など資産に大きく影響するからだ。

「持ち株会社の下で各社が努力する方が、シナジー効果が出ると考えます」

将史は俊雄に言った。

俊雄は、強く反対するのではないかと思った。業績が低迷しているのはフジタヨーシュウ堂であり、その自立を目的とするという本音が見えるからだ。俊雄のオーナーとしてのプライドが許さないだろう。

ある大手自動車会社の創業家はほとんど株を保有していないにもかかわらず、持ち株会社化に大反対し、阻止した。持ち株会社を支配する経営者に創業家が従わざるを得なくなるのが許せなかったからだと言われている。

ところがここでも俊雄はなにも言わなかった。

「持ち株会社化で皆が良くなるのであればいいでしょう」

将史は、少し拍子抜けした、緊張が緩む気分を味わったが、俊雄の許可を得た以上、持ち株会社化の具体化を進めた。

株価の交換比率は評価会社に算定してもらった結果、フジタヨーシュウ堂一・二、アーリーバードジャパン一・〇、チャーリーズジャパン〇・六五となった。

株主、特に海外株主からは、この交換比率に異論が噴出した。どう見てもアーリーバードジャパンの方が一・二だろうというのだ。業績から見て、当然の意見だった。俊雄などオーナー家を忖度したのかと怒り出す株主もいた。

しかし保有する資産価値など客観的評価で決めたもので問題はないと、田村はたった二週間で海外株主約一〇〇社に説明し、納得させるという力業を演じたのである。

二〇〇五年（平成一七年）九月一日、持ち株会社が発足した。代表取締役会長兼ＣＥＯには将史、代表取締役社長兼ＣＯＯには田村が就任した。

持ち株会社の名称は「アーリーバード＆エフ・ホールディングス」となった。それに伴ってフジタヨーシュウ堂やアーリーバードの店舗の看板は「ＥＢ＆ｆ」に取り換えられていった。

俊雄は、持ち株会社では取締役も外れ、名誉会長の位置づけになった。

ある日、俊雄は、同業のスーパーのオーナー会長の訪問を受けた。

にこやかに話が弾んだ後、彼は苦虫を噛み潰したような表情になった。

「とうとうしてやられましたな」

「何をですか？」

「大木さんに会社を取られてしまったじゃないですか。名前もアーリーバードが前に来て、あなたが作ったフジタヨーシュウ堂は後ろになり、小文字の〝ｆ〟ですよ。これでいいんですか？」

彼は俊雄の心の中を覗かんとするかのようにジロッと見つめる。

「ははは」俊雄は力なく笑う。「面白い意見ですね。考えたこともありませんでした。大木君はよくやっていますよ」

「まあ、あなたが気にされていないならいいですが、私は気に入りませんね。大木さんは、なんでもかんでも自分でやったと言い過ぎですよ。私はそれを聞くたび、あなたをないがしろにしているように聞こえて我慢できません」

彼は口元を歪めた。

「確かに大木さんは多少、全て自分がやったと言い過ぎるきらいがありますね」

俊雄は穏やかに言った。特に不愉快な表情はない。

「会社なんてものは自分一人ではなにもできません。社員が力を合わせてくれるからなんとかなっています。私たちも随分、年を取りましたから、今では社員に感謝しかないですな」

彼は言った。そして何を思いついたか、一人で納得したように頷いた。

「大木さんのことだから、そのうちあなたが創業した北千住の店も、儲からないという一言で潰してしまうでしょう。合理的な人ですからね。そうやって会社からあなたの痕跡《こんせき》を消してしまうでしょう。でも会社というのは、大木さんが考えているより複雑な生き物でしてね。創業の歴史を会社から消してしまうと、会社の心まで無くなって、そのうち会社そのものも無くなってしまいますからな。私も消されないようにせいぜい気をつけておるところです」

「ご忠告、十分に心に留めておきます」

俊雄は軽く頭を下げた時、ふいに今年九月に亡くなったスーパーサカエの仲村力也のことを思い浮かべた。終生、俊雄の良きライバルだった。

仲村は、流通革命の灯を高く掲げて時代を走り抜けたが、バブル崩壊とともに刀折れ、矢尽きた。仲村が創業した会社はことごとく他人の手に渡ってしまった。今では誰が創業者なのか知っている者はいないだろう。

今、送り出したオーナー会長は創業の歴史を無くすと会社の心が無くなり、会社そのものも無くなると言ったが、仲村の会社は残っているではないか。しかし彼に言わせると、心の無い会社ということになるのだろうが……。

――仲村は流通業界に一時代を築いた人間として名前を残した。そして全てを無くしてあの世に行った。こんなもの、あの世に持って行けるかと言わんばかりだった。あの生き方も潔いではないか。

俊雄は、素裸で生まれ、時代に爪痕《つめあと》を残し、また素裸で去って行った仲村を少し羨ましいと思う自分が、なぜか愛おしくなった。

# 第十六章　決断

## 一

俊雄は、甲府《こうふ》市にあるアーリーバードのオーナーの家に来ていた。彼の霊前に線香をあげた。

東京から秘書と共に社用車で二時間余りで到着した。

中央本線のあずさか、かいじに乗って行きたいと言ったのだが、車の方が便利だからと秘書に押し切られてしまった。

今は四月だ。久しぶりに電車の窓から桃の花が甲斐の山々をピンク色に染める景色を眺めたい。山梨は葡萄《ぶどう》が有名だが、桃の花の季節は、文字通り桃源郷《とうげんきょう》となる。圧巻の美しさだ。目の中が、華やかなピンク色に染まる。車からも見えるが、やはり電車の方が味がある。

親しいオーナーの霊前に向かうのに旅行気分なのは不謹慎だが、何度も会ったことがある人物なので許してくれるだろう。

最近、強引に要求を通そうという気力が薄れてきたように思える。もともとそれほど強引な方ではない。かといって素直に引き下がる方でもない。妻の小百合には強引ではないが、強情だとは言われる。他人になんと言われようと本当には納得していないらしい。この性向は、自分ではなかなか気づかない。

「もう卒寿《そつじゅ》なのだから、少しは素直になったら」

時々小百合は、笑いながら言う。

「素直ですよ。君の意見に従います」

俊雄は言う。

「あなたの顔がまったく納得してませんって顔をしているわよ」

小百合は、先ほどよりもっと楽しそうに笑う。

「そうかな」

俊雄は、不満そうに呟きながら、一方で強情かもしれないと思う。

会社の経営というものも強引では困るが、多少強情でないといけないことがある。素直過ぎると、他人の言うことに耳を傾けすぎるからだ。

強情で良かったことは、どんなに不動産投資を勧められても手を出さなかったことだ。濡れ手で粟《あわ》の商売はない。一円、二円を大事にすれば、チリも積もれば山となるは真実だ。これが商売の王道だ。

それにしても九〇歳になるとは、随分と長生きしてしまったものだ。仏壇のオーナーの遺影を見つめる。彼だって八四歳で亡くなったのに……。

「名誉会長に来ていただいて父も喜んでいると思います」

オーナーの長男が神妙な顔で言う。

「葬儀に出られず、本当に申し訳ありませんでした」

改めて詫びる。

「そんなことお気になさらないでください。アーリーバードのお蔭で、このように立派な家ができ、父も裕福に暮らすことができたのですから」

亡くなったオーナーは、ガソリンスタンド経営に早々に見切りをつけ、アーリーバードのフランチャイズ店となった。今では山梨県内に七店舗も構えるまでになった。

「そう言っていただけると私も嬉しいです」

俊雄は遺影を見つめて、目を細めた。彼の案内で何度か店舗を巡回した。彼は、いつも忙しく働き、店内、店外問わず清潔で整頓が行き届いていた。車の中に箒《ほうき》と塵取《ちりと》りが用意されており、俊雄を案内する際にも、それらを離さなかった。どうするのかと興味を持って見ていると、車から降りるや否や、店の入り口をさっと掃き清めた。小さなゴミが落ちていることや埃《ほこり》さえ許せないのだ。俊雄は、この真面目さが店舗数を拡大したのだと感心したものだった。

「名誉会長、引き続きご支援お願いします」

「勿論です。あなたが後を継がれるわけですね」

「はい。そのつもりですが」

表情が冴えない。

「どうかされましたか」

俊雄は彼の生気の無い様子が気になった。父親を亡くしただけが原因ではなさそうだ。

「非常に難しい時代になったと思っているのです」

彼は俊雄を見つめた。何かを訴えたがっている。こういう場合は、耳を傾ける必要がある。

「話してください」

俊雄は膝を正す。

「七店舗全てを二四時間営業する必要があるかということです。もう一つは見切り販売をどうしようかということです」

「そのことですか」

俊雄の表情が曇った。

二四時間営業の問題は深刻な人手不足が原因だ。今、アーリーバードのみならずコンビニの多くは外国人労働者の雇用に頼っているのが実情だ。

早朝、日中などはまだなんとか人材が確保できるが、深夜となると、なかなか人の手当てができない。そのためオーナー家族が深夜営業に従事することが多い。このことが負担になっている。

見切り販売とは、売れ残った商品をスーパーで行われるタイムサービスのように安売りすることだ。

在庫の廃棄ロスは店側の負担になるため、オーナーは値段を下げてでも売ろうとする。

しかし、おにぎりをA店では八〇円、B店では一〇〇円では不公平となる。フランチャイズビジネスでは店の営業は平等が基本だ。そのためこうした見切り販売を許してはいなかった。

しかし二〇〇九年六月に、公正取引委員会が見切り販売をオーナーに許さないのは独占禁止法違反との判断を下し、二〇一四年一〇月には最高裁もその判断を支持したのである。

最高裁の判断が出た以上、見切り販売はオーナーの考えで行ってもいいことになった。しかしオーナーは、それが利益につながらないことを知っている。

店の売り上げが増えることで利益が上がる。そのためオーナーは店を支援するＯ

ＦＣのアドバイスを受け、売れ筋商品を切らさないように「仮説と検証」を繰り返す。本部は良質な商品を開発し、テレビなどで大規模に宣伝することで客を店に誘引する。この循環がフランチャイズビジネスを支えているのだ。

見切り販売が常態化すると、どうしても売れ筋商品などの在庫管理がなおざりになり、結果として売り上げが減少し、オーナーの利益が減ることになる。

利益が減少するとオーナーは消極的な営業姿勢になり、さらに売り上げが減少し、利益減少の悪循環に陥る。こうした事態を防ぐためアーリーバード本部では廃棄ロスの一五％を負担するなど、対策を講じている。

「父の時代は、まだこの辺りも若者が多く活気に満ちていました。父はガソリンスタンドからアーリーバードに業態転換して必死で働きました。あの頃は働けば働くほど面白いくらい成長できました。七店舗にもなり、満足な一生だったと思います」

「本当にお父上は働き者でしたから」

「しかし今は、市内でさえ若者の数は少ないのです。深夜ともなれば、人通りは絶えてしまいます。なかなか売り上げも伸びません。それで七店舗のうち三店舗を夜一時閉店にしようかと考えているのです。その方がコストが抑えられ、利益も上がります」

俊雄は、彼の言う話を黙って聞いていた。

「見切り販売の最高裁判断が出ましたが、私どもではそうしたことはやらないようにしていました。しかし地域の高齢化が進み、アーリーバードの客も高齢化が進んでいます。地域の高齢者にとってアーリーバードは無くてはならない生活の拠点になっています」

俊雄は彼の経営する店舗を見学したが、老人客が目立っていた。

「高齢者からの要望は、冷凍食品やパンをまとめ買いしたいけど、もう少し安くならないかなということです」

「高齢者の方は、アーリーバードをスーパーのようにお使いなのですか」

「その通りです。この辺りのスーパーは、車が無いと行くことができません。大型のショッピングモールが中心で車に乗らない高齢者には不便です。なんとかしてショッピングモールに行ったとしても広くて疲れてしまうのです。おにぎりや冷凍食品をほんの少しまとめて買うだけですからね。それでアーリーバードを頼りにするわけです。そんな時、見切り販売というよりも定価より何割か値引きがあればいいのにと思うのでしょうね。特に冷凍食品はスーパーでは代表的な値引きの対象ですから」

「変化しているんですね」

俊雄は彼を見つめた。真面目に事業のことを考えれば考えるほど、悩みが深くなるのだろう。

「フランチャイズビジネスは平等が基本だということは承知しています。しかし客の変化は全国一律ではなく、地域別、市町村別です。それに対応するには、オーナーの自由裁量がもっとあってもいいのかなと思います。難しいでしょうが……」

俊雄は、亡くなった父親に代わり新オーナーになった彼が、真面目に時代に対応しようとしていると思った。

実際にやるかやらないかは別として見切り販売には最高裁の判断が下され、オーナーの自由裁量が認められた。しかし二四時間営業は、アーリーバードというよりコンビニの基本だ。

アーリーバードを日本で展開しようと考えた時から二四時間営業を考えていた。一九七五年に福島県の店舗で二四時間営業の実験をしてみると、その方が売り上げが伸びることが分かった。それで当初の計画通り二四時間営業を標準にした。

彼が言う通り、あの頃は日本中が成長に向けて突っ走っていた。深夜でも客が途切れることがなかった。

「開いててよかった」と客に喜ばれ、アーリーバードのみならず他社のコンビニも二四時間が普通になった。

客のためだけではない。新鮮なおにぎりやパンを店に運び込むためには全店での二四時間の営業が必要だった。深夜に商品を運び込み、もっとも客の多い早朝に備えるのだ。

いつしかコンビニは二四時間開いていることで社会のインフラと認識されるようになり、防犯などでも大きな役割を期待されるまでになった。

二四時間消えることがないコンビニの明かりが、どれだけ街の人たちを安心させていることだろうか。

「二四時間営業を苦労しても続ける意味はあると思いますが」

俊雄は答えた。

「私たちに社会的な役割があることは十分に承知しています。しかし人手不足はなんともなりません。もし防犯上の役割を担わされているなら、日本には交番という優れたインフラがございます。こちらをもっと充実させるべきでしょうが、交番には常時警官がいるわけではありません。コンビニを交番代わりにするのは間違っているのではないでしょうか」

「なんとも……難しいですな。アーリーバードを今日のように社会に絶対必要な存在にしたのは、お父上たちの力です」

「その通りだと思います。父を尊敬しています。父は他社のコンビニに負けるものか、あいつらを駆逐してやると、いい意味での敵意を剝きだして仕事をしてきました」

「真のファイターでしたね」

俊雄は、前オーナーの精力的な顔を思い浮かべた。

「名誉会長はよく、成長より生存を考えるべきだとおっしゃっています」

彼は俊雄の顔を直視した。

「私の経営に対する考え方ですね」

俊雄は、折に触れ、企業は「成長より生存」を考えるべきだと話している。

その理由は、成長ばかり追い続けると、アイデアがいびつになり、働く人々の心身が病んでしまうからだ。

一方、生存に重きを置くとアイデアが素直になり、働く人の心身にもゆとりができる。その結果、自然と成長するだろうということだ。

これには但し書きがある。生存と言っても何もしないという消極姿勢ではないことを強調している。そんなことをしていたら生存どころか滅亡してしまう。生存するためには冒険し、変化することを恐れてはいけない。

なぜ生存しなければならないかと言えば、企業が破綻すれば社員やその家族は路頭に迷い、取引先も困窮し、客も迷惑する。

生存の考え方と軌を一にするのは「売り手よし、買い手よし、世間よし」の考え方だ。

これは近江《おうみ》商人中村《なかむら》家の家訓である。彼らは故郷を離れて、それぞれの土地で土着して商売をする。そのために「信用」を最も重んじた。そこでこの家訓を守って商売に勤《いそ》しんだのである。

特に俊雄が感心するのは「世間よし」という箇所だ。

商売とは、世間よしというように世間を幸せにし、世間にその商売の必要性が認められなければならない。必要が認められなければ、すなわち生存が許されないということだ。

俊雄の生存を重視する経営とは、今日的に言えば持続する経営ということだ。英語ではサステナビリティと洒落た言い方をするようだが、俊雄は、これが日本型経営の基本であり、世界に通用する考え方だと信じている。

「今の時代こそ、名誉会長の生存を重視する経営をすべきです」

彼は勢い込んだ。俊雄が批判的にならずに耳を傾けてくれることに嬉しくなったのだろう。

「たとえば東京など大都会ではアーリーバードは他のコンビニと激烈なシェア争いをしてもいいと思うんです。アーリーバードのドミナント方式で一定エリアに多くの店を出してもいい。しかしこんな地方都市ではそんなことをすれば、コンビニ同士で共倒れになってしまうのではないでしょうか。二四時間営業を実施すればコンビニ同士で人の奪い合いになります」

「ではどうするといいと思うのですか？」

「他社のコンビニと話し合って棲み分けしたらどうかと思うのです。カルテルのようなもので違法なのかどうか検討しないといけませんが、コンビニが社会のインフラというなら許されるのではないでしょうか。共倒れで無くなってしまうよりマシでしょう」

久々に会った甲府のアーリーバードのオーナーの息子は、自らの思いを語った。

彼の案に俊雄はすぐに賛成というわけにはいかない。検討すべき課題が多いことは間違いない。

しかしアーリーバードというより、コンビニの社会性と企業としての収益性とを両立させる道を考える必要はあるのだろう。

彼は、人口減少、高齢化などで地域ごとの状況が大きく変化しようとしている今日、コンビニの在り方が全国一律でいいのかという課題を根底で突き付けている。

「よく検討します。良い意見をありがとうございます。これからも意見をどんどん言っていただき、共存共栄していきましょう。お父様の後をしっかりと引き継いでくださいね」

俊雄は彼の手を取り、強く握りしめた。

「こういう機会でないと、なかなか私どもの意見を聞いていただくことができないものですから。申し訳ありません」

「分かりました。なんでもおっしゃってください。それからもう一度申し上げますが、本部とオーナーさんとは共存共栄です。元々、アーリーバードは小規模店とフジタヨーシュウ堂などの大規模店との共存のために始めたのですからね」

俊雄は珍しく共存共栄を強く言った。企業が創業時の理念を忘れれば、滅びるだけだ。これは俊雄の信念だ。

「頑張ります。ご支援よろしくお願いします」

彼は頭を下げた。

俊雄は、彼の悩みは多くのアーリーバードのオーナーの悩みではないかと心を痛めた。なんとかしなくてはならない。しかし果たして……。

## 二

駐車場に向かうと、秘書が難しい顔で黒いジャケットを着た若い男と言い争っている。何かトラブルが起きたのだろうか。心配になって俊雄は足早に車に近づく。

「どうしましたか？」

「ああ、名誉会長、この人が……」

秘書が困惑した顔で若い男を指さした。

「突然、申し訳ございません。私はこういう者です」

若い男は、俊雄に名刺を差し出しながら迫ってくる。

「ダメだよ。名誉会長は約束の無い人とはお会いにならないんだから」

秘書が彼の肩を摑む。

「こうでもしないと会っていただけないから仕方がないじゃないですか」

彼は、秘書の制止を振り払おうと体を捩《よじ》る。

「どちら様ですか。こんなところで揉めても仕方がありませんのでお話を伺います」

俊雄は顔をしかめた。

「ねっ、名誉会長がこうおっしゃっているんですから、その手を放してください」

彼に言われて秘書が手を放すと、彼はにこやかな顔になった。

「私は週刊水曜日の記者で北見真一《きたみしんいち》と申します」俊雄は、彼が差し出した名刺を受け取った。

週刊水曜日は、アーリーバードに批判的な記事を多く掲載している雑誌だ。俊雄は批判的な記事にも目を通す。いい気分にはならないが、お世辞や賞賛ばかりの記事よりは参考になると思っているからだ。

「名刺をお渡ししてください」

俊雄は秘書に命じる。秘書は、渋々、俊雄の名刺を渡す。

「いつもお世話になっています」俊雄は、形式的に挨拶した。

俊雄はあまりメディアに会わない。会っても自分に得るところがない。多くのメディアに囲まれた総会屋事件のトラウマをいまだに引きずっているのかもしれない。

「名誉会長に取材を申し込んでも受けていただけないのでこんな形になりました。申し訳ありません」

北見は、丁寧に頭を下げた。少しは礼儀をわきまえているようだ。

「皆さんと会ってもたいしてお話しすることがありませんのでね。さて、手短にお願いします」

「お伺いしたいのは後継者のことです」

北見の目が輝く。この機会を逃してなるものかという気持ちが表れている。

「後継者？」

「大木会長の後継者です。もう二〇年以上も大木会長がトップの座に留まっておられます。年齢も今年八二歳になられます。後継者はお考えですか」

「さあてね。彼が自分で考えているんじゃないですか」

「アーリーバード&エフ・ホールディングスの社長は次々と代わって彼らが後継者に育つ様子がありません。大木会長には、後継者を育てる気持ちがないんじゃないですか？」

「そんなことは無いでしょう。後継者は育っていますよ」

俊雄が反論すると、北見の表情がさらに真剣味を帯びた。

「具体的にお考えなのですか？」

「それは言えません。ここではね。でも大木会長はよくやっていると思いますよ。評判は如何ですか」

「私は直接お会いしたことがありませんので、なんとも申し上げようはないのですが、グループ内では絶対権力者として振る舞っておられるので、信奉する人も多いものの、やはり厭戦《えんせん》的な気分の人も増えつつあります。何を言っても無駄だって感じではないでしょうか」

俊雄は、北見の話を聞いてみたいと思った。

「厭戦気分ですか……」

「これは二〇一二年度の数字ですが、アーリーバード&エフ・ホールディングスの経常利益は約二九五八億円です。その内の約一九四一億円がアーリーバードジャパンです。六六%もアーリーバードジャパンが稼いでいるんです。アメリカのアーリーバード・インクが約三五五億円ですから、両社で約二二九六億円、七八%です。名誉会長が創業された、祖業とでもいうべきフジタヨーシュウ堂は約一五二億円で、たったの五%ですよ」

北見は「たったの」を強調した。俊雄は、むっとした顔になった。

「アーリーバードは大木会長が名誉会長の反対を押し切って創業されたと喧伝《けんでん》されています。いわば大木会長が創業者です」

「彼ひとりで作ったわけではありませんよ。社員が皆で努力したのです」

俊雄は反論した。北見の言葉に少し苛立ちを覚えた。

「その通りでしょう。しかし周囲はそう思っていません。なにせ大木会長はコンビニのカリスマですからね」

北見の表情に薄く笑みが浮かんだ。俊雄が自分の話題に乗ってきたと思っているのだ。

「メディアが悪いんじゃないですか。上手く行くとおだてて、悪くなると水に落ちた犬をさらに叩く。大木君もメディアに乗せられているんでしょう」

「しかしこの数字から言っても、アーリーバードが無ければどうしようもないじゃないですか。それは事実です。大木会長が自慢されるのも無理はありません。FY銀行、今はアーリーバード銀行という名前になりましたが、コンビニ銀行も大成功されましたから。これも大木会長がお作りになったんでしょう?」

二〇〇一年に設立されたFY銀行は、アーリーバード銀行と改名され、二〇一一年一二月には東証一部に上場を果たした。

「社員の発案から生まれ、社員が力を合わせたのです。大木君ひとりがやったのではありません」

俊雄は強く言う。苛立ちが激しくなっていくのを感じていた。

年齢を重ねると、人間が成熟し、穏やかになっていくものと思っていた。孔子も六〇歳では耳順《みみしたが》うと言い、七〇歳では矩《のり》を踰《こ》えずと言った。

俊雄は九〇歳だ。もはや何事にも囚われず、仙郷で遊ぶ、それこそ仙人の域に達していなければならない。ところがこの苛立ちはどうしたことだ。年齢を重ねれば重ねるほど、焦り、猜疑《さいぎ》心などが募って来る気がする。自分をコントロールしようとするが、日々、困難さが増していく。

「それはその通りでしょう。しかしご自分で、インタビューなどで自らの成果として誇られていますからね」

「それはあなた方、メディアが大木君を持ち上げ過ぎるからです」

「名誉会長が、あまりにもメディアを避けられるから、どうしても大木会長の方にメディアは向かいます。それは仕方がないことです。でも、ですね」

北見の視線が鋭くなる。

取材を早く切り上げて、東京に帰りたい。秘書も不機嫌な表情になっている。

「でも、なんですか」

「百貨店のセイヨーグループを二〇〇六年に買収されましたが、あれはどうして買収したのですか」

セイヨー百貨店は、スーパーセイヨーの大館誠一が経営していたが、彼が引退した後、業績は低迷していた。そこで起死回生策として経営破綻し、民事再生法の下で経営再建中だった名門百貨店サゴウと百貨店グループを形成した。その結果、サゴウの再建が上手く行くなどの業績改善を果たしたのだが、安定株主対策などのためにアーリーバード&エフ・ホールディングスの傘下に入ったのである。

俊雄は、まさか大館の百貨店を自分のグループに取り込むとは思ってもいなかった。

この買収は将史とセイヨー百貨店の経営者の人間関係から成立した。将史から買収するとの報告を受けたが、特に反対はしなかった。

将史は、相乗効果があると言ったが、今やコンビニが主体となったグループで本当に相乗効果が生まれるのか疑問を覚えたのは事実だった。

「投資利益率、ＲＯＩがよかったからじゃないですか」

俊雄は言った。俊雄が投資をする際には、投資から生み出される利益率を最も重視するのだ。

「投資利益率がよかったから？　本音とは思えませんね」

北見がにやりとする。

「成功とはいえませんよね。二〇一二年度の経常利益は約九一億円ですし、純利益に至ってはマイナス約三六億円です。買収して七年も経っているのにこの実績は問題ではありませんか。投資効率を重んじられる名誉会長が買収に賛成されたとは思えません。失礼ですが、フジタヨーシュウ堂も業績は低迷しています」

「皆、頑張ってますよ」

「そもそも名誉会長は、百貨店よりスーパーだという考えでフジタヨーシュウ堂を創業された。それなのにもはや時代遅れとなった百貨店ビジネスをグループ内に取り込まれたのは間違いではありませんか。大木会長の仮説と検証のビジネスモデルはアーリーバードでは通用しましたが、セイヨー百貨店グループやフジタヨーシュウ堂では通用していません」

「もうこれ以上、いいでしょう。私は次の予定がありますので。一言だけ言わせてもらえば、大木君も社員も頑張っているということです」

「最後にこれだけお願いします」

北見はすがりつくような目をした。

「では最後にしてください」

俊雄の表情が険しくなる。

「大木会長のご子息でネット・アーリーバード社長の翔太《しょうた》さんがグループ内でジュニアと呼ばれていますが、どう思われますか?」

北見の言葉に俊雄の眉間の皺が深くなる。

「どういうことですか」

初めて聞く話だ。

「大木会長は、近々、翔太さんを取締役にし、自分の後継者とするおつもりだという噂があるんです。ご長男の秀久さんが会社を離れた後、名誉会長のご次男の徳久《とくひさ》さんが取締役でいらっしゃるのに大木会長のご子息がジュニアですよ。ジュニアというのはオーナーのご子息という意味ですよね。徳久さんがジュニアと呼ばれてもおかしくはない。しかし翔太さんはおかしい。これは私の意見ではなく、社員からの声です。名誉会長が創業された北千住店も今ではディスカウントストアになりました。いずれ解体されて跡形もなくなるだろうと言われています。今ではアーリーバード&エフ・ホールディングスのオーナーは大木会長なんですよ。それでいいんですか」

「会社は私のものではありませんから。もうお引き取りください」

俊雄は、苛立ちと不愉快さで胃液が込み上げてきそうになった。

「社員の中には、大木会長は時代に合わない、社員に成功体験を捨てろと言いながら、一番捨てていないのは自分の成功体験であるなどと不満が鬱積しつつあります。大木会長に退任の鈴をつけて欲しいと、名誉会長に願っている人が多くなっているんです。今日、私が失礼を承知で申し上げたのはそんな社員の声を取材したからです。これを放置していると、盤石《ばんじゃく》に見えるアーリーバード&エフ・ホールディングスが崩れかねません」

北見の声が悲痛な響きを帯びてきた。俊雄は思わず耳を塞《ふさ》ぎたくなった。

「失礼します。そこまでおっしゃるなら大木君を取材なさったらどうですか」

俊雄は不愉快さを隠さずに言った。秘書が車のドアを開けている。俊雄は車に乗り込んだ。秘書がドアを閉めた。車窓から外を見ると、北見は俊雄に軽く頭を下げた。

俊雄は助手席の秘書に「車を出してくれ」と指示した。

「しつこい記者でしたね」

週刊水曜日の北見が去っていくのを見届けながら、秘書が俊雄に背を向けたまま言った。

「ああ……そうだったね」

俊雄はため息をついた。

「私が甘かったのか……。失敗なのか……」

「なにかおっしゃいましたか」

「いや、なんでもない」

俊雄は慌てて否定する。

俊雄は将史のことを大いに評価していたが、世間からは水と油だという声が聞こえてくる。

しかし二人の間には対立も反発もない。将史がやりやすいように俊雄は漬物石として将史の暴走を抑え、あまり一方に偏り過ぎる場合は、弥次郎兵衛の片割れの役割を演じ、バランスを取ってきた。

世間の声の通り、水と油だったから上手く行ったのだろう。共通点は、二人とも仕事が好きだった、どうしたら客を満足させることができるかと考えるのに、全く飽きることがなかったという点ではないか。

アプローチは違っても目指す頂上は同じと言えるだろう。

しかし気になることがある。最近はあまり二人で話さなくなったことだ。将史から直接の報告は無く、田村などの役員が俊雄との間に入ることが多くなった。任せ、任されの関係が長くなると必然的にコミュニケーションが少なくなる傾向になるが、それが軋轢《あつれき》があるように思われてしまうのだろうか。

――ジュニアとはねぇ……。

将史は、息子の翔太が経営していたインターネット企業を買収し、そのまま翔太をアーリーバード＆エフ・グループ内に取り込んでしまった。

その理由はオムニチャネル戦略を推進するためだという。

オムニとは「あらゆる」「全て」の意味だ。これからはインターネットでの買い物が一般的になる。そのような時代に備えアーリーバード＆エフ・ホールディングスのあらゆるリアルな店舗とインターネットを繋げようというのが、オムニチャネル戦略だ。

将史は、大したものだ。たえずリスクを負って時代の先を読んで動く。しかし幹部や社員の大半は、オムニチャネル戦略の必要性を本当に理解してはいないだろう。まだ現実のものとしてとらえられないからだ。いずれはそんな時代が来るだろうとはぼんやりと想像しているが、今のところ危機感はない。

そのような状況で将史の息子である翔太が、戦略の先頭に立てばなにかと波風が立つに決まっている。そこが将史には分からなくなっているのだろうか。

俊雄の次男の徳久は、現在、アーリーバード&エフ・ホールディングスの取締役である。アーリーバードジャパンで将史に鍛えられているようだ。

徳久が後継者になるかどうかは、本人の力次第だ。力の無いものが後継者になれば、困るのは本人であり、社員であり、取引先であり、客だ。こんなことは百も承知であり、秀久退任時の判断を見れば分かるはずだ。

将史も同じ考えだろう。

息子の翔太を後継者にしたいために明確な後継者を決めないでいるのか。まさかそんなことはないだろう。

周囲は、ジュニアという言葉から推察すると、徳久と翔太のことをアーリーバード&エフ・ホールディングスの跡目争いのように面白おかしく見ているのだろう。

「少しも面白くない！」

俊雄は吐き捨てるように言った。

秘書の肩が、驚いたようにピクリと反応した。

「君ね、『満は損を招き、謙は益を受く』という言葉を知っているかい」

俊雄は秘書に語りかけた。

「存じません。申し訳ございません」

　秘書が答える。

「森田節斎《もりたせっさい》という江戸後期の儒学者の言葉だよ。吉田松陰《よしだしょういん》の師だと言われているね」

「そうなんですか」

「意味は、いつも謙虚でなければならないということだ。傲慢は人や組織を駄目にするんだ。我が社は大丈夫かね」

　俊雄は秘書を睨むように見つめた。

「さあ、どうでしょうか。私は、なんとも……」

　秘書の困ったような顔がバックミラーに映っている。

　俊雄は、窓外に視線を移した。桃の花が扇状地の傾斜を染めているが、徐々に陽が陰ってきていた。

三

　北見は、都内のある邸宅街の道路に立っていた。周囲はすでに闇に沈んでいる。威風堂々と立ち並ぶ邸宅群も闇の中では形を無くし、その威力は失われている。もうすぐここにコンビニのカリスマと呼ばれる大木将史が帰宅して来るはずだ。八二歳になろうというのに衰えない事業欲。いったいどこからそのエネルギーがわいてくるのか、その秘密の一端にでも触れられればと思う。

もう一人のカリスマである、最後の大商人と言われる藤田俊雄にも取材をかけた。彼はマスコミを避け続けている。非常に少ないチャンスを狙ってアーリーバード&エフ・ホールディングスの問題点をぶつけたのだが、渋い表情をするだけで特に何を語るわけではない。

一台の車が近づいてきた。北見は、ヘッドライトを巧みに避けるようにして将史の自宅前に進む。

車が止まり、運転手がドアを開けた。大木邸の門灯に照らされながら体を傾けるようにして将史が車から出て来た。

北見は、素早く駆け寄った。

「アーリーバード&エフ・ホールディングスの大木将史会長ですね。週刊水曜日の者です。ちょっとお時間を頂きたいのですが」

暗闇の中から突然現れた男に将史は身構えた。運転手が驚いた顔で立ちすくんでいる。

「なんだね。失礼だな。取材なら広報を通じてくれよ」

将史は不愉快そうに表情を歪めた。

「なかなか広報がオーケーしてくれませんので、こんな方法ですみません」

北見は謝罪する。門灯の明かりの下で将史の不機嫌な表情に怒りが加わっているのが分かる。取材をためらいそうになる。

「お宅はさ、でたらめばかり書くからだよ。うちの批判をすれば雑誌が売れると思っているんだろう」

「でたらめは書いていないと思っているのですが……」

北見の声が弱くなる。

運転手が将史と北見の間に入って、取材を阻止しようとする。

「まあ、いい。せっかく来たんだから」

将史が運転手に脇にどくように指示する。

「ありがとうございます」

北見は、将史を正面から見る。やはり迫力がある。コンビニのカリスマと称されるだけのことはある。

「さあ、質問どうぞ」

「後継者のことですが」

途端に将史の表情が険しくなる。

「いるよ。みんな優秀だからね」

「そうですか。まさかご子息の翔太さんをお考えではないですね」

「君、ばかじゃないか。そんなことを考えているわけがないだろう。誰がそんなことを言っているんだね。あまりでたらめを書くんじゃないよ」

「では後継者は誰ですか？」

「言わないよ。そんなこと」

「失礼ですが、大木会長も八〇歳を超えておられてトップとしても二〇年以上の存在ですね。社内からは交代して欲しいという声が聞こえるのですが……。後継者はフジタヨーシュウ堂の戸田一男《とだかずお》さんですか、それともアーリーバードジャパンの井上道信《いのうえみちのぶ》さんですか。どちらも生え抜きの方ですが」

北見は畳みかけるように幹部の名前を挙げた。

将史は苛立ちというより腹を立てたような顔つきになった。何かが気に入らないらしい。

「二人とも駄目だよ。彼らには新しいものに挑戦する能力がない。時代がどのように変化するか。私は少なくとも一五年先を見ろと二人に口を酸っぱくして言っている。しかし二、三年先も見ない。目先の数字を追う商売より一五年先を見て挑戦しないとアーリーバード&エフ・グループを率いることはできない」

「二人にはその能力がないということですか」

「ああ、ないね。全くない。自分の会社のことはよくやっているかもしれないが、社会や政治や経済の変化、客の変化を見て、新しいことをやろう、提案しようという力がない」

将史は腹立ちをぶつけるように言った。

自分でもおかしいと思う。こんな若い記者、それも批判的な記事を書く記者に自分の欲求不満をぶつけてどうなるのだ。

「コンビニはもう飽和《ほうわ》ではないのですか。アーリーバード同士の競争が激しくて、ついて行けないと嘆いているオーナーの声もあります」

「まだまだいける。飽和なんて商売を知らないマスコミが言うだけだ。私は今までどんな困難も乗り越え、成功に導いてきた」

将史の語気が強くなる。

「しかしセイヨー百貨店グループの買収など、失敗ではないかと言う人もいます。成功したのはアーリーバードとアーリーバード銀行だけじゃないかと。グループはアーリーバードに頼り過ぎだ。おんぶにだっこ状態だ。このままでは将来が心配だ。それに声高に言われているオムニチャネルも、ご子息のためにやっているだけだとも」

北見は将史をわざと怒らすようなことばかり並べたてた。

案の定、将史は全身から怒りのエネルギーを発し始めた。今にも殴り掛からんばかりの様相だ。

「いい加減なことを言うな。セイヨー百貨店グループ買収が失敗だというのか。私はね、一五年も二〇年も先を見て、手を打っているんだ。目先の事象で云々《うんぬん》言うんじゃない。そんなくだらない些末なことを言う奴らが社内にいるとは思えんがね。君たちが言っているだけだろう。もう一度、これだけは言っておく。息子をアーリーバード&エフ・ホールディングスの社長にしようと思ったことは、これっぽっちもない」

将史は親指と人差し指を合わせて少なさを強調した。

「よく分かりました。でも私が本日、申し上げたのはでたらめでもなく、社内で囁かれていることばかりです。些細な、くだらないと言われることかもしれませんが、それが意味することの重大さを考えておくべきだと思います」

北見は将史を見据えた。

突然、将史から怒りや腹立ちが一瞬、消えた。そして思いがけないほど神妙な表情になった。

「忠告として聞いておくよ。もう、遅いからこれでいいだろう。家に入るよ。とにかくあまりでたらめを書くな」

将史は言い捨て、北見に背を向けた。玄関ドアを開けようとして背後を振り返ると、運転手は、まだ直立して将史を見ていたが、北見の姿はなかった。

「あの野郎……。些細なくだらないと思えることが意味する重大さを考えておくべきだと……。余計なことを言いやがって」

――翔太を社長に据える噂がある。ふん、馬鹿なことだ。

ふいに俊雄の顔が浮かんだ。

将史は、俊雄とここしばらく直接話をしていないのではないかと気づいたのだ。

アーリーバード&エフ・ホールディングスは、上場企業だ。公の会社である。藤田家の会社ではない。しかし俊雄がそのことを理解していても藤田家全員が理解しているわけではない。藤田家の会社であると考えている者もいるだろう。将史が全権を握るトップとして長く君臨している状況に、彼らがこのままでは会社を奪われるのではないかという疑心暗鬼に囚われているのも理解できないではない。俊雄も老いたからだ。老いは、本人の体ばかりではなく心まで硬くしてしまう。まさかとは思うが、俊雄も疑心暗鬼の黒い雲に包まれているのだろうか。

「俺は、会社になんか興味はない。事業に興味があるだけだ。アーリーバードは俺がここまで成長させたのだ」

将史は声を荒らげて叫びたかった。将史は、ここまで強気で押してきた。

同業他社やマスコミがコンビニ飽和論を唱えていたとしてもアーリーバードは出店数を増やしてきた。二〇一一年のことだ。社内からは「出店数一〇〇〇店」の計画が上がってきた。

──俺は即座に否定した。一二〇〇店にしろと言ってやった。幹部たちは目を剝いて驚いた。

アーリーバードは、コンビニ飽和論に抗するかのように出店攻勢をかけ続けた。二〇一一年は一二〇〇店、二〇一二年は一三〇〇店、二〇一三年は一五〇〇店、二〇一四年は一六〇〇店……。

「この出店攻勢をコンビニオーナーを殺すなどと批判する連中がいるが、俺の考えは成功体験を捨てさせるためだ。そのことを分かっているのか。他社を凌《しの》ぐ、この出店攻勢の結果、アーリーバードはさらに成長したではないか」

毎年、楽な目標を掲げていれば進歩は止まる。たいした努力をしなくても達成できるなら組織は活性化しない。創造性もなにも生まれない。達成困難な目標を掲げてこそ、どうしたらそれを達成できるかと新しい方法を考え出すのだ。達成困難な目標を設定し、自己変革を促すことが、リーダーの役割だ。勿論、思い付きの身勝手な目標ではダメだ。それでは社員は動かない。実現可能性があることが前提だ。

そのためにはリーダーが時代の空気、客の変化を読んでいないといけない。

「できないと社員たちが作る壁を破ってやるのが、リーダーの役割なんだ。俺は絶えずそれをやってきた。新しいことをやる時、過去の成功事例や失敗事例を見ていてはいけないんだ。そんなことは関係ない。自分がどうしようか、どうしたいのか考えることだ……」

将史は、いつまでも玄関に立ち尽くしたまま、ぶつぶつと呟いていた。

四

北見は、俊雄と将史への突撃的な取材を終えて、カリスマの意味を考えていた。

俊雄も将史もカリスマと言われている。俊雄は最後の大商人、将史はコンビニのカリスマだ。流通業は、多くのカリスマを生み出してきた。今や消えてしまったが、スーパーサカエの仲村力也やセイヨーの大館誠一もカリスマだった。

カリスマとは普通の人たちが持ちえない力や特質をもって人々を導き、危機や困難を克服してくれる人物だと言えるだろう。

——私たちはいつもカリスマを求める。

人々は、ある人物を信頼し、従属するという対価を支払う。彼はそれに対する対価として人々に豊かさ、安全、幸福などの報酬を与える。

人々が彼に支払う対価で最大のものは信頼だ。それは強制されたものではない。彼が成功という実績で示したからだ。彼が持つ特質を自発的に認めたからだ。こうして彼は、人々の上にカリスマとしての権威を得て君臨することができる。

――私たちは絶えずカリスマを消費する。

カリスマは、その時々の時代の要請のようにして誕生する。ところが彼は何かをきっかけに消えてしまう。そして人々は彼のことを記憶のかなたに押しやり、再び、新たなカリスマを求める。その様相は、まるでカリスマを消費しているようだ。

ではどのような状態になれば、彼はカリスマとしての権威を失うのか。それは彼をカリスマとして権威を与える最大の基盤である人々の信頼を失う時だ。人々は決して強制されることなく自発的に彼をカリスマとして信頼し、その権威を認めてきた。

ところがそれは時間と共に日常化、ある意味で消費されやすいコモディティ化してしまう。ありていに言えば、当たり前になり、飽きてくるのだ。これをカリスマの日常化の罠《わな》に落ちた状態だという研究者もいる。

人々はもっともっと報酬を要求するようになる。パンだけでは満足せず、サーカスも欲しいというのだ。

彼はそれに応えなければならない。脅迫されるかのように絶えず自己変革しようとする。状況を変えようと激しく努力するようになり、時にはヒステリックに叫ぶこともあるだろう。

彼は徐々に自己肥大化していく。英雄的、救世主的自己イメージや成功体験の肥大化の虜《とりこ》になっていくのだ。それを「老い」が加速させる。残された時間の少なさに焦り、恐れるようになるのだ。あがき、苦しむが、彼は人々が満足するような報酬を与えることができなくなる。彼は与えていると感じても人々は満足しなくなっている。

カリスマの日常化の罠に落ちた彼にある時、人々は叫ぶ。

「王様は裸だ」

その一言で彼のカリスマとしての権威は失墜し、その座から滑り落ちるのだ。

北見は、二人のカリスマはこのままカリスマであり続けられるのだろうかと考えた。

カリスマがその権威を失わずにいるためには、静かに消えることしかないのではないだろうか。

日常化、コモディティ化して人々から飽きられる前に消えることだ。

住友財閥中興の祖と讃《たた》えられる伊庭貞剛は、世の中を悪くするのは青年の失敗ではなく、老人の跋扈だと宣言し、五八歳でさっさと経営から引退した。彼は別子《べっし》銅山の公害問題や住友財閥の事業の多角化に道筋をつけた。自分のやるべきことをやり終え、全てのことを大胆に後継者に任せ、惜しまれつつ引退した。その結果、そのカリスマ的権威は今なお人々の中に残っている。伝説の人となり、尊敬され続けているのだ。

俊雄は、総会屋事件で経営の表舞台から消えた。一九九二年のことだから、もう二二年にもなる。これは俊雄にとって不幸なことだったが、お蔭で俊雄の権威はいまだに保たれている。創業家であることも有利に働いている。

一方の将史はどうか。彼は、いまだに後継者を決めず、戦いの最前線で軍扇《ぐんせん》を揮っている。

——このままでは大木会長は、カリスマの日常化の罠に陥ってしまうのではないか。

北見は、将史に警告を発する記事を書こうと決めた。彼ほどの一代の傑物《けつぶつ》にきちんとした退場の舞台を用意するのも、メディアの責任だろうと思ったからだ。

将史は、成功体験を破壊しなければ創造的な仕事はできないと言う。

皮肉なことにカリスマの日常化の罠に落ちた将史がやるべきことは、まず自分の成功体験を破壊することだ。そのことに気づいているだろうか……。

北見は憂鬱な気分を抱えつつ編集部へ急いだ。

五

二〇一五年暮れ、俊雄は足を骨折し、車椅子を利用せざるを得なくなった。懸命のリハビリでなんとか松葉杖をつきながら歩けるまでになった。

同じころ、将史も体調不良で入院した。周囲は心配し、社内に動揺が走ったが、長い入院とはならず退院し、以前にも増して働き始めた。

二〇一六年一月八日、フジタヨーシュウ堂は臨時取締役会と株主総会を開き、戸田一男が社長を辞任し、後任に前社長で戸田より高齢の石亀敦夫《いしがめあつお》が就任する人事を決定した。

突如の社長解任だ。戸田が業績不振の責任を取って将史に辞任を申し出たと言うが、そんなことを信じている者はアーリーバード&エフ・ホールディングス内にもメディアにも誰もいない。

週刊水曜日の北見はこの人事に将史のあがきを感じた。そしてもっと重大な事態になる予感がしたのだ。

北見は、些細なことが意味する重大さを考えるべきだと若気の至りで将史に忠告したが、いよいよその忠告が現実になりそうだと思えてきた。

確かにフジタヨーシュウ堂の業績は悪い。二〇一六年一月七日に発表したアーリーバード&エフ・ホールディングスの二〇一五年三月から一一月期の決算発表によると、フジタヨーシュウ堂は売上高が増えないばかりか過去最大の一四四億円もの営業赤字となった。アーリーバード&エフ・ホールディングス全体では営業利益は過去最大の二六一〇億円となったが、このうちアーリーバードジャパンが約九〇%の二三五七億円であり、ますますアーリーバードジャパンの一本足経営が加速している状況が浮き彫りになったのである。

「ひでぇもんだな。戸田はさ、フジタヨーシュウ堂の生え抜きでエースだぜ」

編集長が如何にも苦り切った表情で北見の席にやってきた。

彼が言う通り戸田は、将史の後継候補の一人で、不振だったフジタヨーシュウ堂の衣料品部門を立て直した実績を評価されて二〇一四年に社長に就任したばかりだった。それが二年もたたないうちに実質的にクビとは……。

「社内では大木会長の責任を問う声も少なからずあります」

北見はやや憤慨して言った。

「そりゃそうだろう。だれがやっても総合スーパーの不振は一年やそこらで上向くってもんじゃない。一番長くやっているのが大木じゃねえか。自分が腹を切らないで、こんなに短期でころころ社長の首だけを取っ換えてさ。いつまでのさばるつもりなのかね。社内がうんざりするのも分かるな」

「アーリーバードジャパンに拍車がかかって、そちらにも悪い影響が出るでしょうね」

北見の表情が曇る。

「アーリーバードジャパンのコンビニ事業だけが頼りだからな。社員もオーナーもますます大木から発破をかけられて疲弊するだろうよ。しかしこんな一本足経営はおかしいってだれか気付かないのかね。もっとバランスよく業績を上げないとならんだろう。こんな状態にしたのは大木がアーリーバードの創業者気分でいるからだよ。藤田名誉会長は何を考えているんだろうな」

「あくまで噂ですが、今回の戸田社長解任には藤田名誉会長は相当にお怒りだとか。なにせ生え抜きのエースですからね。何か動かれるんじゃないでしょうか」

「これも噂だが、アーリーバードジャパンの井上もクビになりそうだぜ。大木の権力への執着は凄まじいな」

編集長が口角を歪めた。

「えっ、だって業績順調じゃないですか」

アーリーバードジャパンの井上道信も後継者の一人だ。戸田や井上など、後継者候補を次々と放逐するとは、いったい将史は何を考えているのだろう。

取材時に、将史は井上のことを新しいことに挑戦する能力がないと切り捨てていた。いったいどんな人物なら満足するというのか。

——ありえないことではないなぁ。

北見は寒々とした気持ちになった。

## 六

俊雄は、自宅の居間でソファに身を委ねながら庭を眺めていた。

小さな庭だが、ここにも自然の営みがあると思うと、心が休まる。まだ外気は冬の厳しさに満ちているが、梅の木の枝先のつぼみは今にも膨らみ、赤や白の花を咲かせたいと機会を狙っているようだ。

妻の小百合は、大木に経営を全て任せたことを褒めてくれた。口を挟まず全てを任せるというのは大変な忍耐力が必要だからだ。

「あなたは偉い。大木さんは、あなたという土の上に大きな花を咲かせるわ」

小百合は軽やかに言ったが、その言葉通りになった。

梅の木を眺めながら、俊雄は樹の一生を考えてみる。

枝に花を咲かせ、実をつけ、その実が、地に落ち、そこから新たな芽が顔を出し、新たな樹に育つ。やがて元の樹は朽ち果て地の栄養になり、一生を終える……。

将史という樹は、花をつけた樹は大きくなったが、枝を四方に伸ばし、大きく葉を茂らせ過ぎ、その下に陰を作ってしまったのではないか。これでは地に落ちた実は、陽が当たらず、育つことができない。枝を切り、陽が地面に届くようにしなければならない。

俊雄は、辞任した戸田のことを思った。

戸田が大学を卒業し、フジタヨーシュウ堂に入社してきた新人の頃の潑溂《はつらつ》とした顔を今でもはっきりと思い出すことができる。

戸田が入社した一九七八年はスーパーが最も成長した時代だった。俊雄はチェーンストア協会の会長に就任し、大型間接税導入反対の旗を大きく振った。一九八〇年には仲村のスーパーサカエが、売り上げ一兆円を達成した。アーリーバードも軌道に乗り、東証一部上場も視野に入っていた。

フジタヨーシュウ堂の社長に就任すると、戸田が報告に来た。嬉しさと緊張がないまぜになったいい顔だった。

「アーリーバードやセイヨー百貨店、そしてインターネットとも関係を強め、お客様に買い物の楽しさを分かってもらうようにします」

意欲を語っていた。それなのになぜこんなに早く退陣させられなければならなかったのか。聞くところによると、戸田自ら、将史に辞表を叩きつけたという。事実かどうかは分からない。しかし日頃から経営が向上しないことを将史に厳しく追及されていたようだ。戸田が、やりたいように自由にやらせてもらえなかったのだろう。

戸田が辞任の報告に来た。唇を固く閉じるだけで詳しくは語らなかった。俊雄も聞かない。そうか、ご苦労様だったね、と声をかけただけだ。

このままではいけない……。

アーリーバード&エフ・ホールディングスの内部に、かつてないほどの軋《きし》みが生まれている。ギィギィと音を立てている。その音は、俊雄の耳にも入って来ている。

テーブルの上には、将史の経営手法や彼の息子翔太に関する怪文書が置かれていた。グループの幹部が持って来てくれたものだが、見るだけで目のみならず心までも汚れる気がする。

特段の議論もなく翔太が経営していたインターネット関連会社がグループ内に取

り込まれ、その結果、翔太は去年にアーリーバード&エフ・ホールディングスの取締役に就任した。あまりのスピード出世に社内の不協和音はさらに大きくなっている。耳を塞いでも、あまりの不快さにどうしても聞こえて来てしまう。

将史が頭から否定したとしても、翔太を後継者にしようとする意図があると見られるのは仕方がないだろう。

翔太が実績を上げるまで、後継者は決めない方針なのだろうか。戸田もクビにした。次は井上だ……。それは絶対に許されない。

俊雄は、テーブルに立てかけた杖を握りしめ、床に強く突き立てると勢いをつけ体を持ち上げた。

――私も老いた。将史も老いた。潮時だ。

# 最終章　カリスマの終焉

## 一

――二〇一六年二月一五日。

田村は将史に辞任の希望を伝えようと考えていた。

田村は、今度の決算でアーリーバード&エフ・ホールディングスの社長として満一〇年が過ぎ、一一年目に入る。あまりにも長いと考えていた。年齢も七二歳。七〇歳で会社を辞めて自由になりたいと思っていたのに二歳もオーバーしてしまったことに、いささか反省の念が無いでもなかった。

将史にはまだ自分の本音を伝えていない。週に一回以上は将史を訪ね、諸事項を報告し、指示を仰いでいた。将史は一時期、体調を崩して入院したのだが、今では全くそのような様子はない。以前より活力に溢れている。田村を叱責する声にも力がこもっている。

将史との思い出は多い。田村の財務の能力を評価し、持ち株会社制の採用の際は、最初から関わった。制度の意義を海外株主に説明するのは大変だった。二週間で一〇〇社を巡った。

営業経験が少ないにもかかわらず、フジタヨーシュウ堂の業績回復を託されたこともあった。

田村は将史の期待に応えようと必死で努力した。一時的に業績は回復したが、再び失速してしまった。今度の二月決算では東証一部上場を果たした一九七二年以来、初の赤字となる。約一四〇億円の赤字だ。今や石亀新社長に期待するしかない。海外投資家からは、フジタヨーシュウ堂の分離を迫られる羽目に陥っている。祖業であるフジタヨーシュウ堂の分離を、さすがの将史でも決断はできないだろう。それに分離したから業績が回復するというものでもない。

考え事をしながら、ドアを開けた。

「おお、田村か。丁度、君を呼ぼうと思っていたところだよ。悪いが、井上をここに連れて来てくれ」

将史が、田村を見るや否や命じた。

「あ、あの……」

田村は自分の用件を伝えようとしたが、さすがに自分の人事のことであり、躊躇した。

「用件は、後で聞く。井上を呼んでくれ。アーリーバードの人事で変えたいことがあるんだ」

表情が険しい。いつもと雰囲気が違う。

「は、はい。分かりました」

田村は、踵《きびす》を返して、井上を呼びに行った。

田村は、不安に胸が潰れそうになる。今まで将史に逆らったことはない。将史がやろうとすることは、常人に予測がつかない。間違いはない。信じて従ってきた。それで間違いはなかった。しかし、今度ばかりはどうなるか予測がつかない。戸田に続けて、まさか井上を更迭《こうてつ》するつもりではないだろうか……。

田村は、井上の執務室に入った。井上は店舗の巡回に出かける直前だった。

「ちょっと会長が来て欲しいと言っている。直ぐ一緒に行こう」

田村は、できるだけ落ち着いた口調で言った。

「弱りましたね。スケジュールが入っています。後になりませんか」

井上は眉根を寄せた。

「直ぐ行こう。その方がいい」

田村はきつく言った。

「仕方ないですね」

井上はスケジュールの変更を秘書に伝えると、田村の後に従って将史の部屋に向かった。

＊＊＊

田村と井上は将史の部屋に入った。

「忙しいところ、悪いな。井上君、そこに座ってくれ」

将史は、執務机から離れ、ソファに向かった。

井上が将史の前に座り、田村は将史の隣に座った。

井上は、アーリーバードの社長として七年近くが過ぎた。今は、五八歳だ。業績もいい。ベテランの大社長なのだが、八三歳の将史から見ると、子どもも同然だ。二万店もの加盟店を率いるトップとしての威厳は消え失せている。

「井上君、君、今度交代してくれ。七年ぐらいになるだろう。十分じゃないか。新鮮な感覚のある人に任せたいんだ」

将史は、軽い口調で言った。社長交代を告げる重々しさはない。新入社員の配属先決定でも、もう少し重厚感があるだろう。

「えっ」

井上の表情がみるみる変わっていく。眉間の皺が深くなり、顔色は急速に土気色になって行く。言葉はない。

　将史の隣にいる田村はいたたまれない気持ちになり、視線を将史に向けた。将史は、もう要件は伝え終わったという風に、先ほどの険しい表情から穏やかになっている。

「分かりました。これで用件は終わりでしょうか」

　井上が立ち上がる。

「ああ、ご苦労様。まあ、よくやってくれたね」

　将史は座ったままだ。

　井上が会長室を出て行く。田村は声をかけたい気持ちを抑えながら井上の後ろ姿を眺めていた。

　井上は、一九八〇年に入社した。将史が主導したアーリープレミアム商品の開発に力を発揮した。この商品は、メーカーと共同開発した最高の品質ながら、手ごろな価格で提供するものだ。プライベート商品なのだが、他社とは違い決して安い商品ではない。しかし徹底的に品質にこだわった。消費者から抜群の支持を得て、二〇〇七年の発売以来、ヒットが続き、今では一兆円を超える規模に膨らみ、アーリーバードの経営を支える絶対的なアイテムに育っている。

　将史は、「消費者は価格ではない、価値を求めている」と言い、アーリープレミアム商品の成功を総括した。同時にその開発を主導した井上を高く評価し、二〇〇九年に社長に抜擢《ばってき》したのだ。まさに井上こそ、将史が育てたというべき人材だ。

「大丈夫でしょうか」田村は言った。

「なにがだね？」

将史は首を傾げた。

「井上君、元気がなくなったように見えましたが」

「大丈夫だよ。彼は文句を言わないさ」

将史は気にしている様子がない。自分の人事構想に関心があるだけだ。

井上は、将史の教え子だ。素直にこの人事を受け入れるだろう。でもどうして今、交代させるのか。田村は将史の考えを想像しようと思ったが、あきらめた。自分のような常人には将史のような天才の考えることは理解できない。将史のことを信じるしかないのだ。

「彼は新しいことに挑戦しない。これでは新時代を乗り切れない。彼に任せても今までの延長線でしかない」

将史は冷たく言い放った。

＊＊＊

「おとといのお話ですが、受けられません」

井上は、将史を睨むように見つめている。直立し、伸ばした指先が細かく震えている。

井上にとって将史は絶対的な師であり、逆らうことなど考えられない育ての親だ。将史に認められたからこそアーリーバードジャパンの社長になることができたのだ。将史の子飼いという評価が定着している。

将史は、目を剝き、すぐに目を細めると目の前にいる人間が井上であるかどうか、確かめるようにじっくりと見つめた。鳩に豆鉄砲という表現があるが、それよりも、何か見たことがないものを恐る恐る見ているような感じだ。

「受けられません。納得できません」

「なぜだね」

「まだまだやることがあります。実績も上げております」

「ちゃんと顧問ポストを用意している。何が不満なのかね」

「理由が分かりません。これまで過去最高の利益を上げております。それに五八歳です。年齢的にもまだまだやれます」

「呆れたね。業績は君ひとりで上げて来たのかい」

　将史の語気が強くなる。

「社員と力を合わせながらやってきました」

　井上の声が震えている。

「アーリープレミアムにしてもなににしても皆、私が指示してできたんじゃないか。君は、何か、新しいことをやったかね」

　将史の言葉に怒りが籠もり始めた。

　井上の顔が青ざめ、体が揺れるほど震えている。自分が最も誇らしく思っていたアーリープレミアム商品開発の成果を否定されてしまったからだ。井上は、もはや将史が何を話しているか理解できないほど興奮していた。

「納得がいきません。なぜ私ではいけないのですか」

「ダメだ。君には新しいことに挑戦する能力も意欲もない。これからのネットとリアルが融合するオムニチャネルの時代は、君では乗り切れない」

　将史は声を荒らげた。

「失礼します」

　井上は、深く礼をすると、会長室を出て行く。

「この人事は決めたからな。じたばたするな」

将史は井上の背中に言葉を投げつけた。井上は振り返ることなく、会長室の外に出た。田村が外に立っていた。

「井上君、ちょっと待てよ」

田村が井上を呼び止めた。

「何か用ですか」

怒ったような顔で田村を睨む。

「逆らっちゃだめだ」

田村は情けないほど同情的な顔になった。

井上の目は赤く血走っている。怒りなのか、涙なのか。

「聞いておられたのですか」

「ああ、聞いていた」

「どうして辞めなければならないんですか」

「会長には会長のお考えがあるんだよ。君はあまり会長のところに通っていないだろう。コミュニケーションが不足していたんだ。僕は週に一回はなんだかんだと報告に行っている。井上君が、いろいろな課題を持って、足しげく相談に行ってさえいれば、よく考えている、こんなことをやらせてみようということになって、こんな事態を防げたんだ」

田村は顔をしかめた。

「私は社長です。七年近くもやっています。その間、業績を伸ばしました。何が問題なのですか。いちいちこまごましたことまで会長に指示を仰がねばならないんですか。それに今回、なんの事前のお話もなく、いきなり辞めろはないでしょう」

井上の顔が怒りで破裂しそうだ。

「まあ、クビになるわけじゃないから。あまり逆らうな。もう決まったことだから」

田村は泣きださんばかりに情けない顔になった。

「納得がいきません。辞めません。名誉会長にご相談します」

井上は顔を紅潮させた。

井上は滅多に業務上の報告を俊雄にすることはない。しかし最近、俊雄から呼ばれた。行ってみると特に重大な用はない。

経営の状況を簡単に報告して帰ろうとすると、「なにかあればいつでも相談に来なさい。私も現場の実情を聞いていたいからね」と声をかけてくれたのだ。

「名誉会長に相談してどうなるんだ。何も変わらんぞ」

田村は怪訝そうな顔になった。俊雄は、将史の判断に異を唱えたことはない。特に人事については将史に一任している。今回のことに関しても口を挟むことはないだろう。井上の悪あがきになるだけだと思うのだが……。

「どうなるかは分かりませんが、重大なことなので相談します」

井上は、怒ったように言い、「失礼します」と足早に去って行った。

「揉めなければいいのになぁ……」

田村は口元を歪めて呟いた。

二

アーリーバード&エフ・ホールディングスの大株主である米国投資ファンドのクロス・カウンターが、二〇一六年三月二七日に同社取締役などに送った書面をマスコミに公表した。「もの言う株主」として有名な投資ファンドだ。

週刊水曜日の編集部では記者の北見真一がパソコン画面に見入っていた。

「おい、北見。大変だぞ」

編集長が飛んできた。

「これですね」

北見がパソコンを指さした。そこにはクロス・カウンターがマスコミ宛に公表したレターが映し出されていた。

編集長が北見の肩越しに覗き込む。

——弊社、クロス・カウンターは、御社の株式を保有する大株主です。

この文句で始まるレターの要旨は次の通りだ。

まずアーリーバード&エフ・ホールディングスのコーポレートガバナンス（企業統治）の問題を指摘する。

将史が、息子である翔太を後継者にしようとする縁故主義、血縁主義と実績を上げている井上の社長解任に反対する。後継者選択を透明性をもって行うように要請する。

フジタヨーシュウ堂の再編、セイヨー百貨店グループなどの買収からの撤退とそれらの事業の分離を要請するなど。

「北見、すぐ取材にかかれ。これを見ると、アーリーバード&エフの中で井上解任を巡って、かなり揉めているみたいだぞ」

編集長が言う。

「それにしてもクロス・カウンターは、えらく社内事情に詳しいですね」

北見は言った。

「奴らは事業再編も促しているが、本筋の目的は、大木の息子が後継者になることを阻止しようというものだ。俺は、創業者である藤田俊雄側が動いていると見たな」

編集長は言い、これを読めとばかりにレターの最後の部分を指さした。そこには「取締役会の皆様がすべての株主とアーリーバード＆エフ・ホールディングスの全ステークホルダーの信認義務を的確に遂行すべきだと十分に認識しており、（噂されているように）将来、大木氏の御子息を昇格させるために、暫定的な幹部を指名することで、大木氏の御家族による世襲を築くことはさせないと強く確信しております」と書かれている。

「この文句を読んだら取締役、特に社外取締役はビビるぜ。もし井上の社長交代を認めて、世襲を許すような社長人事を行ったら、訴訟もんだからな」

編集長が興奮して言う。

「藤田名誉会長に会えればいいのですが」

北見は、二年近く前に甲府で俊雄に取材して以来、会うことは叶っていない。あの時、将史の息子翔太が、社内でジュニアと呼ばれていることを伝えた。俊雄は初めて聞いたように驚いていたが、あの時、後継者を巡る争いは、すでに始まっていたのだ。

三

「田村、なんだこれは」

将史が怒りを爆発させている。手には、クロス・カウンターからのレターが握られている。

「お読みになりましたか」

田村は苦り切った表情で聞いた。

「読んだとも。奴らこんなガセネタをばらまきやがって。俺が息子をいつ社長にしたいと言ったか」

「噂を真に受けているんですよ。馬鹿な連中です」

田村は、将史の怒りに媚びるように言った。

「まさか名誉会長がクロス・カウンターと手を組んでいるんじゃないよな」

将史は険のある表情をした。

「それはないと思いますが」

田村は答えた。

将史は、少し考えるような顔になった。そして田村に向かって「指名・報酬委員会を招集してくれ。先生方への根回しも怠るな」と指示した。

アーリーバード&エフ・ホールディングスは、二〇一六年三月八日の記者会見で指名・報酬委員会の設置を発表していた。正式に委員会制度に移行するのではなく任意の組織である。グループの社長人事などについて社外の意見を聞くというものだが、発表を聞いた記者の多くは、絶対的な人事権を握る将史の前で、委員会が機能するのかと疑問に思っていた。

記者の中には「大木会長の恣意的人事への批判を回避するための隠れ蓑《みの》に過ぎない」とうがった見方をする者もいた。

委員は、将史と田村に、社外取締役の藤波康夫《ふじなみやすお》・八橋大学名誉教授、内村喜朗《うちむらよしろう》・元警視総監だ。藤波は我が国のコーポレートガバナンスの権威だ。社外の二人とも将史が選任した親しい有識者である。

田村は、藤波と内村に、社長交代の根回しをした。井上の在任期間が長くなったことを理由に挙げた。しかし二人の反応は芳しくない。業績を上げている井上を解任する理由がないと言う。

――クロス・カウンターの毒が回っているのか。

田村は舌打ちをした。

「あまり感触はよくありません」

田村は将史に報告をした。

「構わない。お二人とも、俺が説明すれば反対されない。井上も委員会で交代が決定すれば、覚悟を決めるだろう」

将史は自信たっぷりに言い切った。

田村は、藤波と内村の実際の感触を知っているだけに不安が募った。

＊＊＊

指名・報酬委員会が開かれた。

将史は、井上のアーリーバードジャパン社長退任と屋敷冬樹《やしきふゆき》副社長の社長昇格案を説明した。

将史は、社長交代の理由として体制刷新の必要性を強調した。二万店になろうかというアーリーバードを率いるには、新たな、強いリーダーシップが必要だと強調した。

「ご検討願いたい」

将史の顔に余裕の笑みが浮かんだ。

「業績を上げている井上さんを交代させる理由が理解できない」

藤波も内村も声を揃えた。

将史の顔色が変わった。笑みが消えたのだ。なぜ？　という風に小首を傾げた。

「現体制では次の成長へとグループを率いることはできないんです。よくやっていますが、無理なんです」

「後任の屋敷さんは六六歳で、井上さんの五八歳よりも八歳も年上だ。新鮮さもない。これでは説明がつかない」

藤波が腹立ち気味に言った。

「藤田名誉会長の意見も聞かねばならないでしょう。これほど重大事なんですから」

内村が言った。

「どうぞお聞きください。田村、お願いします」

将史は、田村に俊雄の意見を聞くように言った。

指名・報酬委員会では社長交代案の結論は出なかった。

田村は俊雄の部屋に向かった。不安で不安でたまらない。実は、田村は俊雄に事前に説明していた。「社長交代を指名・報酬委員会に提案するので賛成をいただけますか？」と言った。俊雄は、「人事は将史に任せているから」と話していたのだが……。胸騒ぎとはこういうことを言うのだろう。

田村は、俊雄の部屋に入った。

「人事のご相談です」

緊張で声が強張る。俊雄がいつもと違うように見える。穏やかな表情で「そこで聞きましょうか」とソファを勧めてくれるのだが、なぜだか恐れを感じてしまう。

「井上社長に退任していただき、屋敷副社長を社長に昇格させたいのですが」

田村は俊雄の目をしっかりと見ることができない。顔を伏せてしまう。俊雄の視線が痛い。

「賛成できませんね」

俊雄は表情を変えずに言った。

田村は、聞き間違いではないかと思う一方で「やはり……」という言葉が頭をよぎった。

「賛成いただきませんと……」

声が弱くなる。

「井上社長はよくやっているじゃないか。私は反対だよ」

俊雄は、いつになく明瞭に言う。

――井上が名誉会長に相談するという意味が分かった……。

「分かりました」

田村は、意識を失いそうになった。ふらふらと立ち上がり、俊雄に挨拶をするのも忘れて、名誉会長室を出た。

どうにか将史の部屋に辿り着いた。

「どうだった。名誉会長は反対されなかっただろう」

将史は勢い込んで聞いた。

「それが……」

田村は、青ざめた顔のままで将史を見つめた。言葉が続かない。

「どうした？　はっきり言え」

苛立ちを見せる。

「反対されました」

「なんだと……」

将史の顔が、目の前まで近づく。目は吊り上がり、小鼻がひくひくと動いている。

「反対されたのです」

「一体どうなっているんだ」

将史は吐き捨てた。

「あの人は、思いの外、猜疑心《さいぎ》が強い。本当に俺が息子を社長にするため、画策していると思っているんだ。会社を取られるとでも思っているのか。全て任せてくれたんじゃないのか」将史は頭を抱えてソファに座った。

「如何しましょうか？」

田村が聞いた。

「委員会なんかもういい。そこで決められないなら取締役会で決める。この人事案は絶対に撤回しない。どうして俺の考えが分からないんだ。今、体制を刷新しなくてはダメなんだ」

将史は強く言った。

田村の気持ちはどうしようもなく落ち込んでいく。俊雄と将史は一体だと信じていた。ところがここに来て決定的な亀裂が走ったのではないか。二人が決裂することは、アーリーバード＆エフ・ホールディングスの危機に直結する可能性がある。将史がここまで体制刷新にこだわるのは、常人には分からない判断があるのだろう。こうなったら将史について行くしかない。

それにしても今まで将史に反対しなかった俊雄がこの人事案に反対したのは、将史が言うように会社を取られるのではないかと疑心暗鬼になっているからだろうか。

井上が、いまだに将史に謝罪し、許しを請わずに強気で反発しているのは後ろに俊雄がついているからなのだろうか。

「取締役会の根回しをいたします」

田村は言った。

「頼んだぞ」

将史は険しい表情で言った。

＊＊＊

「反対してしまったなぁ……」

俊雄は呟いた。

将史の人事案に異を唱えたのは初めてのことだ。

任せると言いながら、こんな土壇場《どたんば》になって任せきれないとは、自分も人間がまだまだできていない。将史は分かってくれるだろうか。お互い老いた。もう潮時だということを。

名誉会長室のドアが開いた。次男の徳久が入ってきた。徳久は、アーリーバード&エフ・ホールディングスの取締役である。

「反対されたのですね」

徳久が言った。

「もう知っているのか」

「ええ、情報が伝わるのは早いですから。皆、今回のことには異様な関心を持っています。耳が大きくなっていますよ」

「くだらない。人事のことにうつつを抜かすより、仕事をしたらいい」

俊雄は顔をしかめた。

「その通りですが、大木会長と井上社長は、こちらが目を背けたくなるほどいがみ合っていますからね。執行役員会で大木会長が『新しいものが出てこない』とどなり声を上げれば、井上社長が『業績は上がっています』とこれまた声を荒らげるといった様相です。早く何とかしないといけません」

徳久の表情が暗い。

「うむ……」

俊雄は呻いた。

今、この瞬間にも将史に「身を引け」と言ってやりたい。

将史が、社長交代にこだわればこだわるほど、クロス・カウンターのレターにあった社長人事の縁故主義、血縁主義を疑われてしまう。それは俊雄にも跳ね返ってくることだ。

将史が本気で翔太を社長にしたいと考えており、それを縁故主義、血縁主義反対の大義で潰した場合、その行動は、そのまま俊雄に跳ね返ってくるだろう。

目の前にいる徳久を社長にするために、将史の人事案を潰したのだと思われることを覚悟しなければならない。

「社長の座には社員や取引先や客、株主の皆の支持が無ければ座ることはできない。世襲はだめだ。なあ、徳久、いいか」

俊雄は徳久を見据えた。

「ああ、当然です」

徳久は答え、笑みを浮かべた。

「大木会長は、人事案を取締役会にかけるつもりなんだな」

俊雄は聞いた。

「そのつもりみたいですね。人事案を撤回する気はないようです。取締役会は四月七日です」

「早く収めないといけないな」

俊雄は自分に言い聞かせるように言った。

＊　＊　＊

——二〇一六年四月七日午前九時過ぎ、アーリーバード＆エフ・ホールディングス取締役会開始。

取締役数は一五名。

田村が、井上退任、屋敷昇格の人事案を説明した。

社外取締役四名は「五期連続最高益を出している井上社長を交代させる理屈はない」と反対。

将史が苦々しい顔になる。いつもは将史の案がそのまま承認され、反対などは出ない。

ほかに反対はないだろうなと将史が他の取締役を睨む。

過半数なら人事案は通過する。井上は、この期に及んでも辞める覚悟を決めていないようだから当然に反対に回るだろう。それでも五人だ。過半数に余裕で到達する。将史は薄笑いを浮かべた。

「人事案に反対します」

徳久が言った。

将史は徳久に顔を向けた。信じられない。なぜ反対するのだ。そう思った瞬間に徳久の顔が、俊雄に変わった。アッと思わず声を上げた。

「こんな社内を混乱させるような人事を行うことは許されません。井上社長が七年で長いなら、田村社長も一〇年です。理屈にならないでしょう」徳久が厳しい口調で言う。

「なにを言うのですか。私はこの地位に恋々としていない。辞める覚悟です。だけど、この問題を解決しなくてはならないから残っているだけです。井上社長が了承さえしてくれれば、私も辞めます。混乱することはない」

田村は反論した。

将史は、テーブルに置いた手が震えているのが分かった。握りしめた手に力を入れ過ぎているからだ。

――名誉会長の信頼を失ったのか……。

気持ちのどこかで徳久が人事案に反対するかもしれないと考えていた。しかし、それが現実になるとは信じられない気持ちだ。徳久は、自分の考えで反対しているわけではない。父である俊雄の考えを代弁しているのだ。将史は体の芯から力が抜けて行くような感覚に襲われた。今まで将史が自由に力を揮えたのは、俊雄の後ろ盾があったからだ。それを失ったのだ。

「なぜだ……。なぜ信用してくれない。私は息子に社長をやらせる気はない」

将史は声にならない声で呟いた。

「井上社長には悪いけど」

田村が声高に言う。

「これだけ大木会長が不適格だとおっしゃっているんだ。その理由が分かっているのかね」

「分かりません。私はちゃんと職責を果たしています」

井上が反論する。

「私も同様の考えです。大木会長がなぜそこまで井上社長を不適格だとおっしゃるのか理解できません」

徳久が加勢する。

「もういい。いくら議論しても平行線だ。決を採りましょう。採決は無記名で行います」

いつもは挙手だったのだが、社外取締役から「大木会長に睨まれていたら本音がでないので無記名投票にしたい」という提案が出されていたからだ。

将史は、気を取り直していた。

——徳久の反対に衝撃を受けたのは事実だが、過半数の八名の賛成は取りつけられるだろう。そうなればすぐにこの人事を実行してアーリーバードが未来にはばたくための手を打ってやるつもりだ。ここまで大きくしたのは俺だ。名誉会長じゃない……。

投票が終わった。

開票結果は、賛成七、反対六、白票二……。

過半数の八に達しなかった。人事案は否決された。

この結果には取締役全員が驚いた。井上は退任を覚悟していた。社外取締役と井上、徳久が反対しても六にしかならない。残りの社内取締役九人が人事案賛成に回る公算が大きいからだ。将史に逆らえる社内取締役はいない。

ところが二名の白票、すなわち棄権があったのだ。いったい誰だと、動揺を隠さない顔で田村が取締役たちの顔を睨みつけている。

「否決されてしまいましたな」

将史は寂しげに笑った。

その声を聴いて井上が大きくため息をついた。やっと安堵したのだろう。

「田村君、記者会見は何時だね」

「本日の四時半です」

「私も出席する」

将史はゆるゆると立ちあがった。そして一緒に席を立った田村の耳元に「今日、辞めるよ」と囁いた。田村は絶句し、その場で急に目から涙がほとばしり出て来るのを止められなくなった。

――俺も辞める。

田村は決意した。

＊＊＊

将史の会見は、日本橋のオフィスビルの会議室で行われた。コンビニのカリスマが会見で何を言うのかとの興味から、二〇〇人を超す記者やカメラマンの熱気で会場は汗が出る程の熱気が籠もっていた。

既に人事案が否決され、将史が辞意を漏らしたという情報が流れていた。記者たちは、将史の口から「辞任」という言葉が出る瞬間を固唾を呑んで待っている。

将史の隣には田村、そして盟友とでもいうべき顧問の佐瀬《させ》信夫《のぶお》と五藤《ごとう》明夫《あきお》が座っている。

ホールディングスの社長である田村の同席は分かるが、二人の顧問がなぜ記者会見に同席しているのかは、記者たちには理解し難かった。

二人は、将史が辞任の覚悟であると聞き、いてもたってもいられず会見の場に同席したという印象だった。二人の社内での役割は、将史と俊雄の橋渡し役だという。それだけ聞いても、二人の間にはいつの間にか頻繁なコミュニケーションが無くなっていたことが記者たちにも伝わった。

将史は外見は冷静さを保っていたが、実際は興奮と絶望の中にいた。

井上がどうして社長として不適格なのかを滾々《こんこん》と話した。公の場で、自分の部下を非難するのは失態と言うべきだ。それは分かっていたが、制御できなかった。しかし自分の正当性を訴えれば訴えるほど、記者たちの表情には戸惑いや困惑が見え、理解されていないのがひしひしと伝わってくる。

二人の顧問たちや田村が、今回の人事案に俊雄が賛成しなかったことをそれぞれの立場で説明した。

記者たちは、彼らの説明を聞きながら、これだけの規模の流通業の企業統治に疑問を持ち始めていた。そんな空気を察したのか、将史がマイクを握り、「今回、引退を決意しました」と口にした。

ものすごい数のカメラのフラッシュが焚かれ、昼間以上の明るさになった。将史は肩の荷を下ろしたような楽な気分になった。

なぜ引退するのかと記者は次々と質問してくる。人事案の否決の責任、俊雄との確執、息子翔太を社長にするとの世襲の噂……。

どの質問にも将史は丁寧に答えようと努力したが、答えながらなぜ辞任するのか、自問自答していた。

やはり俊雄の支持を失ったと分かったこと。そして人事案に対し、社内取締役の二人が棄権に回ったことが大きい。

彼らの支持を失ったということは、信頼を失ったということだ。こうなると誰もが将史に対して面従腹背になる。そんな中で仕事をしたくはない。

会見が始まって二時間が経過した。司会が、最後の質問にしますと記者たちに告げた。

一人の記者が手を挙げた。そして「なぜ後継者を育てられなかったのですか」という質問を投げかけた。

将史は、遠くを見るような目になった。後継者、なぜ育てられなかったのか。育てようと努めた。しかし誰にも満足ができなかった。任せきれなかったのかもしれない。

「不徳の致すところです」

将史は答えた。その答えしか浮かばない。その時、将史に経営を任せきった俊雄の偉大さに考えが及んだが、わずかに腹立たしさを覚え、それを振り払った。

そして再び多くのフラッシュが焚かれる中、会場を後にした。

「今、記者会見が終わりました。大木会長が辞任されました」

徳久が、俊雄に報告した。

「そうですか。ご苦労様でしたね」

俊雄は言い、何かを祈るように瞑目《めいもく》した。

＊
＊
＊

四

――二〇一八年六月一四日。

品川《しながわ》のホテルの巨大なコンベンションホールは招待客で埋まっていた。一五〇〇人以上の人々がひしめき合っている。

会場の正面には、「アーリーバード二万店達成・記念式典」と書かれた大きな看板が掲げられている。

アーリーバードジャパンの国内加盟店が二万店を突破した祝賀パーティが盛大に行われているのだ。俊雄と将史は会場から見て演壇の右正面に並んで座っていた。

次々と招待客が二人の前に来て祝いの言葉を述べていく。

俊雄は、将史の辞任以来、初めて顔を合わす。しかし来客との挨拶に追われて言葉を交わす暇もない。

ようやく客が途切れた。

「お疲れ様だったね」

俊雄は将史に声をかけた。

「ありがとうございます」

将史はやや硬い表情で答えた。

「ところでニコイチって言葉、聞いたことはありますか」

「さあ」

将史が首を傾げる。

「脇谷さんがね、君と僕とは二人で一人、ニコイチと言うんだよ」

脇谷崇史は大手食品スーパーの経営者だ。俊雄と同じように戦後の闇市からスタートした立志伝中の人物である。

「二人で一人ですか」

少し表情が歪む。

「嫌かね」

俊雄はにやりとする。

「少し……」

将史も笑みを浮かべる。

「私もだよ。ははは」

俊雄が声に出して笑う。

「私たちがいなくなった後、アーリーバード&エフはどうなりますかね」

真面目な顔で将史が聞く。

「さあね……。厳しい時代になりますからね。また私たちのようなニコイチの経営者が出て来ればいいと思います。攻めと守り……。絶妙だったと、私はあなたに感謝していますよ。本当に」

俊雄は穏やかに微笑む。

「ありがとうございます。私も感謝しております」

将史は答えた。その瞬間に心にわだかまっていた何かが氷解するのが分かった。

徐々に心が軽くなっていく。

「こんど蕎麦でも一緒に食べましょう」

「よろしいですね」

将史が答えた時、司会が、将史にステージに上がるように促した。

俊雄の挨拶は既に終わっていた。次は将史の順番だ。

「何を話しましょうかね」

将史が俊雄に聞いた。

「私のことは気にせずに好きに話せばいいでしょう。自慢でもなんでもいいのではないですか」

俊雄は答え、早くステージに上がるように顔いた。

「ニコイチですからね。私の自慢話は名誉会長の自慢になる。二人で一人……」

将史は立ち上がり、演壇に向かった。

その時、俊雄に男が近づいた。週刊水曜日の北見だ。会場には多くのマスコミも来ている。北見真一の所属する雑誌は、決してアーリーバード&エフ・ホールディングスに好意的ではないが、排除されなかったのだろう。

「名誉会長……、以前甲府で取材させていただいた週刊水曜日の北見です」

「ああ、君か。君も来てくれているのか」

「はい」

「よく来てくれました。ありがとう」

「一つだけお聞きしたいのですが」

「はて、何でしょうか」

「二〇一六年の大木会長の退陣は、名誉会長が仕掛けられたのですか」

北見の質問に俊雄の表情がわずかに硬くなる。

「退く時は自分で決める……。大木君が自分で決めたんでしょう」

「でも……」

北見が食い下がる。

俊雄は、ステージを一瞥《いちべつ》する。将史が演台の前に立とうとしている。

「往事茫々《おうじぼうぼう》……」

俊雄は呟くように答えた。そこに別の客が割り込んできた。

「往事茫々……ありがとうございました」

北見は引き下がった。

ステージの上から、将史は俊雄に視線を送った。軽く頭を下げた。

――ニコイチ……。結局、私はあなたの掌《てのひら》の上で踊らされていただけかもしれませんね。まあ、それでもいいでしょう。楽しく踊りましたから。

将史は会場を見渡した。客たちが一斉に将史を見つめている。

視線が痛い。退任以来、表舞台には出てこなくなった将史が一体何を言うのか、緊張とともに固唾を呑んでいるのだ。

将史は目に力を込めた。客たちを睨みつける。

——ここにいる連中は本当に分かっているのか。

将史の体の芯が熱くなってくる。

——コンビニというのは形がないんだ。こうあるべしなどという思い込みは捨てなきゃならんのだ。客の変化、時代の変化に対応していかようにも変わるのがコンビニだ。

——コンビニが飽和だと！　そんなことはない。客はちっとも飽和だとは思っていない。変化に対応できなくなったこっちが悪いんだ。変化に勇敢に対応していけば、飽和なんてことはない！

将史は、叫びたいほどの気持ちをぐっとこらえた。

再び俊雄を見た。俊雄と視線が合った。軽く頭を下げる。

——アーリーバードは俺が作ったんだ。俺が育てたんだ。決してニコイチじゃない。

——俺はまだまだアーリーバードの行く末を見続けていくぞ。これからが勝負だ。間違いなくこれまで以上にコンビニの真価が問われる時代になる。

将史は息を吐き、話し始める。

「まず皆さんに言いたい。アーリーバードの理念とは何か。これは自分たちで考え、自分たちでやること。決して人真似、人に追随することだけはするなということとです」

往年と変わらぬ将史の力強い声が会場に響き渡った。

（了）

# あとがき　「二人のカリスマ」について

流通業界に関わる小説を書きたいと以前から考えていた。

なぜなら、流通業界ほど日本の変化を象徴している業界はないからだ。

戦前は、日比翁助《ひびおうすけ》が造った三越《みつこし》デパートが人々の憧れの的だった。「今日は帝劇、明日は三越」というキャッチフレーズが人々の心をとらえていた。

私は、自分の著作『我、弁明せず』（ＰＨＰ研究所）の中で、日比が三越デパートを造ろうとする時の意気込みを書いている。

日比は、欧米にあるデパートメントストアを日本に造りたいと三井銀行の常務（今でいう頭取）池田成彬《いけだしげあき》に相談する。日比は、一般の人が下駄ばきで入ることができる大衆的な店を造りたいと考えたのである。それまでの呉服店は裕福な人しか相手にせず、敷居が高いと思われていた。

日比の目論見は的中し、三越デパートは大成功を収め、連日、多くの客でにぎわった。

しかし、多くの人々が買い物を楽しむことができるようになったとはいえ、明治や大正、昭和の初めは都会に住む人、なかでもそれなりの所得のある人でなければデパートで買い物を楽しむなどということはできなかっただろう。その結果、デパートは人々の憧れの的となり、長く消費の中心に鎮座することができたのだ。

私は田舎で育ったが、父に連れられて大阪の阪急百貨店の最上階（?）にあったお好み食堂で食べたカレーライスの味は今でも覚えている。なによりもデパートの食堂で食事をしたことが嬉しかったのだ。

この状況が変化し始めるのは戦後だ。焼け野原になった東京や大阪で、多くの人々は闇市に集まった。そこには腹を満たす食事があり、必要な衣服や家財道具が山と積まれ、売られていた。戦中の物資統制下で物や食料の不足に苦しんだ人々は驚いたことだろう。いったいどこにこれだけの物が隠されていたのかと。そして戦争でアメリカに負けたのは、この圧倒的な物量の差だと納得したことだろう。

人々の腹を満たしたり、暑さ寒さをしのぐための衣服を提供したりするために多くの商人が闇市に群がった。物が豊富にあることが、人々を幸福にすることだと商人たちは思ったことだろう。

その中から、アメリカで発展していたスーパーマーケットこそ人々を幸福にする商売だと考える人たちが現れた。

彼らは食料や衣服などを安く、大量に提供することに命を懸けた。これこそが人々を幸福にすることなのだとの信念を持って商売に励んだ。

ダイエーは薬局から、イトーヨーカ堂やジャスコは衣料品からと、スタートは違っても彼らは全国にスーパーマーケットを展開し始めた。

薬が欲しい、食料が欲しい、お菓子が欲しい、衣服が欲しい、家電が欲しい……。スーパーマーケットは、ありとあらゆる人々の欲しい物を大量に安く提供することで人々の圧倒的な支持を集めた。その支持は、やがてそれまで消費の王様の地位に君臨していたデパートをその地位から引きずり下ろしてしまう。

なぜここまでスーパーマーケットは人々の支持を集められたのか。それはモータリゼーションの発達や、デパートに比べれば極めて大衆的だったなどの理由が挙げられる。

しかし最大の理由は、スーパーマーケットの経営者たちが、消費者の欲望に極めて敏感だったからだろう。大衆が、今、何を求めているか。それを必死で感じ取り、その欲望に応えていったからだ。

多くのスーパーマーケットが誕生し、成長していった。ところがその成長はやがてピークを迎える。人々の欲望が満たされてしまう時代が到来した。衣食住の欲望を単純に満たすだけでは人々はスーパーマーケットに来てくれなくなった。「私がほしいもの」という個々人の欲望をスーパーマーケットは満足させられなくなってしまったのだ。ありていに言えば、大量生産、大量販売という工業生産型のスーパーマーケットのビジネスモデルが崩れ始めたのだ。

ところが、そこにバブルという日本経済がかつて経験したことがない好景気が到来した。注意深く慎重なスーパーマーケットの経営者は、人々の欲望の変化に気づいたが、気づかなかった経営者はバブルに酔ってしまった。

その結果、バブル崩壊とともにダイエーやマイカル、長崎屋《ながさきや》、そして西友《せいゆう》など名だたるスーパーマーケットが経営不振に陥り、中には破綻に追い込まれるところも現れた。

その中で、いち早くコンビニエンスストアに目をつけたのが、イトーヨーカ堂グループであり、彼らが展開したのがセブン-イレブン・ジャパンだった。それは人々の日常の欲望に応える小さな商店だ。そこでは牛乳一パック、おにぎり一個などの少量の買い物が手軽にできる。

まさに人々の生活に溶け込んだ街の冷蔵庫のような役割と言えるかもしれない。コンビニの愛称で呼ばれ、またたくまに全国を席捲《せっけん》し、遂にはスーパーマーケットから消費の王様の座を奪い取るのである。

流通業界におけるコンビニの王座は揺らがないと思われていたのだが、現在、人手不足に端を発する二四時間営業の問題などが噴き出し、その地位が揺らぎつつある。またドラッグストアという新しい業態も現れ、成長している。そこではコンビニにはあまり充実していない薬や化粧品などが人々を惹きつける。そしてドラッグストアも、人々の欲望を満たそうと食材やお菓子などを販売しはじめた。私が見ていると、徐々にドラッグストアがスーパーマーケット化しているようだ。今度はスーパーマーケットが薬や化粧品の品ぞろえを充実させ、ドラッグストア化するのだろう。

さらにはネット通販という新しい業態が人々の支持を集め、既存業態の脅威になりつつある。

このように戦後七〇年あまりで流通業界は、目まぐるしく姿を変えてきた。その間、死屍累々《ししるいるい》とは言わないまでも多くの経営者が企業を破綻させ、消えていった。今日まで生き残っている経営者と消えていった経営者との差は、いったいなんだろうか。流通業界の変遷を見れば、日本経済の戦後からの発展の理由と今後が見えるのではないか。

私はセブン&アイ・ホールディングスの経営を牽引してきた伊藤雅俊《いとうまさとし》氏と鈴木敏文《すずきとしふみ》氏をモデルにして、生き残る経営者、生き残る経営とは何かを探りたいと考えた。

この二人はカリスマと呼ぶにふさわしい稀有《けう》な経営者である。この二人に有って、破綻させるなど失敗した経営者に無いものはなにか。それは人々の変化に柔軟に、冒険的に対応する勇気ではないだろうかというのが私の結論である。これは流通業界ばかりでなく、どの経営者にも必要なことだと確信する。

なお二人をモデルにさせていただいたが、本書はあくまで小説であり、フィクションである。すべてが事実であるかのごとく勘違いをしないでいただきたい。そして「二人のカリスマ」から自分が目指すべき経営者像をつかみ取っていただければ幸いである。

最後に、取材に応じていただいた多くの方々や長い連載に付き合っていただいた日経ビジネスのスタッフの皆さん、そして毎回、作品の意図を反映した素晴らしい挿絵を描いていただいた木村桂子《きむらけいこ》さんに大いなる感謝を申し上げたい。

令和元年　八月酷暑の中で

江上　剛

# 『二人のカリスマ』参考資料（順不同）

『変化対応―あくなき創造への挑戦（1920―2006）』
イトーヨーカ堂編纂
『セブン-イレブン・ジャパン―終りなきイノベーション
（1991―2003）』セブン-イレブン・ジャパン編纂
『伊藤雅俊の商いのこころ』伊藤雅俊著（日本経済新聞社）
『ひらがなで考える商い（上・下）』伊藤雅俊著（日経BP）
『わがセブン秘録』鈴木敏文著・勝見明取材・構成（プレジデント社）
『セブン-イレブン1号店―繁盛する商い』山本憲司著（PHP新書）
『鈴木敏文　商売の原点』緒方知行編（講談社＋α文庫）
『鈴木敏文　孤高』日経ビジネス編（日経BP）
『セブン-イレブンの正体』古川琢也＋週刊金曜日取材班（金曜日）
『商いの心くばり』伊藤雅俊著（講談社文庫）
『イトーヨーカドー　伊藤雅俊　商売の鉄則』森下紀彦著（ぱる出版）
『鈴木敏文　仕事の原則』緒方知行＋田口香世著（日本経済新聞出版社）
『鈴木敏文　考える原則』緒方知行編著（日経ビジネス人文庫）

『いま伝えたい日本人の誇るべき真髄』清水信次著（経済界）
『伊藤雅俊　遺す言葉』伊藤雅俊・末村篤著（セブン＆アイ出版）
『カリスマ―中内㓛とダイエーの「戦後」』佐野眞一著（日経ＢＰ）
『鈴木敏文の実践！　行動経済学』鈴木敏文著・勝見明構成（朝日新聞出版）
『人を不幸にする会社・幸福にする会社』伊藤雅俊・金児昭著（ＰＨＰ研究所）
『一商人として』相馬愛蔵著（岩波書店）
『商いの道―経営の原点を考える』伊藤雅俊著（ＰＨＰ文庫）
『セブン-イレブン　鈴木敏文帝国崩壊の深層』渡辺仁著（金曜日）
『働く力を君に』鈴木敏文著・勝見明構成（講談社）
『売る力―心をつかむ仕事術』鈴木敏文著（文春新書）
『イトーヨーカドー伊藤雅俊の研究―漁夫の利をえる二番手商法』松枝史明著（東京経済）
『セブン＆アイＨＬＤＧＳ．９兆円企業の秘密―世界最強オムニチャネルへの挑戦』朝永久見雄著（日本経済新聞出版社）
『コンビニ店長の残酷日記』三宮貞雄著（小学館新書）
『商いの心をつなぐ　伊藤雅俊対談集　１９７６―１９９１』セブン＆アイ・ホールディングス広報センター

『商いの道―経営の原点を考える』伊藤雅俊著（ＰＨＰ研究所）
『「商い」から見た日本史―市場経済の奔流をつかむ』伊藤雅俊・網野善彦・斎藤善之著（ＰＨＰ研究所）
『チェーンストア経営の原則と展望（全訂版）』渥美俊一著（実務教育出版）
『挑戦　我がロマン―私の履歴書』鈴木敏文著（日経ビジネス人文庫）
『さらばカリスマ―セブン＆アイ「鈴木」王国の終焉』日本経済新聞社編（日本経済新聞出版社）
『カリスマ鈴木敏文、突然の落日―セブン＆アイ「人事抗争」全内幕』毎日新聞経済部編（毎日新聞出版）
『都鄙問答』石田梅岩著・城島明彦現代語訳（致知出版社）
『都鄙問答』石田梅岩著・足立栗園校訂（岩波文庫）
『歴史としての大衆消費社会―高度成長とは何だったのか？』寺西重郎著（慶應義塾大学出版会）
『堤清二とセゾン・グループ』立石泰則著（講談社文庫）
『宮本常一が撮った昭和の情景（上・下）』宮本常一著（毎日新聞社）
『コミュニティー・キャピタル論―近江商人、温州企業、トヨタ、長期繁栄の秘密』西口敏宏・辻田素子著（光文社新書）

『戦後と高度成長の終焉』河野康子著（講談社学術文庫）
『戦後日本経済史』内野達郎著（講談社学術文庫）
『バブル―日本迷走の原点』永野健二著（新潮社）
『ドキュメント　惑うマネー―「お金」が天下を回らない』日本経済新聞社編（日本経済新聞社）
『闘魂　人生必勝の道』清水信次著（経済界）
『中央銀行―セントラルバンカーの経験した39年』白川方明著（東洋経済新報社）
『検証バブル―犯意なき過ち』日本経済新聞社編（日本経済新聞社）
『戦後日本経済史』野口悠紀雄著（新潮選書）
『日本のバブル』衣川恵著（日本経済評論社）
『混迷の時代こそチャンスだ　道なき時代に、道をつくる』山西義政著（丸善プラネット）
『パブリックスの「奇跡」―顧客満足度全米NO．1企業の「当たり前」の経営術』太田美和子著（PHP研究所）
『中内㓛・ダイエー　伊藤雅俊・イトーヨーカ堂―NO1の座をかけた男の闘い』小池亮一編著（山手書房）
『流通革命は終わらない―私の履歴書』中内㓛著（日本経済新聞社）

『銀行員が消える日』山田厚史著（宝島社）
『住友銀行秘史』國重惇史著（講談社）
『堤清二　罪と業―最後の「告白」』児玉博著（文藝春秋）
『大阪・焼跡闇市―かつて若かった父や母たちの青春』大阪・焼跡闇市を記録する会編（夏の書房）
『失われた〈20年〉』朝日新聞「変転経済」取材班編（岩波書店）
『戦前昭和の社会　1926―1945』井上寿一著（講談社現代新書）
『セゾン―堤清二が見た未来』鈴木哲也著（日経BP）
『江副浩正』馬場マコト・土屋洋著（日経BP）
『1985年の無条件降伏―プラザ合意とバブル』岡本勉著（光文社新書）

この作品は、二〇一九年九月に日経BPより刊行された『二人のカリスマ・下　コンビニエンスストア編』を改題し、加筆・修正したものです。

著者紹介
**江上　剛**（えがみ　ごう）
1954年、兵庫県生まれ。早稲田大学政治経済学部卒業。77年、第一勧業銀行（現・みずほ銀行）入行。人事、広報等を経て、築地支店長時代の2002年に『非情銀行』で作家デビュー。03年に同行を退職し、執筆生活に入る。
主な著書に、『創世の日　巨大財閥解体と総帥の決断』『我、弁明せず』『成り上がり』『怪物商人』『翼、ふたたび』『百年先が見えた男』『奇跡の改革』『クロカネの道をゆく』『再建の神様』『住友を破壊した男』『50代の壁』、「庶務行員 多加賀主水」「特命金融捜査官」シリーズなどがある。

---

ＰＨＰ文芸文庫　コンビニの神様
二人のカリスマ（下）

---

2023年２月22日　第１版第１刷

著　者　江上　剛
発行者　永田貴之
発行所　株式会社ＰＨＰ研究所
東京本部　〒135-8137 江東区豊洲5-6-52
文化事業部　☎03-3520-9620（編集）
普及部　☎03-3520-9630（販売）
京都本部　〒601-8411 京都市南区西九条北ノ内町11
PHP INTERFACE　https://www.php.co.jp/
組　版　朝日メディアインターナショナル株式会社
印刷所　大日本印刷株式会社
製本所　株式会社大進堂

---


ISBN978-4-569-90285-2

PHP文芸文庫

# 我、弁明せず

江上 剛 著

明治・大正・昭和の激動の中、三井財閥トップ、蔵相兼商工相、日銀総裁として、信念を貫いた池田成彬。その怒濤の人生を描く長編小説。

PHP文芸文庫

# 成り上がり

金融王・安田善次郎

江上剛 著

ハダカ一貫から日本一の金融王へ！ 挫折、失敗の連続を乗り越えて成功をつかんだ安田善次郎の、波瀾万丈の前半生に光を当てた長編。

PHP文芸文庫

# 怪物商人

江上 剛 著

死の商人と呼ばれた男の真実とは⁉ 大成建設、帝国ホテルなどを設立し、一代で財閥を築き上げた大倉喜八郎の生涯を熱く描く長編小説。

PHP文芸文庫

# 翼、ふたたび

江上剛 著

航空会社が経営破綻、大量リストラ、二次破綻の危機……崖っぷちからの再生に奮闘する人々を描いた、感動のノンフィクション小説！

PHP文芸文庫

# 奇跡の改革

江上 剛 著

全ビジネスマン必読！ 本業消失という危機に際し、奇跡のV字回復を成し遂げた富士フイルムをモデルに描いたノンフィクション小説。

PHP文芸文庫

# 百年先が見えた男

江上 剛 著

百年先が見えた経営者――現在のクラレを作り上げ、国交回復前に中国へのプラント輸出を実現させた男の生涯を描いた感動の長編小説。

PHP文芸文庫

# クロカネの道をゆく

「鉄道の父」と呼ばれた男

江上剛 著

「長州ファイブ」の一人として伊藤博文らと海を渡り、日本に鉄道を敷くべく、ひたむきに生きた男・井上勝を感動的に描く長編小説。

PHP文芸文庫

# 住友を破壊した男

江上剛 著

この男なくして「住友」は語れない――危機に瀕した住友を救った〝中興の祖〟の知られざる生涯に迫る感動のノンフィクション小説。

PHP文芸文庫

# 帝国ホテル建築物語

植松三十里 著

帝国ホテル・ライト館開業100周年！世界的建築家と現場との対立、難航する作業、天災……男たちの熱き闘いを描いた感動作。

PHP文芸文庫

# 暁天の星

葉室　麟　著

坂本龍馬が認めた男・陸奥宗光は、維新後、不平等条約の改正に挑む。日本の尊厳をかけて戦った男を描いた、葉室麟最後の未完の大作。